新科幻 New Sci-Fi

—— 遗忘三部曲 ——

巫女迷城

[美]杰西卡·布罗迪◎著

陈 蕾◎译

吉林摄影出版社
·长春·

图书在版编目（CIP）数据

巫女迷城 / (美) 杰西卡·布罗迪著；陈蕾译. --
长春：吉林摄影出版社，2017.5
（遗忘三部曲）
ISBN 978-7-5498-3114-2

Ⅰ.①巫… Ⅱ.①杰… ②陈… Ⅲ.①科学幻想小说
—美国—现代 Ⅳ.①I712.45

中国版本图书馆CIP数据核字(2017)第081822号

UNFORGOTTEN By JESSICA BRODY
Copyright © 2014 By JESSICA BRODY
This edition arranged with DYSTEL & GODERICH LITERARY MANAGEMENT.
Through BIG APPLE AGENCY, INC., LABUAN, MALAYSIA.
Simplified Chinese edition copyright © 2016 Yilin Publishing Group
All rights reserved.

巫女迷城　WUNÜ MICHENG

出 版 人	孙洪军	版　次	2017年5月第1版
主　　编	顾 平　杜普洲	印　次	2017年5月第1次印刷
责任编辑	李　彬	出　版	吉林摄影出版社
总 策 划	徐　晶	发　行	吉林摄影出版社
版权引进	王征彬	地　址	长春市泰来街1825号
特约策划	王征彬	邮　编	130062
设计总监	资　源	电　话	总编办：0431-86012616
封面设计	资　源		发行科：0431-86012602
美术编辑	刘海燕	网　址	www.jlsycbs.net
开　　本	700mm×1000mm 1/16	经　销	全国各地新华书店
字　　数	275千字	印　刷	河北鹏润印刷有限公司
印　　张	17		
书　　号	ISBN 978-7-5498-3114-2	定　价	35.00元

版权所有　翻印必究
（如发现印装质量问题，请与承印厂联系退换）

致中国读者：

　　非常感谢"遗忘三部曲"的读者，希望你们喜欢塞拉菲娜的故事。

　　有一句话希望你们不会遗忘：相信你的心，它永远不会对你撒谎。

目录

第Ⅰ部 发现

- 1 楔子
- 3 往事
- 4 联系
- 10 拥抱
- 15 故事
- 19 本能
- 25 失望
- 29 尼玛
- 33 家庭
- 36 出行
- 40 赚钱

- 43 分离
- 48 囚禁
- 51 相聚
- 56 忍受
- 60 帮助
- 63 教养
- 66 梦身
- 69 白石
- 70 使者
- 74 改进
- 81 谈判
- 84 重现
- 86

第Ⅱ部 人食

- 89 新手
- 94 识别
- 100 联络
- 103 帮助
- 106 触发
- 108 失窃
- 112 训练
- 116 伤害
- 121 动机
- 124 干扰

127 法则
130 事件
133 疑惑
136 成熟
139 闯祸
141 班长
146 进化
150 后代

155 管理
159 攻击
164 推理
168 斗争
173 搬迁
176 妥协
180 拒绝
186 摊牌
189 凶决
192 含义
197
198 第三语 抉择
202 枯萎
210 迫使

213 影版
217 洪水
223 争论
227 坚持
231 停留
234 迷路
236 斗争
238 切入
241 回归
243 蝙蝠
248 故居
251 件侣
258 致谢
260 友情
263 白色

楔子

炽热而无情的火焰从熊熊燃烧的柴堆里腾起，抽得我双脚生疼。我的眼睛被滚滚浓烟熏得满是泪花。

那如饥似渴的火焰死死盯着我，犹如豺狼虎豹盯着受伤的猎物，垂涎地舔舐嘴唇，饶有兴致地看着到手的美食——它不紧不慢地享受着猎物的挣扎，缓缓靠近，试图一招毙命。这可怕的眼神吓得我不敢直视。

木头在我的脚下噼啪作响，在火舌的吞噬下一根根断裂，逐渐化为黑色的灰烬。我是这火焰唯一的目标，唯一的猎物。其他一切不过是它的垫脚石，是它为了向我逼近而摧毁、废弃的牺牲品，无足轻重。

我环顾四周，迫切想要寻求帮助，但周围没有他们的身影。我孤立无援，只有火苗呲呲作响，木头噼里啪啦，像是在嘲讽我的无助。

他们不会让我死在这里，他们不会让他们昂贵的财产被火焰吞噬，烧成枯骨，灰飞烟灭。他们绝不会，我很确信这一点。

他们很快就会来这里，阻止这一切。

这是我仅有的记忆中第一次如此渴望看到他们的身影。

浓烟滚滚，让我眼前一片模糊，原本敏锐而无懈可击的视力荡然无存。我的喉咙肿胀，烧伤般疼痛难忍。我把头扭向一边，不停咳嗽，喘不过气来，恶心想吐。

有一丛火焰雄心勃勃，势头凶猛，一下蹿得老高，用细长扭曲的手指抓挠我的脚。我蜷起脚趾，身子用力抵住背后的木桩。我已经开始感觉到皮肤被烫起水泡，而且越来越多。我的皮肤在尖叫。

我开始反抗。可，我该如何反抗？我能做的只有剧烈晃动身体，试图挣脱束缚，然而无济于事。

这时我才意识到，没人会来救我。

火焰终将把我吞噬，把我的血肉从骨架上一点点剥离。而我这个人造的身体最终只能化成肮脏的尘埃，一阵微风就会把它吹到遥远的角落。

风向改变，浓烟被吹散了片刻。就在这时，我看见一个瘦高的人影站在河对岸，头戴兜帽，静静地看着我。

火焰开始啃噬我的皮肤，带来钻心的疼痛，就好像有千万把利剑同时穿透我的身体。一声尖叫开始在我体内的某个角落沸腾——我也不知道究竟是哪里。我的嘴不自觉地张开，胃部剧烈收缩。接着，一声尖锐刺耳的叫喊从我嘴里迸发出来，响彻天际。

第一部
发现

我告诉泽恩自己做的是同一个梦，这话不假，我确实一直在做同一个梦。他们在黑夜中到来，抓住我，把我带走……

往事

一周以前……

我翻了个身趴在床上,紧紧扒住床沿,如饥似渴地大口吸气。那美丽、新鲜、一尘不染的空气填满我的胸腔,进入我的血液,供给我的大脑。我的思绪逐渐专注起来,胃里纠缠不清的死结慢慢解开。

我用掌心紧紧按住胸口,寻找心脏的位置,急切地等它跳动。像是过了好几个小时,胸口还是没有动静。我的肋骨犹如一个笼子,里面空空如也。直到最终……怦怦,怦怦,怦怦……

我长舒一口气,垂下脑袋,表达无声的感激。

再次抬起头,我的视线不再模糊,看清楚了周围的一切。小小的卧室,简朴的木质家具,笼罩在逐渐退散的黑暗之中。还有泽恩。他趴在我身边,呼吸轻柔缓慢,一绺浓密的深色头发垂在他左眼前。他一只手压在身下,另一只搭在床上,占据了我原有的位置,完全没意识到我已经不在那里。而他手臂下只有我汗湿的印记。我还是有些呼吸急促,一只手摸了摸前额,汗津津的。

外面的天色刚蒙蒙亮,整个房间泛着昏暗阴冷的光亮。

我看了看泽恩身边那个空位置,一想到要躺回去闭上双眼,心就止不住怦怦乱跳,像要从嗓子里出来。

我缓缓起身,朝衣柜走去,轻而易举地打开沉重的橡木柜门,伸手拿出泽恩的亚麻紧身上衣套在睡裙外面,扣好扣子,那是一件15至17世纪欧洲男子所穿的短款紧身外套,就像马甲。这衣服有泽恩身上好闻的麝香味,这很快让我平静下来。我踏上软皮拖鞋,轻轻朝门口走去。地板在我脚下嘎吱作响,接着便听到身后传来泽恩的动静。我转过身,他深邃的棕色眼睛已经睁开,满是关切地望着我,皱着眉头问:"你还好吗?"

"嗯。"我轻声说,担心声音里的颤抖会把我出卖。"我……"喉咙干涩,我试着吞咽了一下,"只是做了个噩梦而已。"

一个梦。不是真的。

我又默默对自己重复了一遍，希望这次它听上去更加可信。因为我明白，真正需要说服的人是我自己。

泽恩坐起身，被单滑落到腰间，露出他光滑的胸膛。自从我们六个月前来到这里，他就一直辛苦劳作，皮肤被晒成了好看的古铜色。"又是那个梦？"

我的嘴唇开始微微颤抖。我用力咬了咬，点点头。

"你想跟我聊聊吗？"

我摇摇头，但立刻看见他露出失望的神情。泽恩一直想要帮我走出阴影，而我却没勇气告诉他，他无能为力。

"不是什么要紧的事，"我说着，努力让自己听起来轻松一些，"它就是有些……"可怕，惊悚，真实。我又吞咽了一下："有些让人不安。"

我勉强挤出一个笑脸，暗自祈祷房间那头的泽恩不要看见我脸颊的抽动："我只是想出去走走，呼吸一下新鲜空气。"

泽恩急匆匆地把被单从脚上踢开："我和你一起去。"

"不！"我回答，声音很大，很急促，很愚蠢。

我扯扯嘴角，试图掩盖刚才的尴尬："我没事，真的，我很好。"

他盯着我的脸，探询的目光好像在问："你确定吗？"

我现在什么都不确定。

但我仍鼓起勇气说："别担心，你再睡会儿吧。"

我没等他躺下就转身离开了房间。我现在不想花太多心力在这件事上，因为有更多更大的麻烦在纠缠着我。

一出屋子，我朝农场的最高处走去。那是一座长满青草的小山丘，一面俯瞰着草场，另一面则对着麦田。我坐到地上，双腿弯曲在两侧。太阳从地平线上缓缓升起，提醒我独处的时间已经不多。时间一分一秒过去，这个世界很快就要苏醒，而我也得变回自己应该做的那个人，而不是现在这具瑟瑟发抖的行尸走肉。

我强迫自己把注意力集中在天空上，看着太阳坚定地攀升。日复一日，它都做着同样的事情，从未缺席，在同样的天空上划出同样的弧线——无论在哪个城市，无论在哪个年代。

这种想法让我稍微安心了一些。能怎样就怎样吧。

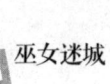

　　这里的日出稍显逊色。来这儿之后我首先注意到了这一点。粉红色不够鲜艳，有些泛灰，橙色也更淡，几乎看不见，就像画家的颜料快用完了。

　　泽恩说，那是因为这里的空气更加干净。车辆在将近三个世纪后才会被发明出来，而日出颜色艳丽是因为空气污染的缘故。

　　无论如何，我仍旧盯着天空。

　　我告诉泽恩自己做的是同一个梦，这话不假，我确实一直在做同一个梦。他们在黑夜中到来，抓住我，把我带走。而我不断挣扎，不断大叫，被他们带回实验室。他们把我按到一个椅子上，那上面有厚厚的金属锁扣，紧紧束缚住我，让我无法动弹。一个巨大的复杂装置从天花板上向我伸来，它的机械臂像一只爪子，满是尖利的齿状物，扒开我的嘴，探进我的喉咙，挖出我的心脏。接着，另一台机器开始运作，在冰冷的无菌手术台上快速解剖那怦怦跳动的心脏，切下其中一半，放进一个罐子，送往别处，接着又把另一半放回之前那只机械爪里，从我的喉咙塞回胸腔。

　　那个仅剩一半的心脏回到我的胸腔里，扑通扑通地跳动着，血液像往常一样流进流出，维系着我的生命。然而，一切都失去了意义，这跳动不过是一种机械的重复。现在的我，是一个不完整的人，或者只算半个人。现在的我，是一具空虚的驱壳，注定要穷尽一生去寻找缺失的自我。

　　这是个梦。不是真的。

　　但困扰我的是，梦本应随着时间的流逝而变得越来越模糊，可这个梦却越来越清晰，历历在目。就好像我在朝着它前行，越靠越近。

　　仿佛他们也在向我靠近。我闭上眼，深呼吸。

　　他们不知道我们在哪里。我们很安全。我很安全。

　　我在心里一遍又一遍默念这些话，希望它们在今天能够变得顺口，把我说服。

　　他们不知道我们在哪里。我们很安全。我很安全。

　　然而，一个阴沉的声音从我脑后传来，像钟表的发条一样搅得我惴惴不安。真相让人心灰意冷，却更有说服力。

　　我不安全。

　　我从没一刻是安全的。

　　他们永远也不会停止对我的搜寻。

　　我顺着被汗水浸湿的睡裙的领口向下摸索，找到了胸前的吊坠。我用指尖轻轻抚摸心形吊坠的黑色表面，感受着它正面印刻的银色纹饰——一圈又一圈缠绕的圆环。永恒结。

泽恩告诉我，这是一个古老的梵文符号，象征着一切永恒不变的事物所包含的时间流动和运行轨迹。对我来说，它象征着泽恩。

很显然，17世纪的英国人对《圣经》里从未出现过的陌生符号没什么好感，那本书对这里的每个人来说就像赖以生存的一切，他们对此再熟悉不过了。所以泽恩建议我把这吊坠摘下，但我坚持要时刻戴着，便答应把它藏在衣服里，不露出来。可我现在需要它。

我需要它给我带来平静，帮我驱散脑海里那些可怕的画面。

我听到身后传来小心谨慎的脚步声，吓了一跳，慌忙地把吊坠藏回睡裙里。我迅速转头，发现泽恩站在我身后。他已经穿戴整齐——除了那件被我穿着的上衣。我松了口气。他挥挥手，表示歉意："对不起，我不是故意要吓你的。"

他坐到我身边。虽然太阳已经爬上天空，我还是盯着它升起的方向。出于某些原因，我现在不敢直视他的眼睛。我因自己的软弱而感到羞愧。所有噩梦，所有把我吞噬的恐惧，就像是一滴滴毒药，慢慢侵蚀我和泽恩苦心经营的新生活，毁灭我们许给彼此的天堂。

"你想聊聊吗？"他问。

我笑笑，听上去勉强而敷衍："我很好，只是做了个噩梦。"

泽恩歪着头，挑了挑眉。他每次发现我撒谎的时候都会露出这种表情。我眼睛向下看，漫不经心地用手在草上拨来拨去。

"他们不知道我们在哪里，"他说，"根本不知道。"

我点点头，但还是不肯望着他的眼睛："我知道。"

"要是他们已经知道的话，早就来这里了。"

我又点点头。他说得很有道理，如果他们发现我们逃到了1609年，肯定立刻就会来到这里，一秒钟也不会迟疑。也就是说，我们在这里生活的时间越长，就越说明他们一点儿也不清楚我们的行踪。

只有里奥知道我们打算来1609年，而他已经……

我看着他无助的身体剧烈抽搐，手臂猛地乱挥，眼睛向后翻，然后瘫倒在地，发出可怕的巨响，接着……一动不动。

我摇摇头，驱散这不愉快的记忆，试图赶走内心的愧疚——每当想起里

奥,我都会有这种感觉。

重点就是,他们找不到我们。

我们很安全。

最后这种想法让我觉得自己在自欺欺人。

"你得忘记那些,"泽恩温柔地鼓励我,"忘记过去发生的一切。我永远都不会让他们把你带回那里。"

过去,他们,那里。

这些词语已经成了我们之间的代码,每当说起不敢谈论的那些事情,我们都会用这样的字眼。

泽恩迫切想要忘记的那种生活。

我被囚禁在实验室中的那个地方。

科学能够创造出完美人类的那个时代。

我们来到这里之前的一切。

我想,我们两个人都很害怕,唯恐说出迪奥科技这个词,就会被他们听见;唯恐我们的声音是穿越时空的介质,会传到五百年以后,在基地戒备森严的高墙里回荡,泄露我们的行踪。

"对那些事情耿耿于怀不会给你带来任何好处,"他接着说,"那都过去了。"

我虚弱地笑笑:"好吧,准确说来,那都是未来。"

他嗔怒地拍拍我的肩膀:"你知道我的意思。"

我知道。那一切都是我本该忘记的过往,是我本该从记忆里清除的过往。实际上,我对创造自己的生物科技公司——迪奥科技没有什么切实的记忆。在逃跑之前,我的最后一个请求就是把我在那里生活的点点滴滴全部从大脑里抹去。我现在所知道的,只有泽恩的解释——那是坐落在沙漠之中的最高秘密基地。除此之外,他还窃取了一些简短的记忆,这样就可以让我了解关于自己的真相。然而,这些就足以让我噩梦不断。

"你对那里有没有一丝怀念?"我被自己的心直口快吓了一跳。

我能感受到泽恩的身体突然紧绷。他直直看着前方,说:"没有。"

这段时间以来,我知道不该提这样的问题,它们总会让泽恩心情不好。我们刚来到这里的时候,我犯了很多次同样的错误,每次都是想跟他聊聊和迪奥科技有关的事情——里奥博士,阿利克斯特博士,麦克斯博士。不过他

8

每次都一言不发，绝口不提。但现在，我的问题已经脱口而出，覆水难收。而且我确实很想知道他的想法，觉得自己必须问清楚。

"但你把一切都留在了那里，"我争论道，"你的家人、朋友，还有你的家。你怎么能轻易说毫无牵挂呢？"

"我在那里什么都没有，"泽恩回答，语气里的锐利让我有些刺痛，"唯有一个对研究项目比对家人更重视的母亲，还有一个因此离开的父亲。而我的朋友也不过是泛泛之交，我只能待在基地里，还能和谁一起玩？你不是唯一一个觉得自己被囚禁在那里的人。所以，我一点儿也不怀念那里。"

我立刻发现自己有些过分了。我的问题让他心烦意乱，而那是我最不希望发生的情况。不过，他刚刚所说的话透露了关于他父母的重要信息，那是我原先不了解的，他从未提起过他们，一次也没有。我不禁想再进一步询问他，但他神情严肃冷漠，仿佛在警告我那样做是不明智的。

"抱歉。"我温柔地说。

我用眼角余光瞥见他的下颌放松了一些，最终扭头看着我："不，是我该抱歉。"

他的歉意非常真诚，我从他眼神里就能看出来。

他缓缓起身，有些吃力，仿佛这动作耗费了很多力气。接着，他把自己马裤上潮湿的泥土拍干净，向我伸出手来："来吧，小肉桂。大家很快就要起床了，你得换身衣服。"

"小肉桂"这个爱称让我不禁暗笑，心情也好多了。在这个时代，人们很流行用这个词来表达爱意，这是我们跟农舍主夫妇学来的。

我把手递给泽恩，他把我拉起。但他没有立即放开我的手，而是把我缓缓拉到面前，直到我俩的脸快要贴到一起。"那样会活得更轻松一些，"他轻声说，回到了先前那个话题，也是我出现在这里的原因，"试着遗忘吧。"他用双手捧着我的脸，温柔地吻上我的双唇。

触碰到他的那一刻，我忘记了一切烦恼，他的吻总有如此奇效。这一刻，我的脑海里没有那里，没有他们，没有过去，只有我们，只有现在。

但我知道，这一切都是短暂的，终会过去。很快，我又会在那张床上痛苦地醒来，大口喘气。就算我对一直困扰我的过去没有真切的回忆，但还是无法做到他所说的遗忘。我无法遗忘。

异类

在英国郊区的农场里生活和劳作是我俩远离迪奥科技魔爪的诸多防范措施之一。泽恩觉得，没有金钱的交易和官方的档案记录，对我们来说更加有利，所以我们在这里用劳力换取食宿。

我很喜欢这样的田园生活，简单而美好。我们每天都有一些任务要完成，而每做完一项都会让我感到满足，就好像有成百上千个小小的成就。而且这里很安静，很平和。

约翰·帕丁森拥有并经营着整个农场，他的老婆伊丽莎白则负责操持家务及照顾四个孩子。泽恩大多数时候跟在帕丁森先生身旁，帮他播种、耕地、收割以及照料庄稼。我则帮帕丁森夫人做做家务，照看动物。

然而，帕丁森夫人不喜欢我。泽恩说是我自己想太多了，但我就是知道她不喜欢我。我发现她有时会在我劳作的时候看着我，眼神里满是怀疑，就好像在等着我犯错，等着我原形毕露。

我觉得她能感觉到我的不同，我的格格不入。

泽恩估计也和我一样融入不了这个时代，毕竟他也是五百年后出生的，而17世纪的农活是我俩都得快速学会的事情。但他似乎比我更容易融入这个时代。

这就是在实验室里被创造出来的诸多坏处之一。你看上去就是很扎眼，就算别人不知道为什么，也能在你身上发现怪异之处。因为你来到这个世界的方式不合乎自然规律，所以总有些别扭的地方。

那就是帕丁森夫人所察觉到的。而她是否知道这种感觉从何而来并不重要。所以每当她在我身边时，我都觉得自己必须小心翼翼。

我还记得刚来这里的时候她对我说的第一句话。当时她盯着我，一脸怀疑地上下打量了一番，最终看着我的眼睛。"我从来没有见过紫色的眼睛。"她说，十分唐突，而且语气里满是指责。

我艰难地吞咽了一下，想张口说话，却完全不知道该说些什么，不知道如何回应。幸亏泽恩和以往一样有所准备。他向前走了一步，把手轻轻搭在我手臂上,回答说:"她的曾祖母来自东方,那里有很多人是紫色的眼睛。"

"是不是真相并不重要,"泽恩事后对我解释,"重要的是她相信。"

但我不确定她是不是相信了。虽然她再没提起那件事,可每当她看着我时,我能从她的脸上看到怀疑;每当她用粗暴的语气对我说话时,我能从她的声音里听到怀疑。

她的孩子看上去也不喜欢我,每次看见我都会尽量避开。

这个家里只有帕丁森先生看起来不介意我的存在,但我不觉得这有什么了不起的。他是个性情温和的人,总是乐呵呵的,看上去对每个人都很友好。如果帕丁森夫人提出过反对我们住在这里,帕丁森先生肯定也没理她。很明显,在这个时代,一家之主是男人,他们有全部决定权。

因为六个月前,在三月底一个寒冷的日子里,是帕丁森先生同意让我们在这里打工换食宿;是他敞开双臂,欢迎一个陌生的十八岁男孩和一个十六岁的女孩,并把他和他老婆的一些衣物借给我们;也是他兴致勃勃地听完了泽恩编造的故事——我们是新婚夫妇,在商船上出生、成长,大多数时间都往返于远东地区,所以我们的口音很"滑稽"。

刚到这里的时候,我看见泽恩准备得如此充足,不免有些吃惊。他提前把所有事情都仔细考虑过了,甚至连我们的假名都想得很周到,选用了符合这个时代的名字,萨拉和本。他告诉我,事实上这个计划是我们两个人共同想出来的,在离开迪奥科技以前,我们花了几个月的时间考虑每一个细节。当然,我已经失去了关于这些的记忆。

不过,就算我记得当初准备了这些说辞,也很庆幸泽恩是那个讲故事的人。他是个天生的讲故事高手。当他说话的时候,声音镇定,表情真挚,很难让人心生怀疑,你只想把他请进家门。

家里的男孩,托马斯、詹姆斯和迈尔斯都很迷恋他。每天晚饭过后,他们都会坐在壁炉旁,听泽恩讲述编造出来的经历——他和身为商人的父亲在海上的生活。他们一听就是好几个小时。有时候,我发现自己也会不自觉地在座位上倾身向前,期待着故事的发展,急切地想要知道那些船员能不能打败巨型乌贼,活下来向别人讲述他们的经历。然后,我又得失落地提醒自己,那些不过是故事。

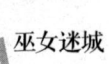

这天早晨，我们换好衣服，走出屋子。大门在我们身后关上，泽恩把我拉到面前，亲吻我的嘴唇。那个吻既贪婪又热切。我们五分钟前早餐吃的麦片粥在他的嘴里显得格外香甜。我感觉到他的手指紧紧按住我的后腰，让我靠得更近。当他结束这个吻时，我有些喘不过气。

"怎么了？"我问道，前额靠在他的嘴唇上，呼吸着他的香气。

我感觉到他咧嘴笑了："吻别。"

我一听不禁大笑，仰起头看着他："我们这是要去哪里？土星吗？"

"不，就是去麦田而已。"他伸出手，指尖顺着我的耳郭滑落至脸颊，我的脸一片灼热，"只要你不在身边，我就跟去了别的星球没两样。"

我张嘴想要说话，却只有断断续续的气息逸出。

他微微一笑，用眼神打趣我："再见，小肉桂。"

说完，他转身离开，身影逐渐消失在去往麦田的方向。我用牙齿咬着下嘴唇，想要多感受他一秒，然后不情愿地朝粮仓走去。

还有几天就要十月了，那是果园丰收的时节。帕丁森夫人安排我摘苹果和梨，这倒无所谓，只是我得和黑刺一起劳作。黑刺是帕丁森家的马。它也很讨厌我。

我叹了口气，抓起挂在墙上的缰绳，走进马厩。黑刺一见我就僵起身子，仰起头，眯着眼睛。接着，它看到我手上的缰绳，便开始嘶叫，马蹄在地上不停地踩踏。

"我知道，"我对它说，"你不喜欢这样，我也不喜欢。"

我朝它前进一步，它有些受惊，后腿不断向后踢。

"好啦，"我恳求道，"别这样了。"

但我的劝导一点儿用也没有，它退到角落里，盯着我，耳朵向后贴紧，鼻子里冒着粗气。我很清楚，如果我再上前一步它就会向我冲过来。

帕丁森先生说黑刺会这样是因为我在它身边的时候太紧张了。我得学会放轻松。马匹能感知恐惧。可惜的是，我觉得它感受到的不是我的恐惧。就连这匹马也知道我有些不对劲。

来到这里之前，我从没见过任何马，甚至连其他动物也没见过。我甚至连它们叫什么都不知道。迪奥科技在创造我的时候，对我的知识面控制得非常严格，甚至连词汇都有限制。泽恩说这是他们操控我的另一种方式——控制我所接触到的知识。很显然，他们觉得马匹没什么用处，不需要加到我的词汇表里。刚到农场的时候，我第一次见到黑刺，不禁吓了一大跳，甚至大声尖叫。

泽恩赶紧帮我解释，说我自打出生就在商船上生活，从来没有见过任何家畜。但我还是觉得帕丁森夫人对他的话半信半疑。

其他的工作我一学就会——准备晚饭，烤面包，打理花草，砍柴，缝衣服，洗衣物，等等。我被创造出来就具备极强的学习能力。而且我很享受这些体力劳动，它们能安抚我的心绪。

可一旦接触动物，我就十分恐惧，比如喂猪、赶鸡、挤羊奶。因为动物一眼就能看穿我。而且泽恩没有办法编造故事哄骗它们。所以它们知道我有些地方不对劲。

我小心翼翼地向黑刺挪了三步，想要在不惊扰它的情况下套好缰绳。我谨慎地向前移动，努力避免任何突然的举动。它的视线紧随着我，眼睛里满是怀疑，和帕丁森夫人看我的时候一样。我对它笑笑示好，想让它知道我没有恶意，可这一举动好像产生了负面效果。它向后退缩，猛地抬起头，前腿踢中了我的下巴。我被这冲击力狠狠甩了出去，摔在一摊软软的泥土里。黑刺低头看着我，露出一个笑容——我发誓我看到它在笑。

我痛得直叫，缓缓站起身，尽力把裙子上的泥土拍干净。今天回去得洗衣服了。

我正准备进去再试一次，听到门"嘎吱"一声开了，帕丁森家六岁大的女儿简偷偷溜进马厩。她穿着一条连衣裙，裙摆上扯了个口子——这几天就得缝补。她金黄色的卷发乱糟糟的，一边的头发纠缠在一起，肯定是睡觉压的。她笨拙地用小手拨开脸上的头发，露出一双充满好奇的蓝色大眼。

她手上拿着一个和我手掌差不多大的小娃娃，那是她走到哪儿带到哪儿的宝贝。她管那娃娃叫露露，它的身体是用从帕丁森先生的旧衬衫上剪下来的脏兮兮的白色布料做的，蓝色的短袖连衣裙则是用简穿不下的婴儿裙改制的。露露的鼻子和微笑的嘴是画上去的，眼睛则是用纽扣缝的。

看到简出现在这里，我感到很吃惊。从我们来这里到现在，她从没跟我说过一句话。事实上，帕丁森家的小孩都没和我说过话。只是偶尔会有一些敷衍的请求，比如"你能再给我一些面包吗"。除此之外，我在这家里就像透明人一样，没人会在意我的存在。

我在做事的时候偶尔会看见她远远望着我，可每当看见我发现了她，她

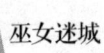

就会赶紧跑走。我一直以为她很害怕我,可现在她一点儿恐惧也没有。

她一声不吭,把娃娃放到裙子前面的口袋里,向我走来。她从我手中拿过缰绳,然后朝黑刺走去。

黑刺比她高出很多,我有些怀疑是不是不该让她走进马厩。黑刺随意一个突发举动都有可能置她于死地。我正打算冲上前把她一把抱进怀里,却发现根本没必要。黑刺看到她的一瞬间立刻放松了警惕,不再喘大气,耳朵也竖了起来。它低下头,好和她保持平视。

"这才是乖马马。"她低声细语,边说边抚摸着黑刺的鼻子。它的眼睛缓缓闭上,而简轻而易举地套好缰绳,并且系紧。接着,她静静地指向我身后墙壁上的马具。我把它拿下来,然后朝黑刺靠近了一步,它立刻变得紧张不安。但一听到简轻轻的咯咯笑声,又很快安定下来。

我试着接近黑刺,把马具套在它身上,并在它胸前系好锁扣。接着,我从马厩外面把装水果的篮子拿进来,挂在它身子两侧的钩子上。它看上去一点儿也不开心,但简在这里的时候它至少会允许我做这些。

我正打算对简说声谢谢,却听见身后传来愤怒的喘气声。我们转过头,看见帕丁森夫人正瞪着我们,看看我又看看她女儿。

"简,"她咬牙切齿地说,"回到屋里去。"

简咬咬嘴唇,悻悻走开了。帕丁森夫人停留了一会儿,用不信任的眼光狠狠瞪着我,然后跟在女儿身后离开了。她们走到房子转角处的时候,帕丁森夫人可能以为我听不见她的声音,气冲冲地对简小声说:"我怎么跟你说的?不是不许你跟那女孩说话吗?"

她肯定不会知道,我的听力范围远远超过所有普通人。事实上,马匹离农舍还有五分钟路程的时候,我就已经能听见它们在泥路上发出的嘎嗒嘎嗒的马蹄声了;鹰在旁边山谷里扑棱翅膀的声音我也能听见;而就在今天清晨,我在小山丘上看日出时,还听见她和帕丁森先生在离我一百五十米开外的厨房里压低声音争吵。

不过,就算她知道我能听见她说话,恐怕也不会在意。

我心里很不是滋味。我把牵引绳钩到黑刺的缰绳上,拉着它走出粮仓,朝果园走去。它顺从地跟在我身后,但尽量和我保持最远的距离,几乎把牵引绳都拉直了。

防范

　　1001步。1002步。1003步。
　　我走路的时候，步伐谨慎而沉稳，尽量让每一步都花上一整秒的时间，这是泽恩教我的。
　　为了避免吸引不必要的目光，我每天都得做无数类似的事情，隐藏真实的自己。如果我行动太快——用改良后的双腿全速奔跑——人们就会察觉我的异常。
　　搬重物的时候，我得假装很费劲。给面包炉添柴火的时候最麻烦，因为我可以一次性把所有木柴搬进屋子，但那看起来实在不像一个普通女人能做到的。所以我得分三次把柴火从外面搬到厨房，每一次都得痛苦地计算自己的步伐，还得时不时哼哼两声，假装很辛苦，让一切看起来更真实。
　　迪奥科技肯定在搜索所有的历史资料，无论哪个年代都不会放过。他们很可能有100号人同时负责这项工作，彻底搜查所有历史档案，寻找我的蛛丝马迹。我就算有一点儿差池，引来他人一丝不必要的关注，在小册子或官方文件上留下记录，都将万劫不复。他们一定会派人来调查。而我的新生活，我的新家，都会化为乌有。
　　中午时，我已经在果园里采摘了八大筐苹果和梨子，在黑刺的帮助下运回了农舍。我向她汇报收成时，帕丁森夫人十分激动，欣喜若狂地拍手称好。这是我第一次见到她开心的样子。显然，这是个"丰收的季节"，有足够的富余可以拿进城里卖。
　　我完成今天的工作量，留出了足够的时间把满是泥巴的裙子洗干净，然后晾到外面的绳子上，接着帮帕丁森夫人一起准备晚饭。我和泽恩刚到这里的时候，帕丁森夫妇给了我们一人两套衣服。"穿一套，洗一套。"他们说。
　　这些衣服确实需要一些时间适应。束身衣有时让我觉得喘不过气；及踝的麻布长裙常常把我绊倒；棉质的帽子弄得我脑袋很痒；还有长长的衬衫袖子，在下午的阳光下显得又厚又热。但这应该就是和泽恩在一起要付出的微

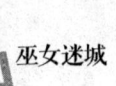

不足道的代价吧。在这里，我们可以免受他们的束缚。

晚饭过后，帕丁森夫人和我坐在厨房餐桌旁缝补衣物，其他人则和泽恩一起，坐在壁炉旁边，听他讲冒险故事，直到上床睡觉。

我一边灵活地做着针线活，一边听着泽恩温柔悦耳的声音，以及火焰噼噼啪啪的声响，让它们抚平我的思绪。我进入一种宁静平和的状态，享受着一天快要结束时的安宁，期待着大家睡下后我和泽恩的独处时光。

帕丁森夫人带有鼻音的说话声把我拉回了现实，她让我把另一卷线递给她。我礼貌地笑了一下，弯下身子去拿脚边篮子里的黑色线筒，然后把它递向桌子那头，摆到她面前。

我正要把手收回来，却听到帕丁森夫人发出恐惧而尖厉的吸气声，所有人都立刻停下正在做的事。泽恩不再说话，帕丁森先生和孩子们也不再倾听，就连壁炉里的火焰似乎也受到了惊吓，变成微弱的火苗。

所有人都转过头，盯着我。

我下意识地看向泽恩，他深色的眼睛睁得老大，眼神里全是警惕。自从我们来到这里，就逐渐掌握了无声交流的技巧。帕丁森一家几乎无时无刻不在身边，我们有时只能用眼神交流来传递重要信息。这对有秘密的人来说至关重要，尤其当有些秘密在这个时代会惹来杀身之祸。

他用头微微示意我伸出去的那条手臂。我看了一眼，立刻明白了。我的胃紧紧纠在一起，双腿升起一股冰冷的寒意。我被吓呆了，盯着眼前那无法掩盖的景象，感受着空气中弥漫的惊恐——一切都太晚了。

我的衬衫袖子往上跑，露出了左手腕上的皮肤。

更准确地说，是横穿我手腕的那条细长的黑色印记。

我把它叫作自己的文身，虽然这个叫法并不准确。但我一开始确实以为那是我的文身。实际上，那是迪奥科技在创造我时植入的追踪器。

泽恩提醒过我必须把它藏在袖子下面，永远也不能让人看见。我现在知道为什么要这样了。

帕丁森夫人嘟哝的声音总算停了下来，合上嘴，接着开口说：“那是……"

"别，"帕丁森先生责怪道，"别在孩子面前说那些。"

她又继续盯着我裸露的手腕，惶恐不安，呼吸困难。我想把手收回来，她却一把抓住我，紧紧捏着不放，指甲扎入我的皮肤。

我知道自己可以轻易甩开她的手。我比她强壮一百倍，但我知道自己不能那样。

"确实是！"她大声说着，把我的手腕抓到眼前仔细查看，显然没有搭理她丈夫的警告："我听玛丽·亚当斯描述过它。"她龇着牙吸了口气，发出嗞嗞的声音："那就是撒旦的印记！"

我不知道撒旦是谁，但看得出来，他或者她肯定是一个你不想扯上关系的人。四个孩子全都开始颤抖，而七岁大的迈尔斯边抽泣边爬到父亲腿上，他那小小的棕色眼睛充满指责地看向我。

"伊丽莎白！"她的丈夫怒吼，"你够了！你吓着孩子了。我之前就跟你说过，不许听玛丽·亚当斯那样的人胡言乱语。她就是个长舌妇，多事婆。我相信萨拉肯定能解释清楚她……"他看了一眼我的手腕，紧张地清清嗓子，"她手上那东西。"

所有人满怀期待地看向我，我则看向泽恩。我不知道该怎么解释，不知道要说些什么。无论我怎么做，肯定只会让情况更糟。

我看到泽恩的表情发生了变化。他的神情瞬间从不安变得冷静，丝毫没有花什么工夫。他轻声笑了出来，而我立刻担心嘲笑帕丁森夫人不是明智的选择。但泽恩似乎很清楚自己在干什么。

"噢，那个，"泽恩说着，伸手朝我手腕的方向随意一挥，而帕丁森夫人仍然紧紧抓着我的手不放。"说起来是一段很有意思的经历！你们肯定会喜欢的！"

他轻松的动作和愉快的声音瞬间缓和了整间屋子里的紧张气氛。接着，泽恩毫无破绽地讲了一个他编造的故事——我8岁的时候，父亲的商船曾经被海盗突袭俘获，他们把船上所有人抓了起来，并给我们刺上特殊的符号，证明我们是他们的俘虏。

所有人一下就被他的故事和生动的讲述方式深深吸引。讲到最后那场帮助我们逃离魔爪的击剑对决时，他站起身，挥舞双臂，栩栩如生地还原了整个故事场景。

所有人的目光都被泽恩所吸引，甚至没有一个人看向我这边。他们都专心致志地听着泽恩的故事，仿佛完全忘记了引发这一切的原因。

除了帕丁森夫人。

我抬起头，发现她恶毒、怀疑的目光仍紧紧盯着我。她的嘴用力抿着，脸上挤出一条僵直的横线。她没被泽恩激动人心的故事骗得团团转。事实上，我觉得她一个字都不相信。

我挤出了一个胆怯的微笑，小心翼翼地把手抽离她的钳制，收回了手臂。而她的目光一直没从我脸上移开，她的指责也一刻未曾停止。

我匆忙做完手上的针线活，把缝补好的袜子放在桌上，然后收拾好自己的位置。泽恩还在全神贯注地讲述我们和海盗间的那场搏斗，每一个细节都描述得十分生动。

我一言不发地站起身，朝楼梯走去。泽恩停了一会儿，挑挑眉向我投来关切的目光。你还好吗？

我无力地耸耸肩、点点头，只想赶紧离开屋子，消失在紧闭的门后，消失得无影无踪。

我匆匆向楼梯走去，想要尽快摆脱他们。可我强迫自己谨慎小心地默数步伐，用人类的速度行走——1001步，1002步——感受着帕丁森夫人的目光如针尖般扎在我的脑后。

故事

房门在我身后关上的那一刻，我脱下鞋，摘下帽子，松开盘发，瘫倒在床上。床板嘎吱作响。我把手搭在胸口，感受着自己的心跳。伴着我急促的呼吸，胸腔不断起伏。

我闭上眼，试图让自己冷静，安慰自己没什么，她明天就会把这一切忘得一干二净。可我知道，这不过是自欺欺人。

我真希望自己有迪奥科技的意识接收器，这样就可以深入帕丁森夫人的大脑，找到那段记忆，然后将它抹去。刚来这儿的时候，我随身带了一些接收器，可是泽恩坚持要我把它们扔进附近的水塘里。他说这些东西一旦被人发现，只会引起怀疑。

不过，那些接收器得搭配合适的仪器一起使用，否则也没什么作用。就算我能在帕丁森夫人睡着的时候潜入她的卧室，把接收器固定在她头上，我还是需要电脑来连接这些接收器，这样才能找到她的记忆，然后把它清除。

我心不在焉地用指尖轻轻抚摸手腕内侧那条黑色的细线。

"撒旦的印记。"

我想起他们第一次找到我的时候，那条黑色的线发出嗡嗡的声音。那时他们离我很近，可以检测到我的位置。

那是在2013年的8月，我和寄养家庭卡尔逊一家——希瑟、斯科特和他们13岁的儿子科迪——生活在一起，住在加利福尼亚州的韦尔溪小镇上。

当时，人们以为我是一场空难的唯一幸存者，从天上坠落却幸运地活了下来，并因那场事故而丧失记忆。他们相信我是一个普普通通的十六岁女孩，在某个地方有家人和朋友。

可那一切都不是真的。我根本没有在那架飞机上。我也不是普通的十六岁女孩。我没有家人，也没有朋友。

我出现在2013年完全是场意外。我和泽恩本来打算逃到1609年，可是中间出了些差错。至于是什么差错，我们至今都没弄清。

"当时发生了什么？"来这儿一周后，我问泽恩："我们为什么会分开？"

他突然沉默不语，不肯看我。"你松手了。"他低声说。

他的回答让我大吃一惊，差点儿说不出话："什么？"

他终于和我对视，但眼里有些阴翳——是怀疑，我从未见过他这样。"你松开了我的手，"他解释说，"穿越快要结束时我感觉到的。就像你改变了主意。睁开眼时，我出现在了这里——1609年，而你却不见了。"

"肯定是没握紧。"我不敢相信他的话，猜测道。

但他摇摇头。"不。"接着，他重复那四个字，"你松手了。"语气中的坚定让我喉咙干哑。无论何时，只要我想到他这句话，就会觉得浑身冰冷。

无论什么原因，我最终一个人出现在了21世纪，不知道自己的身份，没有一丝记忆，而且对那个时代一点儿也不了解，甚至十分害怕。

我很快成了名人，警察把我的照片传遍全球，相信总会有人来找我。

这一点他们倒是对了。

确实有人来找我，但不是我的家人，不是我的朋友，而是他们。

幸运的是，泽恩先找到了我。他试图向我解释发生的一切——我为什么会在那里，那些跟踪我的陌生人是谁。我一开始没有相信他，不知道他是谁。但我内心有一些东西——一些被深深埋藏的火光——只要他出现在我身边，那火光就会更亮。虽然我大脑一片空白，虽然我多疑、害怕，迫切想要得到合乎常理的答案，但我似乎还是记得他，相信他。

突然，一阵轻轻的叩门声打断了我的思绪。我立刻坐起，把袖子拉下，遮挡住手腕，然后挺起胸膛，说："请进。"

房门"吱呀"一声开了，可我没看见任何人在门外，以为是风把它吹开了。我把目光向下挪了一米，看见简小小的金色脑袋探进了房间。

就像早上在粮仓时一样，她的出现让我倍感吃惊。

简静静走进房间，手肘夹着她的小娃娃，露露。她把房门关上，一句话也没说。接着，她径直走向我的床沿，站在我面前，用柔和而好奇的目光看着我。露露那两只黑色扣子做的眼睛也同样好奇地看着我。

我感到有些不自在，想要看向别处，但简身上那种天真无邪让我挪不开眼睛。她咬咬嘴唇，一脸专注，皱着眉头望着我，像是在努力读懂我的表情。然后，她总算开口，用乖巧可爱的声音问："为什么你从来都不给我们讲故事？"

这个问题让我有些措手不及。我不知道自己以为她会问些什么，但至少不是这个。我没怎么和小孩子打过交道——事实上，从来没有。说实话，他们让我有些紧张不安。因为他们太小，看上去太脆弱，而且让人捉摸不透。他们会突然打你的肚子，或是大哭大闹，抑或瞬间崩溃。

"啊，"我结结巴巴地说，"我……我……我不知道。我没什么故事可以讲。"

"那你为什么不编些故事呢？"她建议道，声音中有明显的暗示，仿佛这是个显而易见的解决方法。

"你不喜欢本的故事？"

她左右晃晃脑袋，白色帽子上的带子在肩膀上跳动。"喜欢，"她回答，听上去颇为老练，"可那些故事都是讲给男孩子听的，我想听一个女孩的故事。"

她用又大又圆的眼睛看着我，充满期待。我立刻意识到，她是想让我给她编个故事，就是现在，就在这里。

"嗯，"我又说，"好吧，我给你编个故事。"

她立刻咧嘴展露一个大大的笑脸，露出两排歪歪扭扭的乳牙，下排的牙齿还缺了一颗。她笨手笨脚地爬上我的床——双手、膝盖、胳膊肘一通乱扒——接着坐到我的右侧。她把娃娃放到腿上，一只手臂搂着它的腰，另一只手则随意搭在我的大腿上。显然她没有想太多，仿佛我们之前已经多次这样坐在一起。

面对她突如其来的亲近和触碰，我的身体不禁有些紧绷。这让我回想起那匹蠢马看到我进入马厩时的反应。

她抬头看着我，尖尖的下巴抬得老高，蓝色的眼睛眨巴着，嘴角弯弯，露出耐心的微笑。她静静等着，充满期待。我希望她的期望别太高，不要指望我能讲出泽恩那样生动的故事，不然她只会失望。

"好吧，"我局促不安地开始，在脑子里搜寻可以说的话题。"这个故事讲的是……"

讲的是什么？我真的要临时编造出一个完整的故事吗？一段完整的生活？我连自己的生活都没弄清楚！我继续寻找灵感，却连一个开头都想不到。我的大脑一片空白。

泽恩每次都是那样信手拈来，不费吹灰之力。他只是张张嘴，然后整个传奇故事就源源不断倾泻而出，甚至每个细节都经过精雕细琢。而我连一个

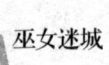

引起话题的人物、地点或东西都想不出来。

迪奥科技的科学家在创造我时是不是一点儿想象力都没添加？

我想可能是。不管他们想要利用我达到什么目的，想象力都绝不是对他们有利的东西。事实上，任何想象力可能都会被他们看作一种缺点，一种威胁，一种能协助我逃跑的能力。只是他们没想到泽恩会介入。

简还在看着我，等我讲述一个激动人心、充满冒险的故事。不幸的是，我得向她坦白，我编不出来那样的故事。我就是办不到。而她今晚得从别的地方寻求那种娱乐了。

"关于公主的故事。"她在我身边轻声说。

我不解地皱皱眉："什么？"

她看起来有些不耐烦，接着叹了口气，解释说："所有的好故事都是关于公主的。"

"噢，"我慌忙回答，"好的。是的。好吧，这是个关于公主的故事。"

简满足地点点头，表达她的满意，接着示意我继续。

"这位公主她……她……"我又接不下去了。

"她住在詹姆斯国王的城堡里吗？"她问道，充满期待地扬起眉毛。

"不是的。"我摇摇头，第一次这样对某些东西充满自信，"她生活在很远的地方。非常非常遥远。"

简的眼睛闪烁着光芒："新大陆吗？"

"比那里还要遥远。超出你的想象。"

她对我闪现一个鼓励的微笑。

"那么，"我试探性地接着说，不太确定自己要怎么继续，"这位公主她很……很……"

"很特别。"简把我的话说完。"她肯定很特别。"

"是吗？"

"当然，"她坚定地回答，"不然我们为什么要讲她的故事。"

"很好。是的，她很特别。"

"怎么特别？"简提示我，她的眼睛里再次充满渴望。

我环视房间，想要寻求灵感，但什么也没找到。"好吧，她很特别，因为她有……有……"我停下来，抿抿嘴，低头看看我的手腕，再次把它藏到袖子里。

"……神奇的魔力。"我总算说完了。

"哇哦！"简认可地用力点点头，朝我挪得更近，我们的腿靠在了一起，"什么样的魔力？"

她的激动出乎意料地感染了我，让我开心得有些头晕目眩。一股暖流穿过我的身体，我发现自己很想努力把握这种感觉，想让她开心。

"嗯，"我开始说，脸上不自觉地露出微笑。"她跑得非常快，身体非常强壮。"

"比男孩还要强壮吗？"

"比任何人都强壮。"

简着迷地睁大眼睛，张开嘴巴。她的热情感染了我，让我充满动力。"而且，她在黑夜中也能看得清。"我补充道，试着让自己的声音充满韵律。泽恩讲故事的时候常常这样，"她能听到很遥远的声音，看书速度非常快，而且会说很多种语言。"

"法语吗？"简问。

我点点头："是的。有法语、西班牙语、葡萄牙语和俄语。"

"真是太神奇了！"简惊叹道，明显被这故事深深吸引。

我不禁笑出了声："对，我想是的。"

"她真幸运。"

我叹了口气："事实上，她一点儿也不幸运。她被迫远离自己的家乡，逃到一个陌生的地方，隐藏自己的能力，因为有坏人在追踪她。"

"他们想要她的魔力。"简聪明地补充道。

"正是如此。他们想要捉住她，把她带回曾经逃离的地方。"

"有位王子出现了，对吗？"简猜测，仿佛这样就解决了所有问题。

我想，对于一个六岁小女孩来说，确实如此。

"是的，有位王子出现了。他……"我的声音越来越小，我想到了泽恩，全身的皮肤不禁有些细微的刺痛——每当想起他都会这样，"嗯，他帮助公主从坏人的魔爪里逃了出来。公主很爱他。"

我立刻从简的神情看出来，这是正确的回答。她脸上露出胜利的微笑。"所以她现在很开心对吗？因为她顺利逃出来了。"简甜美的笑容让我的胸口有如针扎。她看上去仿佛把一切都押在了我的回答上。

"她一开始是很开心。"我小心翼翼地回答，"然而，由于她太特别，常常会感到……"我舒了口气,从呼吸中汲取力量,"孤单,害怕。就好像没有一个地方是她的归属,就好像她不是……"我又停了下来,低头看着露露,它那手工制作的渺小身躯被搂在简纤细白皙的手臂里,褪色的红色嘴巴永远弯弯上扬。它那纽扣制成的黑色眼睛正看着我,一眨不眨,没有任何情感。

"……人类。"

这两个字犹如陈腐的烟气,飘荡在空气中,等待着风来决定它们停留多久,何去何从。

我再次低头看简,她的眉头又皱了起来。我很担心她是不是不开心了。"可她又不是动物。"她争辩道,声音里满是疑惑。

"不……不,"我试着解释,声音有些磕磕巴巴,"我的意思是,她觉得自己……浑浑噩噩。"

简陷入了沉思,她看上去正在消化我所说的一切,分析每句话,思考这是不是一个令人满意的故事。

"如果她真的浑浑噩噩,"她总算开口,"怎么能成功逃离坏人的魔爪呢?那是个正确的选择。"

我勉强笑笑:"我想是吧。"

我俩很长一段时间都没吭声。最终,我察觉她在拉我的衬衫袖子。我低下头,看见简已经小心翼翼地把我袖口拉开,露出那条细细长长的黑色印记。

她仔细看了一会儿。接着,她鼓起勇气,伸出一根小小的手指——像根小苗似的——抚摸那条印记。她顺着细线轻轻来回抚摸,那感觉就像一只鼠崽儿在我手腕上跑来跑去。

我什么也没说,一动也不动,静静看着,感受着。

"她真的需要把秘密藏好。"简终于说。她的声音很小,却十分镇定,展现出不符合她年龄的聪慧。

她把手收回,让我的袖口慢慢滑下,再次挡住手腕上的印记:"这样他们就再也找不到她了。"

她抬头看着我,蓝色的眼眸水汪汪的,闪烁着光芒。

我的下嘴唇止不住颤抖,我用力把它咬住,小小的血滴缓缓滑到我的舌头上。

"是的,"我无视嘴里的血腥味说,"她是得藏好。"

本能

一天之中我最喜欢两个时间段，一是在大家都还没醒来的清晨，我时常独自坐着，看太阳慢慢升起；二是在深夜，我们吃完晚饭收拾好餐具后，孩子们都被叫去上床睡觉，帕丁森夫妇也回到了自己的卧室。此时，我和泽恩偷偷溜出农舍，蹑手蹑脚地穿过农田，钻过篱笆，躲进树林里。

在那里，我们可以独处；在那里，我不必隐藏；在那里，我可以做回真实的自己。在那里，我们拥有绝对的隐私。

今夜，我俩又来到老地方，泽恩把灯笼放到一旁的地上，那灯火在树林里洒下一片柔和而温暖的光。泽恩很快便着手布置空地，从周围抱来一捧捧枯叶、细枝和青苔，把它们覆盖在冰冷的土地上，铺出一张柔软的"大床"。我在一棵粗壮的榆木树干旁等着，看他忙活，等他叫我。

他弄完之后，站在刚刚搭好的"大床"中央，朝我看过来。"我今晚想试试新的方式。"他开口说，声音沉稳而谨慎。

"新方式？"我重复道，语气立刻变得有些紧张。

泽恩显然听出了我的紧张，因为他给了我一个熟悉的表情：头微微压低，向右侧倾斜，深邃的眼睛紧紧盯着我，嘴巴抿着。

"没关系的。"他告诉我。

我点点头，和他对视，试图让自己的表情也和他一样坚定。但我感觉自己远没他看上去那么自信。

"时候到了，我希望你主动攻击我。"他说，声音沉着而冷静。

我赶紧摇摇头，甚至想都没想。不，想都别想，我做不到，就是做不到。但泽恩向我靠近一步："你可以做到的。"我再次摇头，已经能感觉到我的双腿开始颤抖，准备逃跑。就好像被挤压的弹簧。

"是的，你可以的。"

"泽恩……我……"我张口说。

但他立即打断我的话："就和别的夜晚一样，反抗它，你比自己的本能更加强大。"

我闭上双眼，用心感知，有一种火焰在我的腿上熊熊燃烧，有一个声音在我耳边大喊，让我快跑，快逃离这个地方。我用力吞咽，想把这个声音压制下去，深深埋藏，直到自己再也听不到它。

"向我跑来，"泽恩在几米外命令我，"你可以做到。把我想象成你的敌人，你害怕的一切、厌恶的一切。"

整个树林死一般寂静，仿佛所有的动物、昆虫和植物都在屏息等待接下来发生的一切。我能看见泽恩在深呼吸，给自己打气，为接下来的事情做好准备，而我还不确定自己能不能做到。

接着，他发出一声低沉沙哑的吼叫："攻击我！"

我的眼睛猛地睁开，来不及让肌肉思考，来不及让本能反抗。我朝他狂奔过去。而他调整站姿，把腿分开，微微下蹲，让自己站得更稳。

我重重地撞在泽恩身上。他有些蹒跚，但还是直直站着。他的手臂迅速挥动，一记左勾拳朝我脸上打来。我立刻屈身躲避，还了一记回旋踢，正中他小腿。泽恩发出一声叫喊，摔倒在地，但随即站了起来，气喘吁吁。

我不能！我听到身体里有一个声音在叫喊。我做不到！

我看了一眼通向农舍的狭窄小路，身体的每一块肌肉都想朝那里跑去。我想要退缩。树林在向我召唤——逃跑的安宁，树木的安全感。

我向它们迈出一步。

"不！"泽恩嘶吼，"不要退缩！不要听从内心的声音！你比他们更强大。他们再也无法控制你。你不属于迪奥科技。"

我深吸一口气。他说出来了。自从我们来到这里，这还是他第一次叫出他们的名字，而且这么大声，让大家听见，让他们听见。

他的呼喊起作用了。我猛地转头看向他，一股仇恨而愤怒的能量在我体内膨胀。我怒目盯着他，咬牙切齿，肌肉燃烧。他朝我腹部猛地一击。我轻而易举挡住了。接着他朝我胸口又是一拳。我仍挡住了。

第三拳他向我的脸部挥来。但这一拳有些疲软无力，不成气候。他有些急了。我抓住他挥舞在空中的拳头，用力扭转，直到他被迫转身，背对着我。这是一个对他非常不利的位置，不堪一击，正是了结他的最佳时机。我迅速踢出右腿，抵住他的小腿，用力一拉——就像泽恩教我的那样。他的头猛地向后，身体重重摔倒在地。刻不容缓，我没等他起身，立刻骑在他身上，单膝跪地，另一个膝盖用力抵住他的胸口。我用掌根压住他的气管，他下巴立刻抬了起来。以我的力气，只要稍稍用力，他就会命丧黄泉。

泽恩扭动身体，想要挣脱。我立刻用膝盖加大力度压住他的胸腔，直到听见他呻吟了一声，放弃挣扎。我仍保持自己的动作，他再激怒我一下，我就会把他了结。接着，我听到他的喘息。

"很好。"他用被紧紧压住的喉咙说。

我把手拿开，松开压在他身上的腿，放到他身体的另一边。泽恩吸了口气，有些咳嗽，接着用手肘撑起身子，非常骄傲地看着我露齿而笑。

我好一会儿才反应过来发生的一切。就在我和他打斗的那短短几秒之间，我的大脑一片空白，似乎被身体控制了。我眨眨眼，低头看着泽恩，他还被我压在身下，看上去比很长一段时间以来任何时候都要开心。

"你做到了。"他告诉我。

"是吗？"我还是有些晕头转向。

"是的！"

我做到了，真是难以置信。我打败了自己想要逃跑的本能。我能够和印刻在自己基因里的天性对抗。我学会了斗争。

迪奥科技的科学家创造我的时候，改造了我的基因，让我拥有拒绝斗争的本能。这样是为了让我成为温驯的小鹿，而不是勇猛的狮子。也就是说，每当我面对威胁或者危险的时候，我都会下意识地逃跑。这是为了避免我反抗自己的创造者。以我超乎寻常的能力，一定会赢得斗争，所以我的基因被设计成这样，以防万一。

过去六个月里，泽恩和我一直在努力克服这种本能，只有这样，我才能保护自己，以免他们找到我们，以免我们陷入险境。

泽恩坚信，只要有充足的时间，经过充足的训练，我就可以克服本能。所以每当深夜，等其他人都回房睡觉后，我们都会来到这里，由泽恩来教我如何对抗，如何击倒攻击者，如何让人动弹不得，如何解除对手的武装——一切能让我脱离危险的技巧。

今晚是个重要的转折点，是我第一次拥有了斗争的能力，而且取得了胜利。这是我第一次没有跑开，没有逃离。更重要的是，今晚是由我开始这场对峙，是由我主动发起攻击。我变成了雄狮。

我逐渐意识到自己的能力，不禁露出笑容。我看向泽恩，他正用炽热而欣喜的目光注视着我。我俯下身，趴在他身上，双手捧住他的脸，把他拉得更近，直到我们的身体紧紧贴在一起。

泽恩在我身下移动了一下，发出一声沉吟，那声音不像是愉悦，更像是痛苦。我发现了他的异常，立刻起身。"你还好吗？"我问道。

他笑笑，抬起手轻轻摸了摸自己的后脑勺："还好。你刚刚下手有些狠，我的脑袋好痛。"

我惊慌失措，从他身上下来，站起身。"对不起！"我大声说，熟悉的愧疚感涌上心头，我的胃像被一床湿毯子包裹住了。

他挣扎着坐起来，痛得龇牙咧嘴："没关系，那确实是我自找的。"

我向他伸出手，他抬手握住。我缓缓把他拉起来时，他的脸上露出疼痛的表情。他的身体有些晃晃悠悠，他立刻抓住身旁的树枝，让自己站稳。他把头靠在树上，闭上眼睛缓了好一会儿。

"你确定还好吗？"我问。

他挤出一个虚弱的微笑："没事，睡一觉就好了。"

我点点头，眨巴着眼睛："我真的很抱歉。"

"别这样，"他的头仍抵着树，轻声说，"你表现得很好。"

一阵疾风把我们头顶上方的树叶吹得沙沙作响，我听到远远传来一个女人的声音，我发誓绝对没有听错。那声音有些缥缈，像是没有说完。

"来找我。"

我赶紧抬头，环视四周，搜寻声音的来源。但周围除了正在睡觉的动物和嘎吱作响的树木，什么也没有。

"怎么了？"泽恩问道，他注视着我，脸上写满担心。

"你听见了吗？"

泽恩抬起头："听见什么？"

"那个声音，"我侧耳对着黑暗的天空，说，"我发誓自己听到了一个女人的声音。"

泽恩蹒跚着从树旁走开，动作有些吃力。"我什么也没听见。"他说道，呼吸有些受制。

他的虚弱让我有些惊慌，我拿起灯笼走到他身边，把他的手搭在我肩膀上。我们缓缓向农舍走去，让他一路都倚靠在我身上。

我承认，这是个好的转变。

吊坠

　　我帮泽恩脱下他的皮靴,接着是外套、衬衫和马裤。他倒在枕头上,立刻呼呼大睡。我慢慢解开自己的束身衣,享受松开束缚那一刻的轻松和自由。我脱下长裙,换上亚麻睡裙,然后把松散的长发编成辫子。

　　我看了一眼房间那头的泽恩,他的胸膛正缓缓起伏。他睡觉的时候看上去总是很平和。可今晚,他的脸微微有些扭曲,让我不禁觉得自己今天在树林里不应该下手那么狠。毕竟他只是个普通人,而我……

　　我吹灭灯火,踮着脚尖走过嘎吱作响的地板,爬上床躺在泽恩的身边。他微微动了动,转过身朝向我,手臂紧紧抱住我的身体。

　　这是他每天晚上都会做的事,可这一次,不知为什么,它感觉上有些不同——我觉得有些不同。他的触摸本来让我觉得很安心,可这次却恰恰相反,他让我觉得很紧张。但不是那种不好的感觉,而是……美妙。

　　他裸露着肩膀,月光透过窗子照进房间,让他的皮肤泛起微光。他的肌肉线条柔和起伏,皮肤像天鹅绒般细腻。他的嘴唇正在我肩膀上方,我翻在他身上,紧紧吻住他的双唇,仿佛要和他融为一体。泽恩在我身下动了动,显然是已经醒了。他开始回应我的吻,像是优美的舞步。

　　那一刻,我感受到了一切。他起伏的胸膛,坚硬的胯骨。我感觉自己的每个神经元都在燃烧,我的感知变得前所未有地灵敏。我仍然用力亲吻着他,紧紧勒住他的身体,像对付敌人那样。

　　那一刻,泽恩突然把我推开,一切戛然而止,我有些失去平衡。我感觉自己像是跌落万丈深渊,没有什么来拯救我。我睁开眼,看见泽恩正盯着我,一脸困惑。

　　"你在干什么?"他用低沉的声音问。

　　我摇摇头,浑身滚烫,呼吸急促,却解释不清自己为什么会这样:"我不知道,不明白自己究竟怎么了,就是觉得很疯狂……很急迫,但我不知道为什么。"

　　泽恩盯着我,过了一会儿便开始咧嘴大笑。

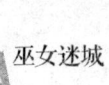

"怎么了?"我问着,把他推开,"有什么好笑的?"

他很快收起笑容:"对不起,那一点儿也不可笑。这一天我等了好久。"

我瞥了他一眼:"等什么?"

"等你觉得……"他看上去不太自在,脸上一抹嫣红。"呃……"他断断续续地说,"等你觉得准备好了,我想。"

"准备好什么?"

他眼神闪烁,不安地揪着被单边缘。接着,他看上去像是终于鼓起勇气,看着我的双眼,和我四目相对:"那件事情会让我们更加亲密。"

是的!我立刻这么想。那正是我想要的。

我身体里的火苗又开始燃烧,但我很疑惑:"我不明白,那究竟是什么?"

他迟疑了一下,回答:"那不是我能解释清楚的。我的意思是,可以解释明白……"他脸上的红晕又出现了,"只不过我更希望你自己体会。那样会更有意义。"

"既然那会让我们更加亲密,为什么我们还没尝试过?"

"好吧,首先,你还没有准备好。你的思想,情绪……"他停顿了一下,又把目光挪开,"身体。我的意思是,我教过你拥抱是什么,灵魂伴侣是什么,但你还完全不了解爱和与之俱来的本能是什么。"

我微微一笑:"你是个好老师。"

他轻声发笑:"这我倒不知道。不过,我也不专业。在遇到你之前,我只关心机械装置、计算机入侵和食物,从来没在乎过女孩。"他停顿一下,又脸红了,"我是说,原先不在乎女孩。我从未……你知道的……"他清清嗓子,"无论如何,我原先也不知道那些事情。"

"那是谁教你的?"

他的神情瞬间变得温柔:"之前的你。"

我叹了口气,咬咬嘴唇:"我不明白。"

"不好意思,是我说得含糊不清。我的意思是,我曾经想过那件事,但知道你还没做好准备。之后你准备好了,我却改变了主意。"

"为什么?"

他用手指轻轻摩挲我的肩膀:"因为我知道他们会把一切偷走,就像其他东西一样。一发现他们在不断清除你的记忆，我就知道，就算我们做任何事，也会被他们抹去。而我无法忍受这样的事情发生。所以我决定再等等。"他停了一下，沉重地叹了口气，"直到我们来到这里。"

我把下巴放在他胸膛上，听着他的心跳："是的，我们来这里了。"

他看上去比以往都要紧张："是的，我们来了。"

"所以你能教我那件事情吗？现在？"好奇心几乎要将我吞噬。

"明天晚上吧。"他轻声说，轻抚我的脸颊，"在我们的树林里。"

"好的。"我回答，试图掩饰自己的失落。我把头躺回枕头上。他转向我，我们的鼻尖正好碰到。

"晚安，小肉桂。"他低声说。我看着他的眼睛缓缓闭上。

我翻身平躺，盯着天花板，听着农舍里的声音——墙壁诡异地嘎吱作响，地板下面的老鼠跑来跑去，窗户外面的猫头鹰一声接一声叫着。

我找到自己的吊坠，把它拿出来，指尖轻轻拂过锁扣，浮想联翩。

这是我在漂浮着飞机残骸的海面上醒来时身上唯一的东西。只有它能证明有人在这个世界上的某个角落关心我。

我后来知道它是泽恩送给我的，是他亲手设计的。正面有我最喜欢的符号——永恒结，背面则是一个特别的公式：$S+Z=1609$。

这永远提醒着我曾许下的诺言——我们要逃到一个没有科技的地方，没有迪奥科技的地方。

但我知道了它隐含的真相。

事实上，这个吊坠是我逃脱的关键——无论我发生了什么事，无论他们能不能来这里找到我。

这是激活我穿越时空的基因的设备。

如果我想要穿越，就必须把锁扣打开，不然，我的基因就处于休眠状态，毫无用处。所以我才坚持要时刻戴着它。

我紧紧握住小小的心形吊坠，渐渐睡去，回想起了里奥。

那个把我创造出来的男人。

他和詹斯·阿利克斯特是迪奥科技的创始人。他们联手创办了这家公司，但他们的观点逐渐产生分歧。在我被创造出来以后，他们很快发现我和预期中的不太一样，不是一个顺从、没有灵魂的机器人。相反，我是一个有血有肉的人，有真实的情感、想法和爱的能力。最重要的是，我会反抗。

阿利克斯特认为这是一个错误，需要修正。里奥却不那么想。

所以他才帮我逃跑。是他给了我和泽恩穿越时空的基因，是他在我的吊坠里安上特殊装置，让它可以控制我的穿越时空基因。据他所说，这种基因十分不稳定，也没有足够的试验来证明它的安全性。他坚持要我在不用它的时候关闭锁扣，避免可能受到的伤害。

他给我这基因就已经拯救了我的生命。

当阿利克斯特在2013年找到我的时候，里奥再次拯救了我。可这一次，他没那么走运，因为阿利克斯特发现他背叛了自己，把他杀害了——就在我面前。

我依然记得里奥一动不动地躺在洞穴的地面上，四肢扭曲，脸因痛苦而变形。而我，却无能为力，只是坐在那里看着一切。他为我做了那么多，我却不能回报，不能拯救他。

这是我想要忘记的事情。这是我不想记起的回忆。

而我，注定要失败。

剜肉

我在树林里奔跑。松针和尖利的砂石划伤我裸露的双脚,但疼痛没有让我止步。我得找到它,我能听见它在树木间呼唤我。但无论我多努力地寻找,还是无法确定它的位置。无论我跑得多远,它似乎都在更遥远的地方。

我停下脚步,气喘吁吁。我擦干汗水,仔细观察。接着,我又听见了那个声音,比之前更近,更急切。

怦怦!怦怦!怦怦!

我低下头,终于看见了它。那个黏糊糊、怦怦跳、湿漉漉的红色心脏就在离我不到一米的地方。它被埋在树叶下面,但仍在跳动。它还活着。

此时,我才注意到自己胸前有一个黑色的大窟窿,周围的皮肤破破烂烂,仿佛有人用一根树干把我的胸口戳开了。

我俯下身,小心翼翼地把这剜下的器官捧在掌心,护在胸前,生怕它受一点儿伤害。

一个身影在眼前晃动,伴随着树枝被踩断的声音。我猛地抬头,发现他就在我面前——那个有着浅金色头发和钢青色眼睛的男人,他面容刚硬,棱角分明。

"对不起,塞拉,"他说,"但我现在必须把它带走。"

"阿利克斯特,求求你了,"我乞求道,"让我把它留下吧。"

他仍然无动于衷,面无表情。"它不属于你。"说完,他伸出手,轻而易举地从我手中夺过那颗心脏,只留我双手空空,沾满血迹。然后,他令人作呕地微笑,深情抚摸着那仍在跳动的心脏说:"它属于我。"

我倒吸一口气,猛坐起身,气喘吁吁。我感觉自己快要窒息,只能挣扎着吸入空气。我揪住胸口,寻找那道伤口——那个窟窿,那个伤疤。当我发现自己的皮肤完好无损时,不禁松了口气,瘫倒在床上。

外面天色未亮。我翻身把腿搭在床沿上,头深深埋进双手里,试图调整自己的呼吸。我睁开眼,看着自己的左手腕,盯着那扭曲丑陋的细线——帕丁森夫人说它是撒旦的印记。

我的烙印。我的污点。

它或许也意味着迪奥科技的财物。

我感觉怒火涌上心头，那是一种激烈而难以控制的愤怒。

我站起身，穿过房间，完全不在乎地板刺耳的嘎吱声和我沉重的脚步。我猛地拽开房门，冲下楼梯。

一进厨房，我左右扫视，直到发现自己要找的东西。我迅速走到已经吃了两天，所剩无几的面包条旁，抽出那把锯齿状的餐刀。

我冲出大门，径直向劈柴火的台子走去，蹲下身，把手平摊在粗壮的木桩上，掌心朝上。接着，我小心地用刀尖抵住自己的手腕，锋利的刀刃划过我的皮肤——划过我这被科技改良的躯体——渗出鲜红的血珠。我用刀锋沿着黑色印记的一侧割下，接着绕向另一侧，剜下一长条皮肤，留下触目惊心的伤口。

鲜血很快涌了出来。我用睡裙的边缘压住伤口，止住血流。

我把刀放下，握住剜下的那条弯曲不平的皮肤，大步迈向我常去看日出的小山丘。我用尽全身力气，把那不祥的黑色肉条扔向山谷，看着它在黑暗的天色里飘落，然后掉在麦田的边缘。

接着，我瘫在地上，静静等待。

一个小时之后，太阳从地平线探了出来，和以往一样，仿佛一切都没改变，仿佛一切都不会发生改变。

第一束阳光照亮了麦田里一排排耕种得整整齐齐的庄稼，那是泽恩和帕丁森先生辛勤劳动的成果。

今天早晨的天空灰蒙蒙、阴沉沉的，预示着暴风雨的来临，或许就在今天下午晚些时候。农场里的工作在雨天总是格外艰难：雷声让牲畜变得焦躁不安，淋湿的衣物更加沉重，收进屋里得花不少力气，而且很长时间都干不了。

从我坐下来到现在，还没看一眼我的手腕。我深吸一口气，看向左手腕，它还被包在我睡裙里，裙边已被染红。我回去还得想办法向帕丁森夫人解释。我缓缓揭开裙布，布料已经和我的皮肤粘在了一起，撕开的过程让我疼痛难忍。

看到裸露的血肉，我沉重而无奈地叹了口气。伤口上逐渐长出淡粉色的新皮肤，和周围的割痕慢慢融为一体。它最终将和原本的皮肤完美地生长在一起，看不出一点儿痕迹。

但最让我不安的并非皮肤不可思议的自愈速度——毕竟我的身体有太多不可思议的能力。最让我不安的，是苍白的新皮肤上那条细长的黑线，它看起来就像刚画的。

我知道自己不该感到吃惊，也不该失望。泽恩早已跟我说过，这个追踪器是我基因里无法改变的一部分，就像我的肤色、鼻子的形状一样。无论我多少次把它剜下，将它烧毁，或清除，它都会重新生长，一点儿变化都不会有。

我可能只是想亲自确认一下。我必须亲眼见到迪奥科技在我身上留下的无法磨灭的痕迹，永远无法逃避的烙印。

我用指尖轻轻抚摸新长出来的印记，它看上去比以前更加黑。

我不禁哆嗦了几下，才注意到清晨凛冽的空气。我一开始并没发现自己有多冷，也没发现这睡裙根本无法阻挡寒气。当然，我的身体可以适应极端的天气，比普通人更耐寒。

我抬眼看向阴暗的天空，灰色的云雾正在聚集。我要想赶在倾盆大雨前完成工作，现在就得动身。而且，我还得想办法处理睡裙上的血迹。怎样才能躲开帕丁森夫人的注意把它洗净呢？不然她又该大发雷霆了。

我正想起身，却被一阵眩晕袭倒在地。我的头突突地抽痛，周围的空气像是充满电流，有了生命力。

接着，我又听见了那个声音，从遥远的地方飘来。

是那个女人的声音，在即将到来的风暴中低语，缥缈地呼唤着我。

来找我。

我迅速转头四处搜寻，想要知道那声音究竟从何而来，究竟是谁在说话。但就像昨夜在树林里一样，我什么也没看见。这里只有我一个。

我紧紧闭上双眼，仔细倾听，但只能听到风声，还有乌鸦在新种的庄稼上饥饿地盘旋。

最终，我放弃寻找，无奈地叹了口气，再次起身。

出行

回到房间,我吃惊地发现泽恩还在睡觉。他平时天一亮就会起床。除此之外,房间里比平时似乎要更暖和一些,还有一种明显的腐臭味。

我急忙跑到窗边,把窗户推开。早晨的清新空气立刻让房间焕然一新。我把头伸出窗外,感受着寒冷的空气渗透我的肺部。

我转过身,发现泽恩正瑟瑟发抖,裸露的手臂和后背满是鸡皮疙瘩。我立刻关上了窗户。

我迅速换好衣服,把脏兮兮的睡裙塞进衣柜深处,晚点儿我再处理它。接着,我朝床走去,坐到泽恩的身边。他一动不动。

我伸手摸摸他的脸颊,却被烫得缩了回来。他的皮肤在燃烧。我摸摸他身体四周的被单,湿漉漉的。

"泽恩?"我轻轻晃动他的身体。他被我叫醒,挣扎着睁开双眼,此时我才发现他眼睛下面深深的紫色。他眼白上全是血丝,原本闪亮的眼眸变得有些浑浊,这让我紧张不已。

我仔细查看他身体的其他部位。他深色的头发纠缠在额前,肤色苍白,泛着病态的黄色,而且脸上一点儿血色都没有。他努力支起身子,双腿垂在床边,表情痛苦而扭曲。

"你还好吗?"我担心地问。

泽恩浑身战栗地搓了搓双臂。"嗯。"他含糊不清地回应,边说边慢慢起身,突然膝盖一软,向前倒去。我赶忙冲到他身前,托住他想要倒下的身躯。

"泽恩?"我的声音有些颤抖。

"我没事。"他推开我的搀扶,声音里有一丝怒意,"你不该在屋子里那样快速移动。"

"我……"我想争辩,却喉咙一紧,说不出话来。

我向后挪了一步,让他从身边走开。他晃晃悠悠把脚踏进裤腿,一条手臂靠着床架,说:"我只是有些不舒服,很快就会没事的。"

"你该继续休息。"我建议道。

但他挥挥手，示意我别说了："还有很多事情要做。"

"但……"我再次尝试。

泽恩打断我的话："没关系，真的。喝些热的燕麦粥就全好了。"

我看着他蹒跚地走出卧室，缓缓下楼。我紧跟在他身后，唯恐他跌倒。

帕丁森夫人正在厨房准备面包。我一直觉得她处理面团的方式体现出了她的性格——用力揉捏、挤压，像是要谋杀它。

"你们看见我的面包刀了吗？"我们刚走下楼梯，她便问道。

我摇摇头，避开她的目光，泽恩也咕哝着说不知道。他从桌上拿起碗，从火炉上盛了些燕麦粥。帕丁森夫人看了一眼他的脸，双手垂到身侧。

"你怎么了？"她粗鲁地问。

我很庆幸自己不是唯一发现泽恩不对劲的人。

"没什么。"

"你生病了？"她追问道。

生病。这个词像闪电一般出现在我眼前，我赶紧搜寻自己的记忆，寻找它的意思。

生病：身体或精神不健康，虚弱。

"没，"泽恩短促地回答，"我没生病。我很好。"

帕丁森夫人仔细打量着泽恩，像是在思考要不要相信他的话。泽恩没有搭理她，用勺子舀起燕麦粥放进嘴里。我不禁注意到他的手在晃动。

帕丁森夫人继续用手拍打面团。"好吧，我当然希望你没事，"她咕哝着说，"因为我今天要让你们两个去伦敦售卖多余的苹果和梨。"

"我们？"我吃惊地问，装满燕麦粥的勺子从手中滑落，掉在桌子上。帕丁森夫人不满地看着我，我赶紧抓过一块布把桌子擦干净。

"是的。"她语气坚定，边说边捶打那个面团，"你们把黑刺和马车带去，就一个小时的路程。你们吃过早餐就出发吧，弄完回来吃晚饭。这些时间应该可以卖出不少。"

听着帕丁森夫人命令而坚决的语气，我知道这事儿没有商量的余地。

"我们不能去伦敦。"在去粮仓的路上，我声音嘶哑地对泽恩说。

"为什么不能？"

"为什么不能？"我重复道，有些生气，"因为那是个大城市，有很多人，他们会用探询的目光打量我们，用怀疑的目光盯着我们。太危险了！"

他摇摇头打消我的疑虑，轻声咳嗽了一下。他看上去走路稳当了一些，或许确实是吃过早餐就好了。

"会很有意思的，别担心，我们一下就能融入其中。"

"你也许是一下就能融入，"我反驳，"但我肯定做不到。"我们走到帕丁森夫人事先拴好黑刺的杆子旁。那马一见我就后退，我随手指了指它。"看见没？连一匹愚蠢的马都能看出来我与这世界的格格不入！"

泽恩停下脚步，看着我，牵起我的双手。"嘘，"他让我保持镇定，"不会有事的。而且，我们不可能永远都待在这个小地方，把自己囚禁起来。我们不能让恐惧毁了生活，偶尔去一趟伦敦也没关系。更何况，看看别的风景也不错。别想那么多。"

我低头看着地面，明白他话里的意思。他在说那个噩梦，希望我把它忘记。我决定不把今天早晨剜下印记的事告诉他。

"而且，我们可以一起做一些事，这点真的很不错。只有我们两个人。"他低下头，看着我的双眼，微微一笑，那笑容难以抗拒，我曾一次次为之倾倒，"不是吗？"

我承认，能够看看农场之外的风景确实很有吸引力，甚至有些让人激动。但我有种不祥的预感。

"我们会格外小心，"他向我保证，放下我的双手，"切记不要徒手把铁条掰弯，也别把牛举起来，好吗？"

我不禁微笑——虽然内心仍充满恐惧。"我掰不弯铁条。"我嗔怒地提醒他。

他用手拍拍额头："噢，对，我忘记你不是超人了。"

我皱皱眉："谁？"

他轻声笑笑："不说这个了。"

"好吧，那你呢？"我目光犀利地看着他。他的脸色看上去还是非常苍白，"你觉得自己可以出远门吗？"

他指指自己活动自如的手脚："我已经好多了，那碗粥很有效。"

泽恩走进粮仓，把马具拿出来，套在黑刺背上，用绳子另一端系住马车，而黑刺一直不信任地盯着我。

我准备把帕丁森夫人让我们去卖的苹果放进马车，然后爬上座椅。黑刺却不满地呼哧喷气，还重重地跺脚。不过泽恩很快让它平静了下来。面对任何不信任我的人或动物，泽恩都尽力让他们安心。他走到黑刺身边，轻轻拍拍它的脸颊，对着它的耳朵说："老家伙，别担心，她没那么糟。"

我哼了口气："好吧，谢谢。"

泽恩笑笑，抓住缰绳，跳上马车，坐到我身边。他示意黑刺出发，马车随即动了起来，车轮碾过农场外围高高的青草。接着，我们便踏上了去往城里的泥泞小道。

我转头看向小小的农舍。在那里，我们度过了六个月的时光，而它正在我们身后变得越来越小。虽然我知道那只是我的幻觉，然而，在黑刺嘚嘚的蹄声中，在隆隆的车轮声里，在嘶嘶作响的风声间，我发誓自己听到了一声缥缈的道别。

暴雨

在一小时的车程中，我时不时偷瞥泽恩，他无精打采地坐着，脸颊下陷，看上去十分疲惫。我不断问他感觉怎么样，他每次都回答没事，语气有些不耐烦。可他看上去一点儿也不好，每过几分钟就会咳嗽，而且一直在擦额头上的汗珠——今天天气明明很冷。

我抬头看看灰蒙蒙的天空，不知道什么时候会下雨，希望不是在我们还没回家的时候。我当然不会生病，可泽恩不一样，他看上去那么虚弱，淋雨肯定不是什么好事。

我们到城里的时候，泽恩把马车驶进了市集，然后让黑刺停下。我坐在马车上，有些惊慌失措，试图让自己习惯眼前喧闹的景象。

我开始觉得失魂落魄。泽恩似乎没在意我的异常，还沉浸在惊叹之中，嘀咕着这简直和电影里一模一样。我甚至连电影是什么都不知道，所以也不懂他在赞叹什么。我只觉得不舒服，一种欲望在身体里燃烧——我想立刻转身，撒腿飞奔在把我们带到这里的那条小路上。以我最快的速度，只要十分钟就能回到农场。

我不知道自己在这里会看见什么。我之前只去过韦尔溪和洛杉矶，而这里和那两个地方一点儿也不像。这里没有百货商店和楼房，只有成百上千个小摊位，沿着广场的周围排开。每个摊位上卖的东西都不一样，有肉类、布料、蔬菜、面包、谷物，还有关在木笼里的动物。这里人头攒动，人们走来走去，大声叫卖，讨价还价。一个女人从我们身边走过，手里牵着一只山羊；而另一个女人和她相背而行，拎着一只死鸡的脚。我估计这只鸡刚死不久，它的毛还未拔去，而且眼睛瞪得老大，神情惊恐，和那次飞机失事后我在海上看见的尸体很像。

这里的地面没有标志，杆子上也没有指示牌来指引方向。但各式各样大大小小的牛车、马车都能轻而易举地躲避彼此，就好像能读懂迎面而来的驾驶者的想法。泽恩从马车上跳下，站稳后从车上搬下水果，把一箱箱苹果和梨摆好。我看得出来他很吃力，便跳下来走到他身边帮忙。

忙活的时候，我闻到空气里的恶臭，不禁皱眉。这比帕丁森家粮仓里的味道恶心多了，因为我们会把猪粪都处理掉。我捏着鼻子，靠近泽恩，低声问："什么味道？"

泽恩点点头，示意我他也闻到了："这里没有室内管道，人们都把排泄物倒在街上。"一想到这里，我忽然有种想吐的感觉，但还是忍住了。

"我们会习惯的，"泽恩抱着希望说，"大家似乎都已经习惯了。"

把水果全部搬下之后，泽恩指着路对面两个摊位之间的空隙说："我们去那里吧。"他转向我，眨眨眼，"如果我们能尽快把这些东西卖出去，说不定还能四处转转呢。"我点点头，假装自己和他一样兴奋——虽然站在这喧闹之中就已经让我濒临崩溃。

"我们应该去环球剧院看看莎士比亚的戏剧，"他靠近我，低声说，"它四年之后就会被烧毁。"

"被烧毁？"

他点点头："很不幸，在演《亨利八世》时，一座大炮轰炸了这个剧院的楼顶。不过一年后又重建了。"

"你看上去很了解莎士比亚。"我说。

泽恩搬起一摞箱子，看上去非常吃力，但还是对我挤出一个笑容："我是因为你才去查找他的信息。你读完他的'第116首十四行诗'之后，便想知道关于他的一切。"

虽然我现在还是紧张不安，听到他的话却笑了："那我们卖完水果之后必须得去看看他的戏剧。"

他点点头，用下巴指指马车："我们好像不能把车停在这里。你能不能把黑刺拉到那边的杆子旁，然后过来帮我搬东西？"

我注意到他挣扎着保持手中箱子的平衡，人中上布满细密的汗珠，看上去很不正常，而且他的脸色突然变得煞白。

"我觉得，"我说道，试图让自己的声音听上去轻松些，像是提出帮助，"还是你去系好马匹吧，我来搬那些东西。"

泽恩发出断断续续的笑声，可没一会儿就变成了剧烈的咳嗽，弄得他差点儿把箱子推倒。"塞拉，"他严肃地说，"你总有一天得学着克服对那匹马的恐惧。"

"我不是……"我刚开口争辩，只见泽恩已经把箱子扛到肩上，转身离开。他站在路旁等着来往的马车和行人稍少一些，才穿过道路。

他为什么这么固执呢？比那马还讨厌。

我叹了口气，绕到马车前，跺着脚朝黑刺走去。它看着我来势汹汹，猛地抖抖身子，耳朵紧贴脑后，充满敌意。但这次我不打算容忍它。不知道是泽恩的臭脾气惹到了我，还是因为早上那个梦仍然让我不安，反正我已经受够了这匹马对我的态度。我一把夺过缰绳，猛地一拉，黑刺不满地嘶叫着。

"听着，"我直视着它一只黑色的眼珠，坚定地说，"我已经受够了。你要么乖乖听我的，要么就挨揍，听见了吗？"

我很怀疑这匹马能听懂我说的话，但它看上去明白了我的意思，因为它几乎在一瞬间变成了另一种模样。

它轻轻地呼了口气，耳朵竖了起来，头微微向下，好像在表示服从。我有些不敢相信，我的方法居然奏效了，不禁得意地哼了一声。

或许帕丁森先生是对的，我确实不该害怕它。我把缰绳拉到它头边，轻轻一拽，它便顺从地跟着我走，没有嘶叫，也没有抗拒。

"嘿，"我们走到拴马的杆子旁时，我对它说，"一点儿都不难，对不对？这样是不是好多了，我们之间的问题解决了，可以更礼貌地对待对方。"它没有反应，我当它是默认了。

我把缰绳绕到木头柱子上系好："现在，如果我们可以……"

一声让我脊背发凉的尖叫突然划破空气，吓了我和黑刺一跳。

我猛地转头，看向声音的来源。那一刻，周围的一切都从我的眼里消失了。嘈杂喧嚣的集市景象刹那间晕成模糊一片，看不清形状，也分不清色彩，就像有人把一杯水泼到了刚完成的油画上。周围人群的喧闹声和隆隆的车声都消失不见了，仿佛整个世界的声音都被淹没在了水下。

接着，我听到木头车轮摩擦粗糙路面发出的尖厉声响，还有受惊的马匹猛然转向时发出的嘶鸣。车夫想要绕开倒在路中间、意识昏迷的年轻人，却无法控制住笨重的马车，不禁发出粗鲁愤怒的吼声。

红色的苹果撒落在地，滚动到他俊美的脸旁，空荡荡的箱子翻倒在离他大约一米远的地方。他潮湿的深色头发纠缠在额前，脸色像乌云密布的天空一样苍白。马车眼看就要翻倒，沉重的圆顶向泽恩身上压去，我来不及思考，立刻冲向他头边。我的鼻尖感受到了第一滴雨。

分离

我肯定在飞。就算双脚碰到了地面,我也没有一点儿感觉,唯一的感受,就是凛冽的风从脸旁呼呼吹过,把我的帽子击落,撕扯着我的头发。接着是……重力。

当我把手伸向翻倒的马车和泽恩的头颅之间狭窄的缝隙时,重力在和我对抗,把我重重地拉倒,毫不手软。它把沉重的马车拉向地面,像是用了一千个人的力量。

它想击败我,想碾碎泽恩的头颅,把他从我身边带走,让我独自留在这个陌生的时空。我绝不会让它得逞。

我努力反击,弯曲膝盖作为支撑。木制的车厢砸向我的手掌,碎木片穿透了我的皮肤。我大叫一声,使出全身力气,双脚稳稳抵住地面,最后再加把劲儿,站直了身子,把马车推开。

它立了起来,但快速转动,没有停在原地,连接它和马匹的那几根细木棍全部折断了。那匹马侧翻在地,气喘吁吁,马车继续直立着一圈儿一圈儿打转,直到撞向一排摊位,才停了下来,发出噼噼啪啪的巨响。最后它失去重心,晃晃悠悠地朝一侧倒去。

一个女人再次尖叫。我想那可能与刚才是同一个人,我没有抬头确认,只是看着泽恩。我俯下身子,等他睁开眼睛,想确认他安然无恙。

我冲过来的速度够快吗?他昏迷了吗?他还活着吗?

最后一个想法让我胃里翻滚,仅剩的一点儿力气也荡然无存。

我伸手摸摸他的脸,轻柔地抚摸他的脸。他细密的睫毛扑闪了两下,眼皮挣扎着撑开了。我重重地呼出一口气,瘫倒在他胸前,埋在他满是泥垢的衣领上轻声啜泣起来。

"嘘。"他安慰我,艰难地抬手轻抚我的头发。

"我还以为……我还以为你……"我无法说完这句话,悄然的啜泣变成了号啕大哭,把最后几个字卡在了我喉咙里。

离我而去。我要再迟一秒他就离我而去了。

"好了好了。"泽恩对我说,挣扎着想用手肘支撑起自己的身体。他每挪动一下,脸部都因痛苦而扭曲。最终,他放弃挣扎,倒回地上。

我把脸埋在他脖颈里,那滚烫的皮肤让我不禁退缩。我惊慌失措,立刻看看他的脸。他看上去像是把头埋进了一大桶水里。

我用掌根擦拭自己湿漉漉的脸颊,"你到底怎么了?"我问。

"没事。"他试图让我安心,"我很……"但他没把话说完就开始剧烈咳嗽,整个身体开始颤抖。我无助地望着他,他的每一次抽搐都让我不知所措。

"你一直那么说,可你根本一点儿都不好!"我大喊,再也控制不住自己的情绪。

他清清嗓子,用指尖按住太阳穴,表情痛苦。"好吧,我可能是有一点儿身体不适,"他总算承认,"但我会好起来的。我的恢复力很强,一直都是这样。"

我听到有人在远处大声叫喊,却没在意,目光仍然停留在泽恩的脸上。我伸出手,把他额前湿漉漉的头发拨开,尽量让自己不被他炽热的皮肤吓退。

我看了一眼他苍白的脸色,昏暗的眼眸,却无能为力。我再次趴在他胸前,双臂环住他的身躯,把他紧紧搂住。他轻声笑着,继续抚摸我的头发,但我感觉得到这对他来说十分艰难,因为他的手几乎没有碰到我,像是一阵若有若无的微风,甚至无法吹动树叶。

叫喊声突然变得巨大无比,越来越近。我感觉泽恩的身体在我身下变得紧绷。"塞拉。"他机警地说着,手从我头上放了下来,虚弱地拍拍我的背。但我一动不动,任由车马和行人在我们身边来来往往。

"塞拉。"他又叫了一声。这次,他的语气十分严肃,让我不禁打了个寒战:"怎么了?"

他的眼神阴沉而警觉,看着远方,看着我身后,看着那片嘈杂。我猛转过头,看见一群人聚集在那里,用慌乱而惊恐的声音交谈着,指向我这边。他们的手指犀利而愤怒地指着,像一把把利剑。

"她就在那里!"其中一个人说。

"我亲眼看见的!"另一个人插嘴,"她轻而易举地抬起了马车,就好像那是一根羽毛。"

"你们看见她移动的速度了吗？"一个女人问逐渐增加的人群，"像一阵风，像闪电！"

我惊慌地回头看着泽恩。他很沉着，但十分机警。我想张口说话，但他把一根手指放在嘴上，下巴示意我的胸前。

"我们得离开这里。"他低声说，同时目不转睛地注视着我的双眼，不光在用嘴巴跟我说话，还在用眼神跟我交流。

我低头看看自己的围巾，有些疑惑。身后的嘈杂把我的注意力再次吸引过去，人群已经有之前的三倍多。散乱的抱怨变成愤怒的咆哮。三个彪形大汉推搡着走出人群，站在前方，他们用愤怒的目光看着我，齐声对人群吼了一句什么，然后朝我们走来。所有人都跟在他们身后，横向分散开来，直到把路堵死，形成一堵无法穿越的人墙，人人都满腔怒火。

我总算明白了。泽恩不是说要离开这个集市，而是要离开这里——这个城市，这个时空。我们在1609年的时光到此结束。我刚刚犯了大忌——制造事端，吸引别人的注意。而从人群的规模看来，不少人都注意到了。

泽恩又示意我胸前，这次我明白了。他在示意我的吊坠。我得把它拿出来打开，激活穿越时空的基因，要不然我哪儿也去不了。

"肯定是魔鬼！我很确定！"一个愤怒的声音从我背后传来。他们越来越近了。

我手忙脚乱地抓着衣领，撕扯打结的围巾和紧紧贴在身上的束身衣。可我的手在颤抖，不断打滑，慌乱笨拙。而且我的衣物一层又一层，包裹得太过严实。

我不安地看着朝我们拥来的人群。他们边走边大声咒骂着，振振有词地说着撒旦一类的话。

"塞拉。"泽恩语气里满是警告。

"我在找！"我哭喊，"我拿不到。"

"扯开，"他命令我，"你足够强壮。"

我听从他的指令，抓起一把布料猛地拉扯，继而听到布料撕裂的声音。我立刻把手伸进衣服，在外衣和束身衣之间摸索到了那条项链。

我顺着链子把那个光滑的黑色吊坠拿了出来。泽恩抬起手，手指捏住那个吊坠，用指甲塞进两瓣心形之间的缝隙里。

我伸手把他的袖子推上去，紧紧抓住他的双臂。我们必须紧密接触，皮肤贴着皮肤，要不然就会分开。

我闭上眼睛，集中注意想着另一个时间，另一个空间。随便哪里，只要不是这里。我感觉自己的身体飘离地面，渐渐上升，升向空中。

成功了！我完全松了口气。我们安全了！

但我感觉泽恩的手臂被从我手中拽走。汗水把我们的皮肤粘连在一起，但只是一小会儿，然后我就感觉不到他了。一股力量在我脖子后面猛地一拉，项链"啪"的一声断裂，在我脖子上留下一条灼热的细线。

我睁开眼睛，发现自己被刚刚领头的三个壮汉抬着。一个架在我的腋下，另外两个各抬一条腿。我们正快速离泽恩远去，离那辆翻倒的马车远去。我双腿乱蹬，身体不断扭动，看见泽恩总算把吊坠打开了。

我紧紧闭上双眼，想象自己在他身边。要是我能移到他身边——离这儿也就几米远——我就能抓着他，然后离开这里，一起离开。

但我的身体没有移动，仍然被那三个男人紧紧束缚着。也就是说，我没有转移成功，我穿越时空的基因没有被激活。

但吊坠已经打开了！我看见泽恩打开了。

只有一种可能：我离得太远了。无论里奥在那吊坠里使用了何种科技，肯定只能在很短的距离内起效，或者是得接触到我。这也许是里奥把它安装在我的吊坠里的原因。因为它是我随身携带的东西，就在我的心脏旁边。

泽恩肯定也发现了——和我同时发现。因为我看见他颤颤悠悠地站起身，向我跑来，但没跑几步膝盖就瘫软了。他狠狠摔倒在地，滚到一侧，大口喘气，剧烈地咳嗽起来。

"泽恩！"我大声叫喊，努力想要挣脱束缚。

然后，我惊恐地看见几根粗壮丑陋的手指把吊坠从泽恩紧握的拳头中夺走。那个男人又高又胖，身穿绿色和金色镶边的紧身上衣，衣领上装饰着褶边，外面还套了一件天鹅绒边的斗篷。他大腹便便，胸前挂着一根金链，看起来是个有钱人。

泽恩想要抬手夺回吊坠，但他太虚弱了。无论是什么疾病，它已经开始摧垮泽恩的身体。他的身体开始抽搐。

那个"强盗"朝我走来，手握吊坠，断开的链子从他的指缝间垂落。他走到我跟前，手拿着吊坠在我眼前用力挥动，吼道："这就是你召唤他的工具吗？你还要牺牲多少生命来给这玩意儿下咒？"

他的唾沫喷到我的脸上。我急切地想要夺回那个吊坠，但他迅速把手收了回去。接着，他转向聚集的人群，骄傲地把吊坠举过头顶，露出永恒结给众人看："看看这个符号！这是魔王撒旦的标志！"

从人群敬佩信服的反应看来，这个人肯定是个有权力的人。

他又转向我，关上吊坠，咔嗒一声。"让我们看看，没有这黑暗的魔力之后，你还能跑多快，还有多强壮。"

他把吊坠塞进上衣口袋，然后命令抬着我的人："把她带去纽盖特监狱，让中央法庭决定如何处置她。"

我立刻被抬走，离吊坠和泽恩越来越远。那是我的出路，我们的出路，没有它我将永远被困在这里，面对这群愤怒的人对我进行的审判。

我听见身后传来泽恩沙哑无力的叫喊："反抗，塞拉！不要让他们得逞！你比他们更加强壮！"

我使劲扭动身体，挣脱了他们的束缚，重重坠落在地面上。我爬起身，朝那个身穿天鹅绒斗篷的男人跑去。

四个男人挡住我的去路。我向左绕开他们的阻拦，但其中一人抓住了我的胳膊，我不得不停下来。我扭转手臂，用掌根击中他的鼻梁，只听"啪"的一声，温热的液体喷溅在我脸上。我把手收回来时，看见上面满是鲜血。但这人依然不依不饶，又朝我追上来。我蹲下身，快速扫腿，踢中他的脚踝。他摔倒在地，头"嘭"地撞在地面上。

这一切都发生在眨眼之间，但显然给了他们足够时间聚集更多人力。当我把目光从满地打滚的那个人身上挪开时——他至少有一节脊椎骨断裂——看见一小支军队朝我逼近。

我看看左边，右边，身后，发现自己已经被包围了，突然感觉失去了希望。他们继续前进，围成环状，把我包围，大声鼓励彼此保持坚强，不要让我逃脱。

我呼吸急促，胸口在燃烧，胃部在剧烈地翻滚。

一个人我可以击败，两三个应该也没问题。我缓缓转身，抬起双手准备应战。此时，我数了一下，内圈有十二个人，而且越往外围人越多。

我无法战胜这么多人。我知道肯定不行。我垂下双臂，耷拉在身体两侧，闭上眼睛，让自己沉浸在挫败之中，失去自我。沉重的脚步声向我逼近，十二个人暴躁而愤怒的气息朝我袭来，把我淹没。

囚禁

  我的视线被一层灰蒙蒙的雾气覆盖，接下来发生的一切都变得扭曲模糊。我听到身边有人在说话，看见周围一片混乱，而这一切都因我而起。只不过，我看不清楚，仿佛这一切都发生在一扇破碎的脏窗户那边。

  他们用粗糙沉重的铁链把我的手拴在身前，押上了一辆没有顶篷的运货马车，身边是五个高大结实、凶神恶煞的男人。车子开向某个地方，管他哪里，反正我也不知道。几分钟过去了，或许是几个小时过去了，我的手脚冰冷麻木，手指已经失去知觉。我抬起手，盯着它们发呆，眼神涣散。我看到一根手指。不，是八根。不，是十二根。不，一根也没有。

  我的手指去哪儿了？

  我的身体变得很不正常，完全没有办法集中注意力。我的大脑没有运作，它在休眠，让我免受现实的侵扰，免受真相的折磨——免受痛苦。

  马车停了下来。五名护卫提高警惕，怒目瞪着我，像是怕我再次逃跑。可我如何逃跑？我连自己的双脚都感觉不到，大脑也一片混沌。

  他们把我带进一条黑暗发霉的走廊。我的脚不听使唤，几乎连路都走不了。我艰难地拖拽着双脚前行，时不时打滑，不一会儿又绊到自己。他们以为我又在反抗，用力推搡我，猛拉我的锁链。

  我没有反抗。我只是苟延残喘。

  我被推进一间脏乱不堪的牢房里。门轰然关上。我瘫倒在肮脏的地上，脸紧贴着冰冷的地面，两眼无神地透过金属栏杆间的缝隙看着他们的脚。

  他们走了，把我留在了这里。

  我的大脑挣扎着，想给嘴巴传递指令。快动动，说话，说话。

  "泽恩？"我的嘴做出这个形状，但不知道有没有发出声音。

  我想起来我们一直用的化名，再次用尽气力，问："本在哪里？他还好吗？"然而，除了逐渐远去的脚步声，我什么声音也没听见。

  然后，我变成了孤身一人，身处一片黑暗之中。唯一的光亮是牢房外的一束火把。不过，我还是能看清一切，仿佛有阳光从窗外照射进来——虽然这里根本没有窗户。夜视是我被赋予的"能力"之一。

或许，那些应该说是我被强加的诅咒。

我闭上眼，满脑子都是泽恩，他瘫倒在地，剧烈咳嗽，浑身颤抖。

我睁开眼，那画面却没有消失。我根本无处可逃。

而我想的时间越长，那画面就变得越可怕，逐渐被我的想象占据。

我看见他挣扎着呼出最后一口气。我看见他的身体被弃在路边，慢慢腐烂。我看见一辆马车无情地从他头上碾过，压碎了他俊美的脸庞。我看见他的身体倒在沙砾上，一匹高大的马从上面踏过，毫不在意那一切曾属于一个活生生的人——一个充满爱心、无私奉献的人——他本不应经受这些。他本不应和我这样的人相爱。

我这样一个无论走到哪里都制造麻烦、引起公愤、造成破坏的人。

我这样一个本不该出现在人世间的存在。

我翻了个身，趴在地上，脸颊再次紧贴地面。这里的气味比街上的恶臭还要浓烈，已经渗入地底，浸透墙壁，飘荡在几百年没有见过天日的陈腐空气中。

愧疚感在我的体内翻涌，如风暴般肆虐，无情地摧毁遇到的一切，直到我整个人都被它吞噬，变成一只痛苦悲伤的可怜虫，在地上无助地蜷缩着，被肮脏包围。而这，就是我的归属。

我想着可怕的画面，不禁泪流满面，在悲伤中缓缓睡去。这困意来得毫无预兆，给了我几个小时的平静和轻松，多么美妙。然而，第二天清晨，我的大脑和心脏却抽痛得更加严重。

牢房里没有一丝阳光，看不出到了几点。等到一个狱卒朝这边走来时，我想已经快到中午了。我不知哪儿来的力气，支起身子，看着他的双眼，乞求他告诉我任何一点儿信息。

"求求你，"我哀求道，"那个和我一起的男孩，你知道他怎样了吗？知不知道他在哪里？他病得很重，需要帮助。"

他昂首挺胸地站着，身体一动不动，脸上没有一丝表情："我是来传递消息的，来自尊敬的国王陛下，詹姆斯一世。"

我知道他不打算回答我的问题，顿时心碎了一地。

"你将接受审判，罪行是使用巫术。如果罪行成立，将立即处决。"

他的话我只听得懂一半，但总体意思很明确：他们也不认为我是人类，

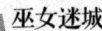

而且因此想置我于死地。或许这是最好的安排。

如果泽恩还活着,他可以自己离开这里,回到他2115年的家,找一个善良普通的人类女孩坠入爱河。或许只有那样,他才可以过上正常人的生活。而终有一天,在遥远的将来——离这个不堪一击、支离破碎的梦很远很远——他将忘记我。

这会是我讲给自己听的故事。

蛊惑

在漫无止境的黑暗之中，我不知道时间，不知道日期，也不知道面无表情的狱卒多少次给我拿来不新鲜的沙拉和水。我让自己沉浸在睡眠之中，因为我的大脑再次变得清晰灵敏，只有沉睡能让我忘记一切。

我多么希望自己能继续愚钝地活着。

等到他们来找我的时候，我已经十分虚弱疲软。如果这一切是为了把我打败，那他们已经成功了。我所有的能力已经消失殆尽，声音也因为很少使用而变得沙哑低沉。我还记得，每当有人从我牢房前经过，我都会低声呼喊泽恩的名字，有一次甚至在睡梦中叫了出来，把自己惊醒。除此之外，我再没说过话。

"我来这里多久了？"他们给我的双脚锁上铁链时，我问道。

"五天。"其中一个狱卒回答。他面无表情，甚至看都没看我一眼。

我被带出监狱，从愤怒的人群中穿过。我被带到可怕的法庭上，站在那里，被一张张面孔包围，他们看上去对我的死喜闻乐见。我被迫听一个市民信誓旦旦地描述，说看见我跑得比炮弹还快，徒手抬起一辆马车，还把它丢到了马路对面。

那个把我吊坠偷走的富人被叫到法庭上提供证词。他怒气冲冲地指控说我来自一个叫作"地狱"的地方，还说我应该立刻滚回那里。他说我是一个异教徒，而不仅仅是一名罪犯，还说这是个特殊的案件，前所未见。

我一言不发，没有争辩。还有什么好争辩的呢？那本来就是事实。我不是个女巫，不是他们指控的那样，但我也并非普通人，我不属于这个时代——或者任何时代。我看见陪审团和旁听案件的人露出吃惊的神情，他们愤怒的双眼充满指责地眯了起来。他们虽然没有出声，但内心的想法已经震耳欲聋——我怎么胆敢侵扰他们的城市，他们的家园，他们的生活！

我不敢看他们的眼神，只能低着头，看向地面。

第二个证人被传唤到法庭上陈述供词。我听到一阵沉重的脚步声，缓缓走向宽敞肃静的法庭前侧。这个证人走过时厌恶地瞪着我，眼神犹如匕首般刺在我身上，似乎要将我彻底刺死。

"请你说出姓名以供记录在案。"法官说。

"伊丽莎白·帕丁森夫人。"

我猛地抬头，才发现她和我面对面站着。过去六个月里，正是她给我提供食物、衣服，还有栖身之处。我们四目相对，有那么一刻——仅仅是一瞬间——我觉得她来这儿不是为了伤害我。我觉得她找到了所剩无几的同情心，并带着它来这里帮我。或许她还知道泽恩的下落。

"你和被告人是什么关系？"

帕丁森夫人不再看我，转身看向法官："她过去一直住在我家，是我们的一名雇员。"

整个法庭开始骚动，大家交头接耳，我一句也听不清楚。但整体的感觉显而易见——震惊、同情、害怕这种事情发生在他们身上。

不知道为什么，我的注意力被吸引到房间后方的一个位置上，在二层。我的目光想要穿过人群，看清楚那个熟悉的身影，却只看到一个个陌生人用厌恶的眼神盯着我。

"你有什么信息想提供给我们？"法官问帕丁森夫人，这句话把我的注意力转移回了站在我不远处的那个女人身上。

她避开我的眼神，看看十二名陪审员，又看看坐在长凳上的法官——他穿着红色的长袍，两侧坐着书记员。我猛地吸了一口气，祈祷她不要帮我说太多好话，只要透露一些泽恩的消息就好。这样，我至少能在被判处死刑时知道他还活着。

但我脑后有一个声音在提醒我这不可能。如果他安然无恙，就会出现在这里。他肯定会想尽一切办法拯救我。

这是一个我已经知道的悲痛现实。

"萨拉……"她开口说，接着清了清嗓子，"我是说，被告人住在我家的时候，和我最小的孩子有特殊关系。我没有许可这种关系，甚至曾经竭力阻止它。"

人群里发出赞同声，但只是低声细语。

"但正是这种关系让我可以站在这里，当着你们的面，非常肯定地说……"她深吸一口气，嘴唇有些颤抖，"这个女人，事实上是一个女巫。"

人群里的低声细语迅速炸开，变成震耳欲聋的呼喊，大吼要一个公道。

我闭上眼,想要忽视这声音。

"你能详细说说吗?"法官鼓励道。

"当然,尊敬的法官阁下。"帕丁森夫人礼貌地回答。就在那一刻,我清楚地知道,她永远也不会帮我说话。她绝不可能牺牲自己的家庭、名声和生活,来帮助我这个她从一开始就厌恶、怀疑的女孩。

"几天前的一个晚上,我路过被告人的房间时,听到她在跟我女儿讲一个故事。"她娓娓道来。

我失望地叹了口气,一簇火苗在我体内渐渐升起。

"那个故事讲的是一个背井离乡的公主,她是因为有魔力才不得不逃离家乡。"

群众和陪审团的反应越来越大,甚至连法官——他本该全程保持公正的态度——看上去也很愤怒。我的注意力再次被法庭后方的那个位置吸引,那里好像有一束忽明忽暗的灯光,呼唤我的注意。可当我再次看向那边的时候,还是只看见一张张陌生的脸。

"是的,"帕丁森夫人对着吃惊的人群说,"她当时正在把魔爪伸向我天真无邪的小女儿!"她等又一波骚动平静下来后,接着说,"我在她房间的衣柜里找到一件满是血迹的睡裙,肯定和她的邪恶仪式脱不了干系。而且,我想你们应该已经看过她手腕上的魔鬼印记了吧。"

疑惑和不安在人群里爆发。很显然,这个细节是审判团和观众都还不知道的。所有的目光突然全部聚集在我身上。我向后退缩,背部抵在被告席矮矮的墙壁上。束缚我双手的铁链感觉像是随着时间的流逝越变越紧。

在逮捕我、捆绑我、带我离开的过程中,他们显然没有注意到我皮肤上的印记,但它迟早会引来别人的兴趣。法官期待地看向我,扬起眉毛,沧桑的脸上全是皱纹,写满好奇:"请把你的手腕给所有人看。"

我按照他的指令,缓缓抬起双臂,所有人的目光都聚集在了我的手上。虽然我很确定并非所有人都能看见这细长的黑色印记,但充满厌恶的惊呼声仍然响彻整个法庭。

"她告诉我们这是被海盗俘获时留下的刺青。"

惊呼声逐渐被不屑的笑声替代。

"但我从没相信过她,"帕丁森夫人立刻为自己辩护道,"一秒都没相信过。"

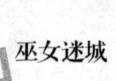

"就这些了吗？"法官问。

"不，"帕丁森夫人匆忙回答，"还有一件事，关于那个和她一起的年轻小伙，她的丈夫。"

我屏住呼吸，全神贯注，咬着脸颊内侧，紧紧盯着她，心急如焚地等她继续说下去。

"她被逮捕的那晚，他就回到了我们农舍。"

我感到一阵暖意，闭上双眼，如释重负，差点儿晕倒过去。

他没有危险，一切都好。帕丁森夫妇在照顾他。

"起先，我们还以为他是被告的共犯，"帕丁森夫人继续说，"但他那天回来的时候非常虚弱，站都站不稳，意识也不清醒，浑身冒汗，瑟瑟发抖，而且身体滚烫，我从没见过谁发烧体温那么高。而我们很快意识到，他并非被告的共犯，而是受害人。他那样显然是受到了黑魔法的影响。我相信被告就是把他害成那样的人。"

"你说谎！"我听见一声怒吼爆发出来，好一会儿才意识到那是自己的声音。直到现在，我才开口说话，"我永远也不会做任何伤害他的事情！"我再也控制不住自己的嘴巴，控制不住自己的身体。泪水顺着我的脸滑落，呼吸也变得很困难。

我大声喊叫之后，人群中爆发出一阵骚乱。每个人似乎都有话要说，而且是同时开口。法官费了不小的力气才维持好秩序。

"那个男人近况如何？"人群恢复平静后，法官尖锐地问，"被告已被关进监狱，他现在安全了。"

帕丁森夫人看上去有些窘迫，她的眼睛看看左边，又看看右边，看上去她才像是那个被审问的人："事实上，我也没法回答您的问题。他两天前消失了。"

消失？

法官问出了我内心的疑惑："消失？"

"可能是迷迷糊糊走进了树林里。我猜测是这个女巫用咒语蛊惑了他，让他离开了农舍。"帕丁森夫人厌恶地唾骂道，"但他身体那么虚弱，肯定走不了多远就玩完了。"

她说得对。他在那样的身体状况下依靠双脚肯定走不了多远。他或许想把自己传输到我身边，可至今还未到达。那么……

"毫无疑问，他死在了树林里，"帕丁森夫人总结道，"被乌鸦分食了。"

地板突然在脚下拉扯我，整个房间开始天旋地转。我的头，我的脸，我的手指，我的脚趾，我感觉浑身的血液都在被抽空。

我感觉自己的大脑马上就要停止运作，接着是身体的其他部分——渐渐地，一点一点，每个部分都将不再运转。

我飘浮在空中，又迅速坠落。黑暗向我逼近，它是那么宁静美好，邀请我进入。我心甘情愿步入这黑暗之中。

记录

我醒来的时候双脚着地,被两个警卫架着。我发现自己在法庭外面,重新回到了愤怒的人群里,双脚在身后的泥土里拖行。我清醒后想要自己走路,但手腕和脚踝上的铁链让这变得十分困难,更何况我的双腿已经完全麻木,仿佛不是自己的。这种麻木正向我全身蔓延,似乎要斩断我心脏的供血。

很好。这样它就会停止跳动。这样我就能停止呼吸。就这样停止。

我甚至没有听到判决,在宣布结果之前我就昏了过去。但我已经猜到了。不过我不知道为什么还有必要进行审判,对我来说,自从踏上17世纪的土地,自己就已经是戴罪之身。

我看向前方等待着我的一大群人,想起2013年离开医院时的情形。那时我被认为是自由航空121号航班上的唯一幸存者,社工要把我带去寄养家庭,不得不穿过人山人海——记者,摄影师,还有一些围观者。他们想要看看那个从天上掉下来居然还能奇迹生还的女孩。

那时,我备受宠爱,是一个名人,一个奇迹。

而现在,我遭到唾弃,是一个坏人,一个女巫。

无论如何,我感觉没什么区别。我是一个被抛弃的人,一个无论去哪里、无论做什么,都无法找到归属感的人。我总是格格不入,引人注意,永远无法安然无恙。

而现在,我已经把一个善良、无辜、英俊的男孩拉入了深渊。

而且,他已经消逝不在。

或许迪奥科技是对的,他们把我关在高墙之中,戒备森严,限制他人的接触,甚至控制我的记忆,让我永远也看不清自己是怎样的怪物。

或许只有那样,才能保我周全。不过,一切都为时已晚。

更何况,对我来说,活着已经变成一件丑陋、棘手而且吃力不讨好的事,我再也不想继续。

自从发现我可以自己站起身,那些守卫就放开我的双臂,走在我身前,拉着我前行。我路过的时候，多数人不会和我有眼神接触——大概是怕我给他们下咒，让他们的牲口暴毙，或是让他们的小孩长出第三只手。不过，还是有些更加勇敢的旁观者敢直视我的双眼。让我有些吃惊的是，并不是所有人脸上都写着恐惧或愤怒，还有一些人流露出怜悯，甚至有人表现出同情。这些人的眼神最难回应。我根本就不想看见这些。

突然，毫无预兆地，一些不可思议的事情吸引了我的注意。我眨眨眼想要调整视线，却发现自己的确没有看错。它就在远方，在千百人之间缓缓升起。

那是……我。那画面不像是看镜子，并非清晰的镜像，反倒模糊不清。但毫无疑问，那就是我的脸。长长的头发，心形的嘴唇，细窄的鼻子。唯一不同的是眼睛的颜色。事实上，那张脸没有任何色彩，只有黑和白。

我过了好一会儿才意识到自己看见的是什么，而那一刻，一切——我的感觉，我的恐惧，还有我的期待——都发生了翻天覆地的变化。

规则已经改写。之前的一切都结束了，新的游戏即将开始。

因为在高高的木头布告上，在"女巫审判"一行字下，是一张厚厚的羊皮纸，上面画着我的头像，正下方是日期：壹陆零玖年拾月陆日。

今天的日期。

那是一份官方文件，一份公共记录，证明我正在这个时空。

我的心怦怦直跳。我看向人群。这次，我有了新的目标，新的决心。他们就在这里，肯定就在这里。他们绝不可能错过这样的机会，错过找到我的机会。

我承认，这个时间非常完美。泽恩已经消失，再也没人保护我。而以我现在的状态——饥饿，疲倦，虚弱，崩溃，绝望，还被铁链锁着——他们能轻而易举把我带走。我觉得自己根本无力反抗。

反抗。这个词在我的胸口重重一击，我想到了泽恩。我听见他在街道上大喊这个词，那还是几天前的声音，在市民来抓我的时候。他当时连呼吸都很困难，但那叫喊声却在我的脑海里回响。

"反抗，塞拉！"

"不要让他们得逞！"

"你比他们更加强壮！"

但我要怎么反抗？我根本赢不了。我的基因已经失效，吊坠也被夺走了——说不定被摧毁了。而且，我唯一想为之反抗的东西已经死了。

我已经受够了反抗，厌倦了逃离，不想再被逼着做什么事。

或许，迪奥科技出现在这里并把我带走，并非最坏的情况。至少那样我不必再逃。他们可以把我的记忆抹去，让我遗忘发生的一切，忘记自己曾经深爱过他，忘记他不顾生死也要和我在一起。

我可以变成他们一直想要的那个顺从听话、没有情感的机器。

那很容易，简直太容易了。

感到束缚手腕的铁链有些拉力，我才发现自己已经停下脚步，而警卫立刻拉我继续前行。

我继续环视人群，寻找他们的踪迹。但我很快意识到自己根本不知道在寻找什么。他们可以在任何地方，可以是任何人。

他们会派上次那两个特工来吗？会派那个脸上有刀疤的可怕男人来吗？阿利克斯特会亲自把我带回去吗？

如果他们派了新的人来，我根本认不出来他或者她。更何况，他们肯定会小心谨慎。派来的特工肯定会融入人群，打扮成17世纪人的样子。

只有等到他们来抓我，我才知道究竟是谁。

我们已经走完一半的路程，就要回到那个监狱，可至今还没一点儿异常。他们也许在伺机行动，等着我变成孤身一人。那样会简单得多，不会制造任何骚乱。

一只手伸到我身前，我吓得惊呼一声，周围的人群瞬间变得安静，不过也只是片刻。我低头看去，发现那只手属于一个小小的身躯，它正努力拨开周围的人群，想到前面来。当它出现在我面前的时候，我舒了一口气，感到四肢刺痛。自从被带出法庭后，我还是第一次有知觉。

是简。可爱、甜美、安静的简·帕丁森。

她肯定是跟着母亲来伦敦的。她精巧的脸庞在看见我的那一刻变得明亮，我发现她的眼中没有恐惧，也没有其他那些人眼里的愤怒。和往常一样，她看上去十分恬静，像在沉思。我没有多少时间，警卫已经在前面拉我，但我努力挣扎，蹲下来和她平视。

我多么希望可以伸出手抚摸她柔软的皮肤，用指尖将一撮她小耳朵上面的金色卷发。我多希望自己能抱抱她。我知道那样可以把我现在的情绪全部驱散，就算是一秒也好。

可我的手腕被禁锢在胸前，只能对她发自内心地微笑。

她挥一挥可爱的小手，示意我靠近。我倾身向前，她对着我耳朵轻声说："我知道你就是那个公主。"

我闭上眼睛，呼吸着她身上香甜的气息，想要把它记住，那也许是我最后一段美好的记忆。

她把嘴从我耳边挪开时，泪水开始从我眼中滑落。

她又伸出手，这一次，我看见她的手上抓着那个布娃娃。"来，"她对我说，"带着露露，她会照顾你的。"

我摇摇头，说不出话。

但简坚持把娃娃塞到我被禁锢的手里，"求求你，"她乞求道，"带上她。"

我的手腕再次感受到拉力，这一次更加不耐烦。那两个警卫已经走到我身边，把我拉了起来。露露差点儿掉下去，我赶忙用手指抓住她纤细的脖子。

我继续被拉着前行，朝着远方石头搭建的堡垒走去，说不出谢谢，说不出再见。前行时，我的脚绊到锁链，好不容易才找回平衡。等我回头，只见身后乌压压一群人，却怎么也找不到简的身影。

帮助

几个小时过去了，没有一个人来找我。黑夜已经降临，可我仍孤身一人。一想到泽恩已经死了，我就悲痛欲绝，再想到迪奥科技没有出现，我又满心疑惑。他们现在应该已经知道我在哪里，发现了关于我的记录。我肯定已经被记录在案——我在伦敦的中央法庭接受了审判，离王宫也就一步之遥，肯定留下了档案。

他们难道没有认出公告上的人是我？

文件上对我超能力的描述难道不够详尽？

我无法相信他们已经停止对我的搜寻。肯定有别的原因。他们肯定在筹划着什么，绝不会看着我死，这一点我非常确定。

不过，哪个选择更好，死亡还是逃离？

不管怎样，我很快就会忘记一切。对我来说，一切都没什么区别。

从内心深处，我感到一阵释然。这一切很快都将结束，泽恩的脸很快就会从我记忆里被永远抹去。

我躺在牢房的地面上，看着那一束火把跳跃舞动，在发霉的墙壁上投下阴影。漫漫长夜，我突然开始瑟瑟发抖，不一会儿，太阳穴开始突突直跳，仿佛内心有某种生物在挣扎、乞求，努力想要挣脱。

接着，我再次听到那个声音。这一次，我知道它不是在空气中。这一次，它清晰而迫切。这一次，我知道了它的来源。

它来自我的体内。像是一种思想。不。像是一种记忆。

来找我。我不知道那究竟是谁的声音，也不知道它为何呼唤我。我决定冒险一试，坐起身，深呼吸，回应它，大声回应它。

"怎样找到你？"

我不确定会不会得到它的回复。实际上，我觉得很可能不会。我在黑暗中静静坐着，没有任何期待。

但接下来发生的事情有些出乎意料。

我大脑里的压力逐渐变大。我的头快要爆炸，那种痛苦难以忍受。

终于，一幅画面浮现出来，仿佛已经被隐藏在我脑海里很久很久，而现在，我不知道用什么方法把它释放了出来。

接着，我突然已身不在牢房。

我站在一条熙熙攘攘的大街上，人潮从各个方向朝我涌来，像是要把我碾碎，把我淹没，把我吞噬。

我努力挣扎，想要从他们中间穿过。不断有人撞向我，捅到我的肋骨。我的头发被挂住，把我的脑袋猛地向后拉扯。

接着，噪声响起。一阵闷雷隆隆作响，微弱而低沉。这声音越变越大，越来越急，像千万匹巨大的骏马在天上奔腾，踏过云层。

最终，身边的一切都开始震动，伴随着剧烈的声响膨胀，升高，炸裂。

这感觉，这画面，这情形，似曾相识。

这是一段记忆，我很确定。

但那是一段怎样的记忆？我不认识那条街，回忆不起那种响声，身边的脸孔也完全陌生。那是我在韦尔溪和寄养家庭一起生活时发生的事吗？可我为什么现在才想起来？我为什么对自己看到的一切没有任何印象？

那不可能发生在更早以前，不可能是在基地里，不可能是我在迪奥科技的时候。那些记忆都已消逝，全被清除了。

我满心困惑，再次让自己沉浸进去，想要抓住那模糊扭曲的画面，让它们变得清晰。

天上开始滴落各种颜色。蓝色，红色，黄色，绿色，白色。

卷曲的小毛絮像秋天的落叶一般缓缓飘下，我不知道那究竟是什么。

我身边所有人都抬起头，看着天空，手指向上伸出。

我也抬起头，看着上方。

遥远的天空中，一些奇怪的符号开始出现，像是在云朵间涂鸦。那是来自另一个世界的符号。

接着……一个可怕的红色怪物现身，轻松穿梭在人群上空。它有着黑金相间的眼睛，神情愤怒扭曲，露出锯齿状的白色獠牙。

我吓得叫不出声来，赶紧后退，推开拥挤的人群，一路上撞倒不少人，总算从人山人海中逃了出来。

我跟跄着跑到一条无人的路上，离轰轰的雷鸣越来越远。

我看了一眼空荡荡的街道，所有店都大门紧闭，还封上了木板。每个门面上都画着陌生的符号——刚刚出现在天空中的那些陌生符号。

我在一道锈迹斑斑的金属楼梯前停下了脚步,那楼梯伸向地底。

一个年迈的男人站在最下面一级台阶上,身后是一扇脏兮兮的蓝色大门。

他脸上的皱纹犹如刀刻,眼睛黑暗而微小——跟两条深深刻在脸上的刀口差不多。他的头发雪白而稀少,顺着脸颊垂下,与下巴上同样雪白的胡须混在一起。

不知为什么,我被他深深吸引,不自觉地朝他走去,和他四目相对。

他示意我靠近,邀请我进入他的地穴。"我帮你。"他缓缓开口。

我的身体想要逃离,想要奔跑,永不停止。但我的大脑告诉我不要那样,它让我留下来——这就是我该去的地方。

我一手搭在肮脏的金属栏杆上,开始迈下楼梯。

画面突然支离破碎,化为千千万万的小碎片,旋转着,越变越小,最终化为乌有。

记忆散去,而我更加疑惑,摸不着头脑。我挣扎着想要寻回它,想要浏览未完的画面,继续朝楼梯走。但一切都是徒劳,我越努力集中注意力,画面就越模糊,越努力回忆那个老人的脸,就越想不起来。这种感觉,就像用网捞水,一无所得。

那一切意味着什么?

我应该找谁?那个男人是谁?他要怎么帮我?

我感觉心中燃起怒火,从身体里喷发而出,化为滚烫的泪水,顺着我的脸颊滑下。因为我知道真相,他根本无法帮助我。没人能帮我。什么都已经没了意义,已经太迟了。泽恩已经死了!我无法改变这个事实。而明天,我也将死去。

我紧握双拳,用力捶打墙壁,力气越来越大。参差不齐的墙面划伤了我的皮肤,鲜血顺着我的小臂流淌。我大声叫喊,直到喉咙酸痛沙哑,上气不接下气。我不停地跺脚,直到筋疲力尽,瘫倒在地。

我泪眼蒙眬,看见简的小娃娃——露露正放在墙角,我回到牢房后把它放在了那里。我爬到它旁边,把它紧紧抱在怀里,贴近我的胸口,那曾是我放吊坠的地方。曾是泽恩所躺的地方。

然后,我蜷缩在地上,默默等待。

救赎

第二天清晨，我被一阵金属的撞击声惊醒，睁开眼睛看见一个狱卒正站在我的牢房外，用他的长剑在两根金属栏杆间摇晃，试图把我叫醒。

"最后的忏悔。"他大声说，语气里满是厌恶，和其他狱卒一样。

我支起身子，擦了擦脸："什么？"

这时，我才发现这名狱卒不是一个人。他身后站着一个高大的男人，穿着黑色的长袍，衣领雪白醒目，一顶天鹅绒的兜帽盖住了他的头和大部分的脸。我只能看见他的鼻尖和下巴强有力的弧线。

"牧师来这里接受你最后的忏悔，原谅你的灵魂。"狱卒解释道。

我完全没听懂他的话，但很快意识到身穿黑袍的男人要进牢房来。狱卒从缝隙间插入利剑，把我逼退到角落里。我充满好奇地看着房门"嘎吱"一声被推开，然后这个看不见脸的男人走了进来。

他一走进牢房，我就有种奇怪的感觉。内心一股暗流把我拉向他身边。我突然很想看见他的面孔，这种欲望难以阻挡。

我从不同角度探头过去，歪斜着脑袋，却依然看不清楚。

"你是谁？"我问道，眼睛死死盯着他，突然觉得自己这样问很傻。我想要挪开目光，却无法做到。这个男人——这个戴着兜帽的人——有一种让我眩晕的吸引力，感觉他非常不真实，简直像中了魔法。

"抱歉，萨拉，是我失礼了。"他的声音低沉而平滑，几乎没有语调。就像每个字、每个音节在他心里都处于同等地位。而当他说出我名字的时候，我的身体里仿佛有一股暖流经过。那个名字不仅进入了我的耳朵，还触碰到我的味蕾，钻进我的鼻子，牵动我的心灵，就像一个新鲜出炉的面包。

"我是英格兰教堂的一名神职人员。"

神职人员？这又是一个我不熟悉的词。我想问他那是什么意思，但那样只会让狱卒更加愤怒，把我逼到更远的角落。

可这个男人仿佛能读懂我的思想，清楚我的缺陷。

"是一个宗教职位，"他不紧不慢地解释，"我来这里，是为了给你带来上帝的眷顾，让你能在今天上午的处决之前进行忏悔。"

忏悔？我又一次在心里提问，而他随即回答。

"你死之前有什么想要告诉我的事吗？有什么秘密吗？人们相信，只要在死的时候问心无愧，灵魂方能上天堂。"

狱卒在门外不禁哂笑。

我们俩都转头看向他，他立刻把脸上的笑容收了起来。

"那么，"牧师用枯燥乏味的语气问，"有吗？"

"没有。"我平静地说。

"你确定吗？"他追问。

我点点头，一声不吭。

"很好。"他向我走来。他离我越近，我的血液就越炽热，像是快要沸腾。

我的身体紧紧靠着石头墙壁，感到些许惊恐。

"你……你要干什么？"我结结巴巴地问，不安地看着距离我只有一米远的他。我抬起头，想要看清他的眼睛，但他硕大的兜帽拉得很低。

我现在就可以伸出手，揭开他的帽子，查看他的脸。我的手有些颤抖，却蠢蠢欲动。

"我正在为你祷告。"他说道，声音深深吸引了我，让我瞬间失去了思考的能力。

我的目光紧紧追随他缓缓抬起的手臂。他的右手朝我的前额伸来，手上的皮肤年轻而无瑕。他看上去迟疑了一下，手微微颤抖。

接着，他的手恢复正常，五指指尖轻轻触碰在我的皮肤上。我感到一股能量从他指间传来，犹如一阵火花。那种感觉十分奇妙。我闭上双眼，感受着这种美好，希望这一切不要结束。

我感觉自己的悲痛奇迹般地消失了，就像是笼罩已久的黑暗终于被驱散。我曾苦苦挣扎却一直看不穿的迷雾终于消失。

之前发生的一切都像是一场久远的梦，而我现在总算醒来，神清气爽，焕然一新。宁静安详的感觉包裹着我，痛苦和折磨的源头像角落里的灰尘一样随风而逝。

接着，这一切都结束了，犹如一面石墙在我身边轰然坍塌。

他的手离开了，他的触摸消失了，我的安宁和舒缓也随之而去。这牢房变得比以往更加黑暗阴冷，空空如也。

等我再次睁开双眼，牢房的门已经被狱卒打开，黑袍男子正踏出房门，远离我的世界。

"等等！"我喊道，朝他冲去。

狱卒再次把剑穿过栏杆阻挡我，我立刻止步，差点儿撞上尖利的剑锋。

门"砰"的一声关上，锁紧。牧师回头看向我："有什么事吗，萨拉？"

又来了，我的名字，从他口中说出。他的声音穿过栏杆，安慰我，拥抱我——那样熟悉。

"我……"我不知道该说什么，甚至不知道自己为什么要叫住他。我只知道自己不希望他离开。

"没什么。"我嘀咕着，垂下了脑袋。

他没有说话，转身消失在漫长而阴冷的走廊里，黑黑的长袍在身后飘荡。我能感觉到他迫不及待想从我身边逃离，就算我刚才竭尽全力说服他留下，应该也不会成功。一想到这里，我不禁心灰意冷。

焚身

时间到了。

我被拉出囚牢,缓缓穿过阴暗的走廊。没一个人说话——或许是考虑到即将到来的死亡,或者是没什么好说的。

我被带出监狱,穿过熙熙攘攘的人群,终于走上行刑台。台子下面是砍好的木柴和干枯的灌木搭成的柴堆,中间是一根高高的十字形木桩,旁边是一些绳子——用来把我绑在木桩上。

那个让人把我捕获的胖男人也在这里。他身穿另一件华美的丝质上衣,站在行刑台旁,对着人群激动地讲着上帝、魔鬼和两者之间永远不会结束的斗争。他对着我愤怒地唾骂、控诉,歪歪扭扭的黄牙把每个字都劈成两截。

终于,火把点燃了柴堆,火焰猛地在我脚下燃起。我闭上眼,想着泽恩,默默道出歉意,乞求他原谅我的失败。我没能帮助他,没能拯救他。

"对不起。"我低声说。

虽然他已经离去,我仍怀着一丝希望,祈祷自己的声音能穿越时空,找到那个他正生活着的地方,把话传到他的耳朵里。

我睁开眼,看着脚下的烈火。

炽热而无情的火焰从熊熊燃烧的柴堆里腾起,抽得我双脚生疼。我的眼睛被滚滚浓烟熏得满是泪花。

那如饥似渴的火焰死死盯着我,犹如豺狼虎豹盯着受伤的猎物,垂涎地舔舐嘴唇,饶有兴致地看着到手的美食——它不紧不慢地享受着猎物的挣扎,缓缓靠近,试图一招毙命。这可怕的眼神吓得我不敢直视。

木头在我的脚下噼啪作响,在火舌的吞噬下一根根断裂,逐渐化为黑色的灰烬。我是这火焰唯一的目标,唯一的猎物。其他一切不过是它的垫脚石,是它为了向我逼近而摧毁、废弃的牺牲品,无足轻重。

我环顾四周,迫切想要寻求帮助,但周围没有他们的身影。我孤立无援,只有火苗嘶嘶作响,木头噼里啪啦,像是在嘲讽我的无助。

他们不会让我死在这里,他们不会让他们昂贵的财产被火焰吞噬,烧成枯骨，灰飞烟灭。他们绝不会，我很确信这一点。

他们很快就会来这里，阻止这一切。

这是我仅有的记忆中第一次如此渴望看到他们的身影。

浓烟滚滚，让我眼前一片模糊，原本敏锐而无懈可击的视力荡然无存。我的喉咙肿胀，烧伤般疼痛难忍。我把头扭向一边，不停咳嗽，喘不过气来，恶心想吐。

有一丛火焰雄心勃勃，势头凶猛，一下蹿得老高，用细长扭曲的手指抓挠我的脚。我蜷起脚趾，身子用力抵住背后的木桩。我已经开始感觉到皮肤被烫起水泡，而且越来越多。我的皮肤在尖叫。

我开始反抗。可，我该如何反抗。我能做的只有剧烈晃动身体，试图挣脱束缚，然而无济于事。

这时我才意识到……没人会来救我。

火焰终将把我吞噬，把我的血肉从骨架上一点点剥离。而我这个人造的身体最终只能化成肮脏的尘埃，一阵微风就会把它吹到遥远的角落。

风向改变，浓烟被吹散了片刻。就在这时，我看见一个瘦高的人影站在河对岸，头戴兜帽，静静地看着我。

火焰开始啃噬我的皮肤，带来钻心的疼痛，就好像有千万把利剑同时穿透我的身体。一声尖叫开始在我体内的某个角落沸腾——我也不知道究竟是哪里。我的嘴不自觉地张开，胃部剧烈收缩。接着，一声尖锐刺耳的叫喊从我嘴里迸发出来，响彻天际。

那个胖男人就站在那里。他走到火堆旁边说："这就是让恶魔侵蚀你灵魂的下场！"他大喊。围观者大声赞同他的说法，同时把他们的手举到空中。

这时，我的双脚已经皮开肉绽，慢慢变成黑色。我痛苦地哭喊，感受着火焰啃噬我的脚踝，然后是小腿。

什么时候才能结束？我什么时候才能昏迷？

求求你，让我晕过去吧。

"还有这个！"他从口袋里掏出一条银色的长链。透过窜动的火苗，我勉强能看见那个吊坠在链子下面晃动。

不要毁了它，不要弄坏它。

"她和撒旦结盟的信物！"他说着，把项链举过头顶，"让它和这女巫一起回地狱吧！"他手指一挥，那项链立刻掉进我脚下的火焰里。

我试图迎着火苗看向脚下，但热浪灼痛了我的双眼，泪水猛地涌了上来。我赶紧眨眨眼睛，用力把眼泪挤出来，直到看清那个吊坠。它就在我烧焦的脚边，只有几厘米的距离。

我重燃决心，努力伸出左脚，感觉到绳子紧紧扎进我被烧焦的皮肤里，又引起一阵钻心的疼痛。黑暗向我袭来，快要将我吞噬。

不！我内心大喊。我现在绝不能昏迷！我的救赎近在咫尺，马上就能够着了，我绝不能在这时晕过去。

我痛苦地怒吼，竭尽全力把左脚向前伸。紧紧束缚的绳子有些松动，给我的双脚带来更大的移动空间。我背部死死抵住木桩，调整身体重心，让脚可以离吊坠更近。

火焰继续一点点啃噬我，带来巨大的痛苦。我的身体在乞求熄灭这烈火。黑暗还在我的眼前慢慢逼近，我使劲眨眼，把它驱散。

保持清醒，我命令自己。保持清醒。

我再次扭动双腿，让绳子向上挪动。我伸长脚趾，用尽浑身力气绷直它们，直到烧焦的皮肤终于触碰到吊坠坚硬的表面。

我一阵狂喜，但知道自己还有很多困难需要克服。我得把它打开。

我用脚摸索到链子，然后蜷曲脚趾把它拉到身边。

那个胖男人还在对着人群滔滔不绝地讲着关于魔鬼的布道。虽然所有人都看着我，但我还是坚信自己的举动已经被火焰和浓烟遮挡。

疼痛已经到达极限，我快要感受不到它了。就好像我的一切感官都已变得麻木。但黑暗还在蠢蠢欲动，想要把我吞噬，让我昏迷，不省人事，直到被活活烧死。

烟雾非常浓重，我已经看不清脚下的动作，感到马上快要窒息。我屏住呼吸，想看看自己究竟能在没有空气的情况下坚持多久。

我用一只脚抓牢吊坠，尝试用另一只脚上残存的指甲塞入两瓣心形之间的缝隙里。火焰已经烧到我的腰上，毫不留情地撕扯我的皮肤和肌肉。

黑暗快速向我袭来，将我包围，就像窗户上的帘子被突然放下。

透过模糊不清的视线，我看见什么东西一闪而过。包围我的滚滚黑烟晃动了一下，裂成两半，然后再次合上，就像有人用匕首将它划开。

我才把吊坠打开，紧紧抓在脚趾里，黑暗就把我完全吞没了。

第二部
入侵

这是我迄今为止见过的最精致的脸庞。他的皮肤光滑柔软，完美无瑕，泛着阳光下成熟小麦的色泽。他的脸孔——鼻子、下巴和颧骨都棱角分明，像是用优良的大理石雕刻而成的……

巨石

我梦到了水。

凉爽，清澈，壮美。它把我托起，带着我顺流而下。它拍打在我身上，冲走往事，净化我的灵魂，清除我过去犯下的错误，减轻我双腿剧烈的疼痛。我能感觉到它在治愈我。美丽的水流清洗着我腐烂、烧焦的皮肤，把它们冲刷干净，让健康的皮肤重新生长。

我再次变得完整。

我想在这里永远漂浮着，不要醒来，不要知道将来会发生什么。

滴答，滴答，滴答……水流撞击在陡峭的岩石上，努力向高处攀爬，然后一滴滴流到岩石的另一边。我知道自己正朝那里漂去，很快就会撞在巨石上，结束这场愉快的旅行，一切都将因此而终结。

我试着划动手脚，让自己远离危险，但那个庞然大物的"牵引力"如此之大，任何事物似乎都无法挣脱它的魔爪。我也不例外。我继续朝它漂去，万分惊惧。我们终将被迫相遇，然后用尽浑身的力量剧烈碰撞。

我不知道谁会笑到最后。我不知道我们会不会两败俱伤。

我睁开眼睛的时候，发现自己在一间奇怪而陌生的房间里。这里很宽敞，四面都是雪白的墙壁，房顶有着特殊的纹理，高高的窗户一片漆黑。我的眼睛很快便适应了黑暗，但这房间里看不见什么东西，空荡荡的，只有我躺着的这张床，上面铺着柔软的白床单和厚厚的蓝色毛毯，床脚边有一张小桌子，角落里还有一盏光线昏暗的台灯。

这房间似乎弥漫着一种哀伤的情绪，仿佛它不只是空空荡荡，还遭到了遗弃，无人问津。而现在，房间的四壁都散发着孤独感，就好像那种感觉已经渗进了墙面漆，浸湿了米色的长毛绒地毯，深深埋藏在整个房间的根基里。

滴答，滴答，滴答。我又听到了那个声音，转头看到一个高高的金属支架直立在我的床边，上面挂着一个塑料袋，里面装着不知名的清澈液体，缓缓滴落在一根长长的管子里。我的目光顺着管子向下移，看见它一直延伸到我手腕印记上方不远处的血管里。

静脉点滴，我立刻认出了这个东西。2013年，我在医院待过一段日子，见过它。

我吓了一跳，立刻坐起，把针头从手臂里拔出，踢开脚上的毯子。我正准备跳下床逃走，但有些东西吸引了我的目光。我的双腿被厚厚的纱布包裹住，一直延伸到脚趾。

有人帮我包好了伤口。

我小心翼翼、充满好奇地捏住大腿附近的一块纱布，轻轻揭开。伤口居然完全愈合了！原先被烧得面目全非的死肉，变成了有些扭曲的粉白色皮肤，焕然一新，只是稍微有点儿娇嫩。疼痛感也已完全消失。

我在这房间里待了多久？我是怎么来到这儿的？

我忽然回想起上次剜下黑色印记时手腕惊人的愈合速度——不到半个小时。不过那只是一个小小的切口。这次完全不一样，那场大火吞噬了我的皮肤，像猛兽一样用尖利的牙齿撕扯我的皮肉。当时的我已经被啃食得惨不忍睹，然后……

发生什么？那之后发生了什么？直到我醒来之前，发生了什么？

我还记得审判，记得愤怒的人群，熊熊燃烧的火焰，然后……

我的吊坠。它被扔在了火焰里，就在我脚边。

在浓烟、痛苦和惊慌完全淹没我之前，在我昏迷之前，我刚好用脚趾抓紧并打开了吊坠，激活了我的穿越基因。

但我是怎么来到这里的？为什么会出现在这张床上？

我的吊坠又在哪里？

我慌忙摸摸锁骨和胸前，除了裸露的皮肤什么也没有。我掀开毛毯，从上往下扫视了一遍床面，什么也没有。

我把纱布拆下，露出完全愈合、焕然一新的双腿。

此刻我才意识到自己还穿着厚重的17世纪的服装，只是胸前的围巾没了，裙子也被烧毁了一半，长度才刚刚过膝，下面是一圈参差不齐的黑色裙边。

我紧张不安地环视房间，想要寻找吊坠的踪迹。不管我在哪里，怎么来的这里，我都必须离开。我要去找泽恩——我还可以救他。我可以穿越到他被带回帕丁森家的那天,也就是我被逮捕的那天。我可以把他带离那里,他就不用死。

死,就算是想到这个字,我的胃也一阵抽搐,头晕目眩。我趴在床沿,一阵恶心,胃不断收缩,却什么也吐不出来。

很显然,我前几天一直没吃什么东西。

我让自己立刻思考,集中精神,快想办法。

我扫视了一眼房间,注意到身后的墙上有一扇门。我不知道它通往哪里,但没关系,反正我不能待在这里。我必须找到项链,那是首要任务。没有吊坠,我就再次被困在了时空里。

我把双腿垂放在床沿,一条一条单独检查。我先把部分重量放在一条腿上,等待片刻,看新长的皮肤有没有什么不适。不知道它们会不会像一堆破衣服那样剥落,然后滑到地面上。

到现在为止,一切看起来都还顺利。

我看了一眼房门,做好心理准备,打算缓缓起身,但不得不突然停止——伴随着低沉的嘎吱声,那房门被推开了。

我的心跳到了嗓子眼。

我做好了出手的准备,必要时会不惜一切代价把闯入者击倒在地。我不知道是谁把我带来这里的,也不知道是谁给我包扎好伤口,但任何人胆敢阻拦我找到项链去救泽恩,那都别怪我下手太狠。

一只脚踏入房门,黑色的鞋子闪闪发亮——现代的那种,而不是17世纪的皮靴或系带皮鞋。从这鞋的尺码和款式看来,来者是一个男人。一条腿慢慢迈进门框,我的目光随即上移,看见结实的腿部包裹在深灰色的布料里。当这个人快要完全踏进房间时,我继续向上看。平整得没有一丝折痕的黑色纯棉衬衫覆盖在完美的胸膛上。顺着长而结实的脖颈,我终于看见了他的脸。就在那一瞬间,我的头、双手、双脚、手指、脚趾仿佛都不是自己的了。我惊得一动不动,瘫软地向床上倒去。

这是我迄今为止见过的最精致的脸庞。他的皮肤光滑柔软,完美无瑕,泛着阳光下成熟小麦的色泽。他的脸孔——鼻子、下巴和颧骨都棱角分明,像是用优良的大理石雕刻而成的。他有深金色的头发,在太阳穴旁绕成波浪状,随意地落在耳郭上。而他的眼眸是美得让人窒息的渐变的宝蓝色。他看上去很年轻,差不多和我一样大,或者稍长一些。他的手里正端着一托盘的食物。

　　我试图掩藏自己对他容貌的惊叹，但很明显已经失败了。而他恰恰相反，非常沉着冷静，脸上的表情几乎和墙壁一样空白而冷漠。

　　他静静走进房间，把托盘放在床脚边的桌子上。他的动作有些僵硬，极不自然，仿佛关节被死死定住，不能灵活转动。

　　"你醒了。"他语气平淡地说。我根本听不出他是开心还是失望，只知道那声音让我不禁震颤。它虽然疏远而冷淡，却有种穿透人心的力量，一种莫名的亲密感。就好像他的话是对着我的耳朵轻声说出来的。

　　"你是谁？"我问道，被自己颤抖的声音吓了一跳。我在害怕他吗？

　　当然不是，我的大脑立刻回答，不假思索。要说有什么感觉，那就是安全，受到保护，被理解。和害怕完全相反。

　　那种感觉，就像我认识他，一直都认识他。

　　他站在床脚旁，双臂紧绷，僵硬地放在身体两侧。"我叫凯伦。"他的语气毫无波澜，像是一块石头在对另一块石头背诵定义。

　　然而，一种情绪在我体内波澜起伏，在这房间的每一个表面上跳动。

　　凯伦。我不知道这个名字，但却想要了解，渴望了解。我想要一遍又一遍默念这名字，想要用它代替其他一切词语，就算这样会让我胡言乱语也在所不惜。

　　"你在这里干什么？"我努力让自己开口，希望自己的语气能充满指责，严酷而愤怒。我想警告这个陌生人，我有重要的事情要做，绝不会容忍任何人的阻拦。但我失败了。

　　看着他深邃的蓝色眼睛，我竟想不起自己的要事是什么。

　　邪恶的笑容爬上他的嘴角。"塞拉。"他说我名字的时候，语气里没有任何情感，可我却听出了原委，仿佛接下来的任何解释都已失去意义，不过是浪费口舌，浪费力气，"我为你而来。"

　　我总算弄清了这一切，不禁打了个寒战。

　　滚滚浓烟中的人影，我昏迷前一闪而过的身影，我迷失的吊坠。

　　意识到真相的那一刻，我浑身冰凉，大脑一片混沌。

　　我知道他们不会看着我被活活烧死。

　　"迪奥科技派你来的？"我颤抖着说出这句话，明白一切已经结束，覆水难收，猫和老鼠的游戏到此为止。

使者

我很惊讶自己居然能那么平静地说出那句话。我曾无数次梦到这一刻的到来——恐惧，一身冷汗地惊醒。我一直以为自己会有不一样的感受，以为愤怒、恐惧，以及逃离迪奥科技的决心会在我体内聚集，形成一种爆发力，让我猛烈出击，让我反抗，让我逃跑。

但我要去哪里？

这个男人——这个男孩——很显然拿走了我的吊坠。那是我的自由，是我寻找泽恩的唯一方式。

他点点头，确认他就是我想的那个人，并一动不动地继续站在床边，让我不寒而栗。

"我不明白，"我说，"如果是迪奥科技派你来这里，那我为什么没有……"我环视了一眼空荡荡的大房间，另一种恐怖的感觉向我袭来，"等等，我在这儿？我回来了？这是基地吗？"

"不。"他的回答冰冷无情，甚至有些刻板机械。

我十分困惑。这么长时间以来，我一直以为他们会把我抓回基地，那是阿利克斯特在洞穴里说的。我是他们价值万亿美元的投资项目，必须完璧归赵，绝不会被允许在时空里任意穿梭。

"可我还以为……"我反驳道。

"我的任务不是把你带回基地。"凯伦僵硬地解释。

"那你的任务是什么？"

"你手上有我们需要的信息，我被派来获取那信息。"

信息？尽管经历了这一切，尽管可怕的噩梦正在上演，可我还是忍不住想笑。只不过那笑声听起来更像是紧张的傻笑："真对不起，害你白忙活一场。我想，你们收到的情报应该有误。我没有任何信息，甚至连你在讲什么都不知道。"

他看上去丝毫未受影响。"不是你知道的信息，"他语气平和地说，"而是你的一段记忆。"

我又笑了起来，得意自己居然不费吹灰之力就比他们更聪明："好吧，显然是有人欺骗了你们，因为我什么都不记得了，我的记忆全部没了，被清除得一干二净，什么都不剩。"

他摇摇头，动作十分细微，几乎看不出来："我的情报没错。我很确定，我们需要的记忆就在你大脑里，丝毫未损。"

"既然你那么确定，为什么不给我戴上探测器，亲自把它们挖出来？"

他双臂抱在胸前，黑色的衬衫出现了几道褶痕。我不受控制地被那臂膀吸引，它们真的太完美了。阿利克斯特肯定只雇最坚实强壮的人做他的特工，而凯伦显然是其中一员。

不过，我不担心。我比他上次派来的两个特工跑得更快，而且更加机智，毫无疑问也能战胜这一个。而且，泽恩在树林里对我进行了多次训练，让我变得更加强大。

一想到泽恩，我的心几乎要裂成两半，但我努力让自己保持镇定，绝不能让这个人看穿我的弱点。我之所以还在听他讲毫无意义的故事，只是为了赢取更多时间，思考吊坠被放在哪里，然后趁他不备，夺走吊坠。

"事情远比那复杂，"他回答，"那些不是你已有的记忆，而是你将要拥有的记忆。总有一天会到来。"

我皱着眉头："什么？"

"它们被称为延时回忆，英文缩写TDRs，是一种被植入在大脑里的记忆，只有在一定时间过后，或者在特定触发器的诱导下，才会激活。就像引爆炸弹一样。"

炸弹？在我脑子里？

"那你们是怎么知道我有这种记忆的？"

"TDRs在扫描时可以发现，但它们是加密文件。我们只有等那些记忆被激活才能获取它们。"

"所以你扫描了我的大脑，"我不安地说，"查看了我所有的记忆？"

我突然觉得很不舒服，感到受了侵犯。

他显然不觉得这有什么问题："那是我完成任务的必要步骤。"

我想对他大吼，但知道那样没什么好处。我觉得自己甚至不应该感到惊讶，迪奥科技什么时候在乎过我的隐私？

我用手指抚摸着柔软的棉质床单，想知道自己究竟在这里躺了多久——

脆弱而无助地躺着,直到双腿痊愈。他在这段时间里还对我做了什么?他还看见了其他什么记忆?

"我在这里待了多长时间?"我问。

他一动不动地站着,但我发誓自己的眼角余光看见他左手的一根手指抽动了一下。"两天。"他回答。

"你怎么让我保持昏迷的?"

他把手伸进口袋,缓缓拿出熟悉的黑色仪器,一面有刻度盘,顶部有两个金属突起物。我早该想到了。调节器。

迪奥科技特有的武器。我记得2013年里奥曾在一个废弃的谷仓里对我使用过一次,麦克希尔在开车去她仓库的时候对我用过一次——麻痹我的大脑,迫使我沉睡,有时候几分钟,有时候几小时。接着,我又想到阿利克斯特对里奥使用过一次调节器,在洞穴里的时候,他把计量调到最大,结束了里奥的生命。

我立刻摇摇头,在它让我变得虚弱之前赶紧驱散这记忆。

"那些记忆,"我声音略带颤抖地说,"你确定它们会被激活吗?我以后会看见它们?"

凯伦点头:"其中一个已经被激活了。"

我忽然想起在树林里听到的那个女人的声音,还有我在牢房里看见的那些画面。那一切看上去不知从何而来,就像一堆色彩、影像和声音突然在我大脑里迸发。

拥挤的人群。

天空中出现的诡异符号。

黑金色眼睛的凶猛怪物。

那个邀请我走进他脏兮兮的蓝色大门的老人。

"我帮你……"

那就是它吗?一段正好到达触发时间的延时回忆?但那也解释不了那段记忆的含义。那个男人为什么想要帮我?

还有,那个女人的声音为什么呼唤我去找她?

"是谁把那些记忆植入我大脑的?"我用粗鲁而命令的语气问。

和之前一样,他的回答没有情绪,十分疏远:"我查不到。"

我嘟哝道:"这些记忆被触发之后,你想从中找到什么?"

他看上去有些犹豫，把调节器放回裤子口袋，然后再次本分地把双臂垂放在身体两侧。他做这一系列动作的时候，手不小心碰到了衬衫，挪动了衣服，把衣领扯下去了几厘米。

但这几厘米已经足够。在他抬手整理好衣领之前，我看见里面有银色的光亮一闪而过。我的胃立刻开始收缩。

我的吊坠。他正戴在颈上。他肯定在我昏迷的时候修好了项链。可以理解，他肯定认为这样最安全。

大错特错。

我已经想好了最佳的偷袭计划，算准了合适的出击时间。必须是在他最没防备的时候，在他注意力分散的那一刻。我将用最快的速度伏击他——快到让他无法想象——把项链从他脖子上夺过来，然后猛击他的喉咙，踢他的腹部，让他无力反击，争取足够的时间逃跑并打开吊坠，穿越时空离开这里——无论这是哪里。

我现在只需一个合适的契机来分散他的注意力。

耐心，我对自己说。然而，一想到能逃离这里，再次见到泽恩，我的心就止不住地怦怦直跳。我很快就能回到他身边，拯救他的生命。

凯伦仍在回答我的问题，看上去没注意到我俩之间的力量平衡已被打破。"我们虽然不清楚那些记忆涉及什么信息，但情报部门认为其中包含了一张地图。"他说道。

这句话立刻引起了我的注意。他刚刚说的是地图？

"什么地图？"我不由自主地问，虽然这并不重要——我几分钟后就要离开了。

"这我也不知道。"他还是用机器人一样的语气对我说话，让我颇有些不耐烦。

我开始回想那段记忆，那个老人邀请我进入蓝色大门，进入他的世界。我想象不到这跟地图有什么关系。除非地图藏在那扇门背后。

好吧，无论如何，我不打算在这里等着谜团解开。我看了一眼凯伦放在床边桌子上的那个托盘。"那是给我的吗？"我问。

他点点头："我想你应该饿了。之后还有很多事情要做，你需要补充能量。"

我几乎要被他刚才那句话逗笑，太讽刺了，我拥有足够的能量把他击倒在地，此时此刻就可以。

"谢谢，"我说，试图让自己听上去充满感激，"我快饿死了。"

他再次点点头，动作冰冷而机械。接着，他弯下腰，准备端起托盘。就是现在——我唯一的机会。他的眼睛正看向别处，手里还拿着东西。

现在！不到一秒的时间我就出现在他身后，一条手臂勒住他的脖子，另一只手抓住他的头发，用力向后拉，让他陷入弱势地位。

托盘"哐啷"一声掉在地板上，一碗热气腾腾的粥洒落在地，弄脏了原本一尘不染的地毯，留下了丑陋的黄褐色污渍。

我松开他的头发，伸手去抓项链。我的手指碰到了链子，立刻紧紧抓住，用力拉扯。但我还没把项链拉断，身体就被抬了起来，双脚在空中乱踢，却没有一点儿用，完全够不着地面。他不费吹灰之力，把我整个翻了个跟头，最终我的腹部落在他肩膀上，就这么被扛在了他肩上。

他比我之前见过的所有特工都要强壮，这一点已经很明显了。阿利克斯特或许从一次次失败中吸取教训，招了一批更加强大的战士。

不过，他的速度肯定比不上我——无论移动还是反应。

更何况我还接受了无数个小时的训练，专门针对现在这种情形。

我纵身跃起，落到地面上，迅速向他逼近，朝着他的胸口一记高踢腿，然后对他的脸颊甩出左勾拳。我正准备猛烈攻击他的膝盖，却被他的反应吓了一跳。准确来说，他没有反应。

我本该听到破裂、撕扯的声音。骨头断裂，皮肤扯开，血流不止，痛苦呻吟。我本该听到一声又一声痛苦的叫喊。然而，他丝毫没有反应。

他的表情几乎没变。他看上没有受伤，甚至连一点儿不舒服都没有，只是静静站在那里，和之前一样昂首挺胸，不为所动。他用几乎不耐烦的眼神看着我，像是在说：你打完了吗？

而他的脸颊在被我的拳头挥击过后，居然没受任何影响，只有一点儿红印，而且正在消退，仿佛只是被枕头打了一下。

我怒火中烧，再次出击，他显然已经失去了耐心，开始回击。我挥出的每一拳都被他拦截，踢出的每一腿都被他挡住。接着，他从防守变为进攻，一掌劈在我头上。我顿时觉得房间都在转动，眼前一片混乱，整个人都飞到了空中，然后重重砸在墙角的台灯上，发出一声巨响。

我还没回过神来，他已经骑在我身上，浑身的重量都压了下来，让我动弹不得。他抵住我的胸腔，压得我呼吸困难。

我好一会儿才反应过来他的速度有多快——那完全超出我的预料，超出人的极限。我还没来得及细想，就被一阵电流击中。比太阳还刺眼的光亮在我身边炸开，仿佛要将我撕裂，从体内一分为二。

刹那间，我浑身就像被火焰再次焚烧——皮肤，头发，骨骼，肌肉，细胞。连我身边的空气都在燃烧。

但这火焰和之前不同，它不烫，也没有烧伤我，只是让我突然觉醒，生机勃勃，像是灵光闪现。

我想他肯定也感受到了，因为自从进房间以来，他的脸上第一次有了变化，像是突然想到了什么，突然有了表情。

那是一种惊讶。一种纯粹意外、超乎想象而突如其来的惊讶。

他的目光慢慢移向我的眼睛。那是一种试探性的，甚至有些胆怯的眼神。就像他知道不应该这样，并努力想要阻止自己，却难以自制。

我们的目光交会时，我感觉自己飘了起来，身旁的一切似乎都消失了——整个房间，床，还有我沉重而急促的呼吸——只剩下我们两个人，而他正压在我身上。他的体重似乎也消失了，仿佛完全失去了重力。

我听见他的心怦怦直跳，在胸腔内发出回响。那声音穿透了我的皮肤，我的身体，和我的心脏产生共鸣。那一刻，全世界仿佛都消失了，只剩下两颗跳动的心。

我的大脑在嗡嗡作响，不知道这一切是怎么回事。

庆幸的是，我不需要知道。

一秒之后，他从我身上一跃而起，然后双脚着地，一眨眼的工夫就到房间的另一头。但从他脸上不安的神情来看，他显然恨不得跑到世界的另一头。

我挣扎着站起身，看着他的眼睛。他正瞪着我，那眼神非常熟悉——我被带出法庭，走上刑场，准备行刑的时候，千百双眼睛都是那样看着我。那目光，像是在控诉我的罪行。

不过我绞尽脑汁也不知道他为什么会那样看着我，真要说起来，我瞪着他还差不多。

"你……你……你究竟是什么？"我还没从刚才的打斗中恢复过来，胸口有些喘不过气来。

他还在房间那头怒视着我,看上去火冒三丈。但深呼吸三次过后,他恢复了镇定。我看着他变回先前那张让人恼火的扑克脸,就像没有种庄稼的田地一样枯燥乏味。他变回了那个机器人。

"你究竟是什么?"我再次逼问,大声喊了出来。这一声怒吼把我的耳膜都震疼了。

"塞拉,"他说出我名字的时候,语气还是那样傲慢,一副屈尊俯就的样子,"你真的以为阿利克斯特会犯同样的错误吗?他难道还会再派一个柔弱平凡的人类来找你?"

我呼吸一滞,心口堵得慌。"你在说些什么?"我呛了口气问。不过我心里已经知道了答案,双膝瘫软,头抵在了柔软的地毯上。

我瘫倒的时候,看见了它——凯伦左手腕上若隐若现的印记——最重要的证据。一条细长的黑色刺青。

"我和你一样,"他冷漠地说,"比你更强。"

改进

我缓缓抬起头,看向他的双眼,突然觉得十分陌生。

一切都不一样了。因为现在有两个我们这样的人。

我第一眼看见他的时候就应该意识到——那美如雕塑的脸孔,完美无瑕的皮肤,无与伦比的体格。

还有那双明亮的宝蓝色眼睛。

完美的色彩。

不自然的色彩。

和我的一样。

不同的是,他的眼里有一种让人不安的感觉,空洞,麻木。它们熠熠生辉,却同时死气沉沉。

还有他的声音,机械刻板,冷漠无情,没有起伏。就好像他在说话,在发声,却没有灵魂,没有赋予语言含义。泽恩曾经告诉我,初次见面时,我的语言也有些不自然,有些笨拙。但我肯定没有像他那样说话。

他说他和我一样,但比我更强。

但强在哪里?

更健壮?更敏捷?更聪明?更俊美?

也许是的。

但阿利克斯特肯定改进了一个地方。对他来说,我有一个致命弱点。

我会反抗。

会独立思考。有感知,有情绪,有疑惑。

还有,我拥有爱的能力。

"你知道些什么?"我的声音有些颤抖,迟疑,害怕。

他疑惑地歪着头。

我换了种说法:"阿利克斯特告诉了你多少关于我的事?"

他看上去觉得这个问题轻而易举:"所有。"

"所有?"

"迪奥科技的情报部门给了我高级别的许可，可以看到关于你的缺陷和哈文·里奥博士怂恿你逃跑的详细信息。"

一提起里奥和他帮助我逃跑的事情，我觉得自己脸上被狠狠打了一拳。不光是脸上，还有腹部和胸口。我强忍住内心的疼痛。

"那么，你知道，"我沙哑地说，"你是怎么被造出来的？我们是怎么被造出来的？"

他眨眨眼，动作僵硬机械。我发誓自己听到他眼皮触碰时发出了轻微的咔嗒声："是的。人工改良基因序列，创造出优良、进步的人种。"

"你不觉得困扰吗？"我大喊，感到寒冷、虚弱，还有空洞。我一点儿也不觉得自己是什么优良、进步的人种。

"我为什么要感到困扰？"

失望和挫败烧红了我的脸颊，紧紧揪着我的胃，让我的血液沸腾。

"因为你的生活违背了你的意愿！因为你没有家人，没有朋友！因为除了迪奥科技为你创造的一切，你什么都没有！"

"意愿？"他重复道，语气里充满疑惑，仿佛没有明白这个词的意思。

"是的！违背了你的意愿。换句话说，就是没有询问你的意见，你没的选择。你的生活根本不属于你。"

"我活着就是为了服务于詹斯·阿利克斯特博士，确保迪奥科技能顺利完成它的使命。那是我唯一的目标。"

他这句冰冷的回答正是我所需要的。我已经知道了答案。他确实知道一切。但他被制造成不会产生任何疑惑、不会在意的样子。

他们没有对他撒谎，这和我当初的情况不一样。

他们没有给他错误的信息，虚假的记忆，编造的童年。

对他来说，那一切并不重要。

阿利克斯特完成了自己想要的一切。他知道了如何创造完美的战士——不会提问，不会反抗，不会逃跑。

凯伦就是我本应成为的样子……

一个人形机器。他的大脑被改造的程度太深，不会独立思考。

无法独立思考。

"还有多少？"我问。我需要知道自己面对的是什么，对抗的是什么。他没有回答，我又换了种方式问："阿利克斯特还创造了多少和你我一样的人?"

过了很久——仿佛外面已经斗转星移，过去了一个世纪——他才开口："现在为止……只有我们两个。"

我觉得自己松了口气。这是很久以来我听到的第一个好消息。

然而，我不由自主地注意到他的措辞：现在为止……

话外之意让我不禁疑虑重重。但我让自己平静下来，绝不能因为阿利克斯特的谋划而分心。我必须把注意力集中在自己的计划上。我自己的任务，我仍有决心完成它。

我重新站起身，挺起胸膛，试图获得一些尊重，或是畏惧，随便什么。

"把吊坠还给我。"我盯着他衬衫的领口，坚定地说。那衣领在打斗中被扯歪了，露出细长的银链子。

"不。"他简洁地回答。

我必须承认，我没指望自己的命令能起作用，尤其是现在。事实证明，我打不过他，也跑不赢他。但我至少得尝试。

我咬牙切齿，努力克制住再次冲到他面前的欲望："我必须回去，"我告诉他，语气里满是愤怒，渐渐化为绝望，"你可以随意探测我的大脑，我的记忆，只是，求求你，先让我回去救泽恩吧。"

"那是不可能的。"他语气里的麻木不仁让我瞬间怒火中烧。

"喂！"我从房间另一头大喊，"我才是那个掌控你所需信息的人。我才是那个可以讲条件的人。"

"不全对。"

我怒吼："哪里不对？"

"你不是唯一一个掌控信息的人。"

我的喉咙里像灌了铅一般："什么意思？"

"你根本不知道他因何而病，想怎么救他？"

我瞬间感觉整个世界仿佛要轰然坍塌，天崩地裂。

我的喉咙像被死死掐住，呼吸不过来，也说不出话。但不知怎的，我说出了一句话，想知道瞬间扭转一切的那个答案。

"你知道他究竟因何而病？"

他点点头："更重要的是，我知道怎么救他。"

谈判

我将信将疑,不知道要不要相信他。如果他在执行阿利克斯特的命令,肯定会不择手段让我听从他的安排。可我知道,自己怎样都是输,我无法战胜他们。就算他在说谎,就算他根本不知道泽恩生病的原因,我也别无选择。就算只有一线希望能救泽恩,我也得照他说的做。

"是迪奥科技让他生命垂危吗?"我问,想要获取最多的信息。

"不,"凯伦回答,"但要想治好他,就必须照我说的做。"

"我要怎么相信你?我怎么知道你不会背叛我?假如我完全听从你的指令,并且帮助你找到我记忆里的地图,我怎么知道你不会对我使用调节器,然后把我带回基地,让泽恩在1609年自生自灭?"

他似乎在非常认真地思考我的问题。"你没法知道。"他最终承认。

我双臂环在胸前:"这样恐怕不行。"

他朝我迈近一步。我已经能够再次感受到那种奇怪的吸引力。他似乎也感觉到了,迈出第二步时犹豫了一下,然后停在了原地。他完美的下颌歪向一边,像是在强忍嘴里的苦涩。

"你想要什么?"他问,冷若冰霜的脸闪过一丝愤怒。

"先治好他,"我的眼睛一眨不眨,"然后我跟你走。"

他摇摇头:"不行。"

"好吧,"我瞪着他说,"那让我回去找他,然后带来这里。"

他挑了挑眉毛,明显不信任我:"不行,而且就算我同意,你也没法回到过去拯救他。"

我皱着眉头:"为什么不行?"

"因为你已经去过那里了。"

"这讲不通。"我反驳。

"穿越时空的基本法则就是不能重复到同一个时刻。你的身体无法穿越到已经去过的时刻,因为那意味着同一个时刻里会出现两个你,有违量子规律。"

我之前从没听说过这个。不过，我对穿越了解得也不多，只实践过几次。不知道泽恩是否了解这个限制。他要知道的话应该已经跟我说了。

"因此，"他继续傲慢地解释，"你唯一的选择就是穿越到我把你救出火场之后。不过那个时候，泽恩应该已经病入膏肓了。"

我不知道自己应不应该相信他的解释，但那不重要。他明显不会让我离开。"那你去救他，"我回答，"你只在我被行刑的时候出现在那里，也就是说，你可以回到更早的时候，把他带回来。"

凯伦沉默不语，仔细思考。

"只要他在这里，还活着，"我说，"我就跟你走。"

这不是最好的办法，但远比任由泽恩死在帕丁森家农场外的树林里好。

凯伦眼神严酷地警告我："不许动。"说完瞬间不见了。我看着他的身体消失在空气中。

我看了一眼房门，仔细考虑自己能不能追上去。但明显门儿都没有。我的吊坠在凯伦手里，哪儿也别想去。但我内心的挣扎不一会儿就被打消了，因为凯伦转眼就回来了，而且不是一个人。

我听见一声剧烈的咳嗽，低头看见凯伦抓着泽恩的手臂，拎起他病弱的身躯。我不禁联想到简拿娃娃的样子——抓住一只破破烂烂的手臂，身体的其他部分毫无生机地垂在一侧。

泽恩突然吐出一口黑血，在他的脚边形成一块猩红的阴影。

凯伦冷漠地放开他。泽恩双腿瘫软，朝地面倒去。在完全瘫倒之前，他耷拉着坐在地上。那一刻，我觉得时间都被拉长了，感到痛苦万分。接着，他身体也倒下，脸靠在了那一片散乱的血迹里。

重现

"你疯了吗?"我冲向泽恩的身边,把他的头抬离地面,对凯伦大喊。我努力把他脸上的血渍擦去,感受到了他滚烫的皮肤。

"泽恩,"我轻声说,"泽恩,听得见吗?"

他的眼皮微微颤动。"发生了什么?"他的声音微弱得几乎听不见。

"一切都会好起来的,"我对他轻声耳语,嘴唇抵着他的下颌,"我知道怎样把你治好。"

我迅速把他抱起,带到床边,轻轻放在床垫上,然后用手拨开他额前潮湿的头发。

"我们得让他舒服一些,"我哽咽地对凯伦说,目光仍停留在泽恩身上,"你能帮他做些什么吗?"

我发现房间那头没动静,抬眼看见凯伦正在用好奇的目光打量我,好像我是他在树林里偶遇的未知生物,他想弄明白我究竟是什么。

"你听见我说话了吗!"我大吼,"你能帮他做些什么?"

"我可以给他吊盐水,"他平淡地说,"让他不至于脱水。"

我点点头,继续注视着泽恩:"就这么办。"

凯伦把新的针头刺入泽恩的血管,然后把它连接在一袋清澈的药水上。我紧握着泽恩的手,轻轻摩挲他的掌心。他俊美的脸庞写满痛苦,让我心痛不已,犹如一把火焰在我喉咙里燃烧。泪水刺痛了我的双眼。

弄完吊针,凯伦后退了几步,像是故意远离我们。

"你在哪里找到他的?"我平静地问。

"在帕丁森家的农舍里。"

"你怎么知道要去那里找他?"

"伊丽莎白·帕丁森说你被逮捕之后,他被送回了农舍。"

他的回答让我大吃一惊。他说得对,她确实说过这话,不过我想不起来她是什么时候说的。然后我突然回忆起来。

"关于那个和她一起的年轻小伙……她被逮捕的那晚,他就回到了我们农舍。"

　　那是在法庭上，帕丁森夫人在出庭作证时说的。我猛抬起头，责备地看着凯伦，"你当时在哪里？"我问，"我被审判的时候你在现场？"

　　他点点头："是的，我刚去，去找他。"

　　我摇摇头，想起当时那种感觉，像是有什么人在法庭的后方吸引我的注意。是因为凯伦在那里吗？在法庭上？他就是我察觉到的人吗？

　　他在那里，因为我让他去的。

　　接着，我想起帕丁森夫人在法庭上说的另一段话。

　　"他两天前消失了……可能是迷迷糊糊走进了树林里。我猜测是这个女巫用咒语蛊惑了他，让他离开了农舍。"

　　"所以她当时以为泽恩消失了，"我反应过来，不禁说出了声，"他没有走进那树林，而是被你从农舍带来了这里。"

　　凯伦似乎被我的嘀嘀咕咕弄糊涂了："那不是你让我做的吗？"

　　"是，"我有点儿混乱，"我只是想把这些事情理顺。"

　　我转头看看泽恩："他还有多长时间？"

　　"照这种情况下去，还能坚持几天。"

　　"告诉我，他究竟怎么了？"我接着说，"他现在怎么样？"

　　"我照你说的做了，"凯伦无视我的恳求，"我已经把他带来这里。现在，轮到你信守诺言了。我们该走了。"

　　他对泽恩冷漠无情，丝毫不在乎他的生死，这不禁让我怒火中烧。我想要怒吼，想随手抄起什么东西往他身上砸，直到他开口告诉我他知道的一切。但我逼自己保持镇定，调整呼吸。

　　如果我暴跳如雷，失去理智，对泽恩一点儿好处也没有。而现在，跟凯伦离开是救泽恩的最佳选择，唯一选择。

　　"好吧。"我答应他，声音有些哽咽。我缓缓松开泽恩的手，看着他的手指从我指间滑落，无力地耷拉在白色床单上。我默默跟他道别。

　　"我们走吧。"我说道。

　　我不想让凯伦找到他要的信息，不想让他获得迪奥科技迫切需要的情报。因为我知道，这一切结束后，他便会立刻把我带回基地，带回阿利克斯特身边，然后把我变成他那样。

　　迪奥科技对拯救泽恩的生命没有任何兴趣。我知道这一点，所以才不信任凯伦。但我需要了解凯伦，知道他的能力，发掘他的弱点——如果他有任何弱点的话。我得知道我们之间的相似和不同之处，后者尤为重要。如果我想脱身，就必须知道这些。

但最重要的是，我必须知道他对泽恩的病知道多少，如何才能救泽恩。一旦我获取了这些信息，我会离凯伦和迪奥科技远远的。

我突然想到自己和凯伦之间的第一个相似之处：他们也不相信我。

新手

我跟随凯伦走出卧室,来到另一个空荡荡的房间。这里有黑漆漆的落地窗。这间房的面积更大,地上没有地毯,而是铺满富有光泽的白色木质地板。雪白的墙壁和天花板上涂有明亮的钢青色。天花板上垂下一盏盏点亮的顶灯,投下奇怪的圆形光影。房间里的柜子都埋在墙面里,过去可能摆放着许多纪念品和装饰品,但现在已经空空如也。房间里没有一件家具,整体看起来比那间卧室还要伤感。这里原先可能是客厅。

我的左边是一间很久未动的厨房,里面有现代化的家电——洗碗机、冰箱和一些我没见过的东西——都是富有光泽的金属蓝色,看起来一点儿也不像17世纪。

眼前的一切和我刚离开的那个世界形成鲜明对比。帕丁森家的房子很温馨舒适,充满人气,里面摆放着不太完美的手工木质家具,壁炉里的火熊熊燃烧,不起眼的角落布满灰尘,整体的感觉就是有人居住。这里恰恰相反,阴冷而荒凉。我脑海里不禁蹦出一个词——废弃。

"这是一栋住宅吗?"我环视四周。

"一间公寓。"

"为什么空荡荡的?"

"被查封了。"凯伦解释。

我的指尖在厨房光亮的金属表面上轻轻滑过:"查封?"

"住在这里的人承担不起房费,被迫搬离了。这里现在归银行所有。被查封的房子最适合作为身负使命时的住处。"

他的话很有道理。这里没人住,直接穿越进来栖身于此确实很方便。不过,一想到我们闯进了别人被迫搬离的家,我就觉得不舒服。

我在黑暗里环视四周,想象着这里有家具、有人住会是什么样子。现在这里只是一个空洞的房间,不知道它还是"家"时是怎样的情景。

"几点了?"

凯伦看了一眼手腕上的表。他居然戴表,我不禁觉得好笑,穿越时空的时候表这东西实在没什么用处。"13:00。"他正儿八经地说。好像他就是那只手表，而不是在看表。

我摇摇头，看着漆黑的窗户："下午？不可能，外面一片漆黑。"

凯伦走到窗边，指尖划过一块固定在窗子上的透明玻璃板。一刹那，窗户上的黑暗消失了，外面的风景神奇地出现在我眼前。阳光十分明亮，甚至有些耀眼。不过，我的眼睛很快适应了，看清了窗外的一切，瞬间目瞪口呆。

成百上千座高塔直插云霄，绵延数公里。这是一片高楼的海洋，而且它们的高度远远超过我之前见过的所有建筑。我接着向窗边靠近，发现自己就在一栋摩天大楼里。当我向下看时，地面离我的距离很远很远，估计超过了一千米。楼下繁忙的街道上有很多小车，大多数是黄色的，来来往往。下面有人，密密麻麻的人。他们一堆一堆地涌动，很巧妙地避开了反方向的人群。

在遥远的高空中，我看见一架飞行器，依靠顶端旋转的扇叶行驶。它优雅地在天空中翱翔，轻巧地绕过一幢幢高楼，然后停靠在马路对面的楼顶上。

"我们在哪里？"我瞠目结舌地问。这一切看上去太不真实了，简直难以置信。

"纽约，纽约州，美国。"凯伦回答。

"哪一年？"

"2032年。"

我转身看他："2032年？你为什么把我带到2032年？"

"那不是我的选择，"他冷漠地解释，"是你的记忆为我们指引了方向。"

来找我。我回忆起在牢房里闪现的画面，却想不起来有哪个片段指引我到某一年。我当时连自己在哪里都不知道，更不要说身处哪个时代了。

我见凯伦再次在玻璃板上划过指尖，房间又回到了漆黑一片。"那是什么？"我用下巴指了指他的手，问道。

"数字玻璃，"凯伦解释，"它们能够营造出黑夜的感觉。"

我想要透过窗户看看外面的大都市，但一片黑暗阻挡了我的目光。

凯伦的手从窗户上放下："我们该走了。"

我看了一眼自己过时的，已烧焦的17世纪服装："我不能这么出去。"

但他似乎没懂我的意思："为什么不行？"

我叹了口气："因为我的衣服破旧不堪，而且和这个时代格格不入。我穿成这样出去，会吸引太多人的注意。我需要现代的服装。"我闻了闻身上的气味，"还得洗个澡。"

凯伦把手伸进衣领，打开我的吊坠，朝我走来，试图抓住我的手臂。

我迅速移动，冲到客厅的另一个角落，离他远远的。"打开吊坠的时候不许碰我。"我警告他。在我看来，这很可能是他把我骗回迪奥科技的阴谋。我绝不可能信任他或他们。

"我只是要和你去趟服装店。"

"我不要和你一起被传送到任何地方。"我坚定地说。

他咬咬牙，看起来已经失去耐心。

"好吧，"他把吊坠合上，"你去洗澡，我带新衣服来。"

他走后我找到浴室，打开水龙头，脱下身上烧焦的裙子。17世纪的服装一层层滑落在脚边，我不禁有些感伤。

真的结束了，我意识到。我和泽恩花了那么长时间一点一滴构建的梦想就这样结束了。无论之后发生什么，我们都已无法回到当初。

不过我得承认，脱下这些勒得紧紧的衣服确实让我感到神清气爽，就像脱离了布料的束缚。而且，热气腾腾的水轻抚皮肤的感觉实在美好。过去六个月里，我一直都在冰冷的木桶里洗澡。我缓缓转身，让水流冲走身上的泥土、污垢和残存的焦味。

洗完澡，我关上水龙头，走出淋浴室。凯伦正站在外面，手里捧着一堆衣物。我被他吓得尖叫了一声。

"你在干什么？"

他看上去被问糊涂了："我给你拿新衣服来。"

我一把抓过那些衣物，挡住湿漉漉的身体——这间被查封的公寓里找不到毛巾，说："我是说你在这里干什么。你不能看我赤身裸体的样子！"

"为什么？"

我想起来自己原先也不懂日常礼仪，不懂穿衣规矩。但进入真实世界后，我进步飞快，和在实验室里完全不同。

"因为，"我有点儿不耐烦地说，"这是不恰当的，快转过身去。"

看得出来这解释无法让他满意,但他还是缓缓转过身去,只用眼角余光怀疑地盯着我,直到完全看不见为止。

"我不会逃跑的,"我对他说,"我保证。"

他一转过身,我立刻翻看他拿来的衣物。每件衣服上都有一个小小的金属标牌,标牌前有一块透明屏幕,标着美元符号和数字。

"你干了些什么?"我问,边说边把一件丑陋的棕色毛衣套在头上,"全都是偷来的?"我脑海里出现这样一幅画面:他穿越到一家夜间关门的服装店里,随便抓了几件现成的衣物,然后再穿越回来。

他耸耸肩:"那显然是找到合适衣物最便捷的方法。"

我把腿捅进松松垮垮的裤子里,扣好扣子。"好吧,"我叹口气说,"你可以转过身了。"

他转身时,我从镜子里看了看自己。这些服装可真丑,而且太大了,我得拽着裤腰,以防它直接滑到地上。

"真会挑。"我说着,对自己的讽刺颇为满意。我的义弟科迪肯定会为我感到骄傲。他是第一个教我使用反讽的人,还教会我很多其他东西。一想到科迪,我的心一阵抽痛。当我迷失在2013年时,他是我唯一信任的人。直到泽恩找到我。

"谢谢夸奖。"凯伦回答,显然把我的讽刺当真了。肯定没人教过他反讽的意思,一想到自己比他拥有更多现实经验,我不禁有些沾沾自喜。

并且,我很庆幸自己遇到了科迪。

我指着一个电子价牌:"我没法带着这玩意儿出门。"

"那就摘掉。"

我想起了自己的义母希瑟,她曾带我去商场买新衣服。每一件衣物上都有金属锁扣,和这个差不多。当有人没付款就离开商场时,金属锁扣就会触发报警器。付款时柜台会用特殊仪器把它们取下。

"你说得倒轻巧。"我回答。

凯伦犹豫了一下,然后向我靠近。我知道他害怕我们之间的那种莫名的亲密联系,我也一样。他走到一米以内时,我已能明显感到这种吸引力。我咬紧牙关,试图抵挡这种力量。

他靠得很近,仔细查看了毛衣上的标牌,然后抓住它的两边,轻而易举就把那金属掰弯了。我看着标牌掉在地上。他继续用同样的方式处理了裤子上的标牌，然后迅速弹开，就像我是一条露出尖牙的毒蛇。

"我们可以走了。"他伸手准备拿出我的吊坠。

"不不，"我固执地摇摇头，"我说过了，我绝不会同你一起穿越到任何地方去。"从他的表情可以看出来，这一切打乱了他的计划，但我毫不在意。我不能相信他。

他想了一会儿，再次看看手表，终于迈开步伐，打开了公寓的大门："我们得快。"

我伸长脖子看着长长的灰白相间的走廊。门的那一头将是一个全新的世界，一个陌生的世界。我根本不知道我们要去哪里，不知道自己还会不会回来。我望向泽恩所在的那间空荡荡的卧室，他的生命正像珍贵的余晖一样缓缓消逝。为了他，我对自己说，一切都是为了他。

我准备好面对外面的世界，面对迪奥科技的阴谋诡计，面对离开泽恩的痛苦悲伤。我深吸一口气，准备走向2032年。

识别

凯伦开着大门,示意我走过去。我紧贴门框,从他身边绕过,尽最大努力远离他。

穿过走廊的时候,我跟在他身后,时刻保持五步的距离。我们走到长廊尽头的电梯门前时,凯伦停下了脚步,一脸疑惑地仔细打量它,好像不知道该怎么办。

我忍俊不禁,按下下楼按钮:"第一次离开基地,是吗?"

他迅速仰起头,像机器就位一样干脆生硬。"我已经接受了大量关于21世纪文明的训练。"他像小孩一样辩驳,让我觉得非常好笑。

"什么训练?"

他用手指轻触左耳后的一个点,像是在挠痒:"视觉同步数据。"

"很显然,他们遗漏了一些信息。"我笑着说,"比如你不该在女孩洗澡的时候闯进浴室。"

电梯"叮"的一声打开,凯伦似乎吓了一跳,不过他立即恢复了镇定。我不知道是不是自己看错了。

"基地里难道没有电梯吗?"我问。

他粗暴地回答:"使用方法不一样。"

我们看着眼前狭窄的空间,不禁有些畏惧。我疾步走进去,然后缩在一个角落里,他也一样,紧紧贴着另一个角落。

他看上去已经弄明白了电梯的用法,按下了标着"大厅"二字的按钮。电梯"轰"的一声开始运行,快速向下行驶。我仔细观察着凯伦,他的表现让我想起自己第一次坐电梯的样子——那是希瑟带我去商场的时候——又着迷又害怕。唯一不同的是,他比我更善于掩藏情绪。

"别担心,"我对他说,不禁露出得意的微笑,"它不会伤害你。"

电梯门打开,眼前是一个宽敞简洁的大厅。我们穿过它朝街上走去。凯伦推开沉重的玻璃门,一阵刺骨的寒风扑面而来,把我的头发吹到了脑后。这是我遇到过的最冷冽的寒风。不过幸运的是,我们就是为适应各种环境而被创造的。这种寒冷几乎一点儿也没影响到我们。

凯伦快步走在街上，而我挣扎着在后面追赶，在人群中穿梭。

我能感觉到有上百双眼睛在看着我们，就像有沉重的高墙从四面八方逼近。有的人甚至停下脚步盯着我们。女人痴痴地望着凯伦，而男人则对我更感兴趣，有几个人甚至在路过我身边时轻轻吹起了口哨。凯伦丝毫没受这些影响，而我却有些脸红，试图避免和他们眼神接触。

我觉得自己其实不必再担心吸引他人的目光，因为迪奥科技已经找到了我。可我还是不喜欢被盯的感觉。它让我焦虑不安，呼吸急促。

"你知道我们要去哪里吗？"我加快步伐，好跟上他的脚步。

"去坚尼街和伊丽莎白大街的夹角处，我们的时间不够了。"

他的动作很快，超过正常人的速度，远远甩开了人群。而且，他轻而易举地从行人身边快速绕过，身影似乎都有些模糊了。路上的行人开始用惊讶、恐惧的目光看着他。

"等等！"我终于大叫出来。他猛地停下脚步，回头看我。"你不能那样跑。"我低声说，声音几乎听不见，但我知道他能。

"为什么？"

"因为那样不……正常，你会引起骚乱的。你得表现得像其他人一样，像人类一样。"

"我就是人类。"他回答。但他没有和我一样轻声说话，而是用了平常的音量，引得人们停下来观望。

我咬牙切齿，抓着他的手臂，把他拉到一条小巷里。但我很快感觉到一阵电流从身体里穿过。它发源于我抓着凯伦健硕臂膀的五根手指，迅速传到我的胸腔，让我整个身躯都有些颤抖。

我赶紧松开他的手臂，感觉自己的指尖仍有些刺痛。

不过，松手也无法缓释空气里的尴尬。我们正挤在狭小的空间里，我很快意识到这是个错误。靠近他让我失去控制，仿佛有一种奇怪的能量在我身边翻涌，释放出我无法理解的电波。我无力反抗，也不想反抗。

突然，我忘记了自己想说的话，呼吸沉重，想要向他靠近。我紧闭上双眼，试图让自己后退。当我认为自己成功时，睁开眼却看见他仍在面前，那明亮的眼眸让我浑身滚烫，心烦意乱。

停下来！但我不知道自己在命令谁。是自己吗？可我明显不是控制这一切的人。

是他吗？我觉得也不像。他看上去和我一样反感这种亲密。

"你想干什么？"他几乎对我吼了出来。这应该是我们相遇以来他情绪最明显的一次。

"我……"我搜寻着自己想说的话。我一开始为什么把他拉进巷子里？"你得试着融入这里。"我总算想了起来，"你和这里其他人不一样，我们俩都是。"

"我知道。"他说。

"但他们不知道，"我继续说，"他们一点儿也不了解我们。如果你不想让我们被抓进医院做研究，就要注意。我们不能吸引太多目光。"

他似乎明白了我的话，默默同意我的要求，后退了一步，接着又退一步。他慢慢远离的时候，我感觉之前的火花逐渐熄灭了。

"那么，"我掌控好现有的局面，"你知道该往哪儿走吗？"

他干脆地点点头："我有这座城市的地图。我们要去的地方离这里大约六公里，南面。我们只有二十分钟。"

他又朝着一开始的方向快速行走。

"坐车是不是会更快一些？"我指着路上来来往往的车辆。

他停下脚步，思考了一下，承认我又说对了。我再次获得了小小的胜利。

"我们叫计程车，"他决定，"那是这个时代最常见的租赁交通工具。"

我强忍一声叹息。他听上去像是在背诵字典上的定义。我过去说话也这么滑稽吗？

凯伦转身径直走上马路，一辆蓝色的卡车按着喇叭从他身边急速绕过，吓得他跳回路边，一脸狼狈。

我简直想要大笑，说道："你不能那样横穿马路。"

"那我们怎么叫计程车？"

我耸耸肩："我不太清楚，但我知道你至少得等它们停下来。"

凯伦陷入沉思，或许正在搜索大脑里的信息。我看看四周，发现对面一个女人把手抬到空中，一辆车身写着"计程车"的黄色车便在她身边停了下来。

我觉得可以试试她的方法。我站到人行道边缘，模仿她的动作，把手举过头顶，然后在下一批车辆开过来时挥动手臂。

见效了。一辆黄色计程车绕开其他车辆，缓缓停在我面前。车门自动打开，我得意扬扬，说："我想应该是这么叫车的。"

凯伦一脸尴尬，避开我的目光钻进车后座，快速挪到最里边。我跟在他身后，尽量紧挨着窗户坐下。

"你们要去哪里？"一个友善的女声从我们头顶上方传来。我抬头看，寻找声音的来源。

这时我才意识到车前座上并没有司机，事实上，连座位都没有，包括方向盘。那里只有一个分隔层，把我们和复杂的控制台分离开来。

我一脸疑惑地看着凯伦，问道："谁来驾驶车辆？"

现在轮到他一脸得意了。而且他的表情到位，不由得让我怒火中烧。

"从2027年开始，计程车已实现无人驾驶。"他文绉绉地说，"目的是为维护公众的乘车安全。而到2050年，所有车辆都会变成自动驾驶，把全球交通事故的死亡人数减少到低于每年10人。"

"可能就是那10个闷头走到马路中间的笨蛋吧。"我气呼呼地说。

"你们要去哪里？"那个友善的女声再次重复道。我才意识到这不是真人的声音，而是计算机之类的。

"坚尼街和伊丽莎白大街交会的十字路口。"凯伦回答。

"那个十字路口在唐人街。"车上的声音回应，"是那里吗？"

我看着凯伦，他正面无表情地回答："是那里。"这车听起来都比他更像人类，真是讽刺。

"请出示您的身份证明以供扣款。"

我看向凯伦，只见他从口袋里拿出两张透明的卡片，看上去像是用纸一样薄的玻璃片制成的。他找到分隔层上一个闪着蓝灯的金属板，然后把两张卡片放到上面，发出微弱的"叮"的一声。

"那是什么？"他把卡片放回口袋时，我问。

"这个时代的人把它们叫作DIP卡，数字身份通行证。"他解释道，"2025年美国政府颁布了一项法令，要求所有合法公民都持有一张数字身份通行证，里面储存了持有者的身份信息、医疗记录，以及其他信息。同时，它还会绑定持有者的金融账户。我刚用我们的数字身份通行证付了款。"

"但我们没有生活在这里，"我指出，"你怎么弄到这种卡片的？"

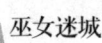

"迪奥科技给我们仿制了两张卡片,让我在执行任务时使用。"

他点了一下分隔层上的屏幕,它立刻亮了起来,显示出我和凯伦的脸。下面是两个我从没见过的名字。

接着,图像下方闪现了四个绿色的字:验证成功。

"对扫描仪来说,"他回答,"我们确实生活在这里。"

"谢谢你们,布朗先生和蔻娜女士,"那个声音说。我感觉车子已经启动,正沿着马路前行。"你们的费用已经划扣成功,请问你们在行车过程中想看电视吗?"

我们的面孔从屏幕上消失,接着一则直播新闻出现在上面。我看见一行标题在神情严肃的主持人脸部下方滚动:白热病死亡人数再次增加两百个。疾病防控中心有望尽快研制出疫苗。

"不需要。"凯伦对前方说。屏幕随即关闭,一片漆黑。

"什么是唐人街?"我问他。

"一个华裔人口聚居的街区。"

那是我记忆中出现的地方吗?难道我当时在唐人街?

我回想起那里拥挤的人群,盘旋在天上的怪物,空无一人的街道,还有楼梯井底端那个站在蓝色门前的男人。那些画面确实在我脑海中出现过,但我一点儿印象也没有,回想时就像是在看别人的经历。

"我不明白,"我说,"这些记忆是真实的吗?我之前亲身经历过?"

"没有,"凯伦说,"对你来说,那些是人造记忆。但我们相信它们是以真人真事作为基础的。所以,当你出现在正确的时间、正确的地点时,会有感应。当你走进唐人街时,所有事物都会和记忆里一模一样,只是这一次更加真实。你会不由自主地让自己重新进入回忆之中。"

计程车在红灯前停了下来。

"接下来呢?我们到那里之后怎么办?"

他看了我一眼,说:"那取决于你。"

"我?"

"有些事物很可能会让你想起另一段记忆。这种情况发生时你应该提醒我。我们相信每段记忆都被设置成下一段记忆的触发点,直到把你指向最后的目的地。"

"但你不会告诉我那究竟是什么。"

"我也不知道。"

"既然这样,"我说,"我不明白你怎么知道该去哪里。我根本不记得看见过任何明显的路标,也不记得什么唐人街,还有……"

"唐人街是显而易见的,"他打断我的话,"从前后出现的画面可以看出来。街角是从视觉参照物推测出来的,同时参考了这座城市的历史图像数据库。"

"好吧,"我接受他的解释,"那你怎么知道具体时间呢?你怎么知道是发生在2032年?"

"我再次声明,"他僵硬地说,"那就在你的记忆里。"

我摇摇头。"不,没有……"我的声音渐渐减弱,突然看到了街道天空中和店铺门上出现的陌生符号。

唐人街。

突然,一切都变得明了。

它们不是符号,而是汉字。而且我还认识。

我又仔细回顾了那段记忆,再看看天空中竖排的汉字,突然恍然大悟。

它们是数字,而不是其他:

贰零叁贰。

现实

我目瞪口呆。这时，那个友善的声音再次在计程车里响起："两分钟后即将到达目的地。"

"天空中为什么会出现年份？"我问凯伦，语气里充满责备，好像他就是那个把字弄上天空的人。

"准确说来，那是数字投影，"他回答，"每年春节都会有。"

"什么是春节？"

凯伦刚想回答，但车里的女声抢先回答了这个问题。很显然，我的问题触发了某种预设的回复。

"春节是一个美妙的节日，"她用亲切的语气回答，"用来庆祝中国农历新年的开始。每年春节唐人街都会举办大型庆典，其中最受欢迎的当数游行活动。它很快就要开始了，相信你们一定会度过一段欢乐的时光。"

庆典。

游行。

"每年都是同一天庆祝春节吗？"我问，"所以你才知道今天来这里？"

"事实上，不是同一天，"凯伦回答，"每年的公历日期都不一样。需要根据中国的农历日期换算出公历日期。我们已经知道年份，所以很容易查到这一年春节的公历日期——2月11日。"

我长舒一口气，总算明白了。

然而，我还是感觉胃部紧紧纠缠，有一些细节没弄清楚。

"等等。"我回忆着自己醒来后发生的一切，大声说，"你把我从大火中救出来，然后带来了这里。"

凯伦看着车窗外，背对着我。不过我看见他生硬地点了点头。

"因为你早就知道第一段记忆发生在2032年。"

他又点点头。

"也就是说，"我慢慢理清事情的原委，"来这个时代之前你就已经看过了我的记忆。不然你怎么知道要去哪里？"

他身体一僵，我不禁觉得他有什么事不想被我发觉。但他没有回头。

"你第一次看见这段记忆是在什么时候？"我逼问道，"你第一次探测我的大脑究竟是在什么时候？"

他依然没有回答。突然，车子停了下来，凯伦那边的车门自动打开。

"我们已经到达坚尼街和伊丽莎白大街的十字路口。"计程车说，"请注意脚下。祝您拥有美好的一天。"

凯伦迅速踏出车门，我也立即从座位上挪过去，跟在他身后。

"凯伦……"我的声音在下车的那一刻戛然而止，我们被拥挤的人群包围了。

我感觉四面八方都是人，像一堵人墙似的朝我们逼近，把各个方向的路都堵得水泄不通、寸步难行。接着，噪声响起。

巨大的隆隆声。这声音不在我脑海里，就在我身边，震耳欲聋。

"那是什么？"我大喊，想要堵住耳朵。而其他人似乎一点儿也没受到这声音的干扰。

咚！咚！咚！凯伦被这声音吓得很慌张，显然和我一样无法适应。

"鼓声！"他在噪声中吼道。

鼓声？我在脑海里搜寻这个词的意思，却找不到。不管它们叫什么，这声音真是够大的，把我耳膜都快震破了。

而且它变得越来越响，越来越近，越来越急促。

咚咚咚咚咚！

我周围的人开始笑了起来，指向天空。我抬头看见了它——凯伦口中的数字投影。那是用汉字写的年份：贰零叁贰。

人群里响起阵阵掌声。我一直盯着天上，看见小小的彩色点点开始掉落，和我记忆中的一模一样。

我抓住一片黄色的仔细查看，发现它没有任何危害，不过是纸片。

"礼花。"凯伦看出了我的疑惑，在噪声中喊道。

鼓声还在逐渐变大，人群开始歌唱、大叫、欢呼。此时，我看见了它。那个黑金色眼睛的怪物。

它在远方缓缓升起，庄严地悬浮在空中，朝我们飞来。

一声尖叫在我体内沸腾，恐惧让我即刻想逃。但当我看向周围时，惊讶地发现人们一点儿也不害怕,一点儿也不慌张,脸上甚至洋溢着喜悦。

小孩也不例外。

我看着凯伦,寻求解释,庆幸的是他知道答案。"那是龙,"他在众人的呼喊声中大叫道,"用塑料和纸做的。"

接着,他脸上露出得意的笑容。"别担心,"他说,重复着我在电梯里对他说过的话,"它不会伤害你。"

我怒火中烧,瞪了他一眼。不过凯伦似乎毫不在意。他正忙着从人群中穿行,并示意我跟着他。

"这边!"他大喊。

当我们终于突破重围时,眼前出现了一条空旷安静的街道。整个唐人街好像都在举行庆典,所以这条路上一个人也没有。

和我记忆里一模一样。

我们在人行道上沿着这条路继续前行,我突然觉得这里似曾相识。路过每家店铺门口时,我都把它们和记忆中的一一比较,暗自记在心里。

接着,我忽然明白自己该怎么做。

——该往哪儿走。

回忆里那种吸引我的感觉现在又开始出现了。而且,正因为它变为了现实,真真切切地发生在我身上,这种感觉更加强烈了。

我很明确自己要去哪里,于是大步前行,凯伦紧随我身后。我在寻找狭窄的楼梯井——那个底部有蓝色大门的楼梯井。

大约走到这条路中段的时候,我找到了它。当我将信将疑地看向楼梯井底端时,发现那个老人正站在那里,等着我。

他那缕白色的胡须和我记忆中丝毫不差。

他狭长的双眼也和记忆中一样。

当我们的目光如期相遇时,他张开口,用浓重的中国口音轻柔地说:"我帮你……"

而我轻声回答:"好的。"

帮助

老人一言不发地带我们穿过蓝色大门，走进一间狭小的屋子，里面闻起来像是树木、香橙和帕丁森夫人的鸽子派混杂在一起的气味。

屋子里回荡着轻柔的音乐，很快便让我感到身心舒缓。

我们右侧，一排排柜子紧贴着墙壁。每个柜子上都摆放着成百上千个写着汉字的玻璃瓶。我歪着头看向其中一个，只见上面写着"白木耳"。

我们左侧的墙壁上挂着很多幅画和图表，但我没看懂它们的意思。

走进房间，老人便把我们带到一张桌子旁，周围有四个座位。接着，他用某种方言对我们说："请坐。"虽然我不知道这是哪里的方言，但还是听懂了。此时，我才意识到，"我帮你"很可能是这个中国男人知道的唯一一句英语。

凯伦和我坐到座椅上，老人坐到了我们对面。他含混不清地对我说："我帮你？"

凯伦迅速掌控了局面，坐在椅子上倾身用老人的母语问道："你认识她？"

老人摇摇头，然后补充道："真漂亮。"

我用眼神示意凯伦，现在该怎么办？

因为我根本不知道现在该怎么办。上一段记忆结束在我下楼梯的时候。凯伦曾说，当我看到线索自然会明白，还说那线索会触发我的下一段记忆。可到现在为止，我始终没有任何特殊的感觉。

"我帮你。"那个老人用英语重复道。

我满脸疑惑地看着凯伦，而他对我耸耸肩，然后点了点头。

"好的，"我用老人的母语说，"请你帮助我。"

他抬起手臂，从桌面上向我伸来。我低下头，警惕地看了一眼他的双手。它们满是皱纹，还有裂痕。老人对着我弯了弯手指，好像在让我触摸它们。我又看看凯伦，他示意我照做。

我的心跳开始加速，胃部开始翻滚，但最终还是顺从了他们的意思，缓

缓伸出手，悬放在老人手指的上方。

他突然抬起双手，分别抓住我的两个手腕，让我十分惊恐。接着，他把我的手翻转过来，露出那条黑色的印记。我很害怕他会说些什么，质问我那是什么，可他没有。老人只是把手指紧紧贴在我的血管上，然后闭上双眼。他看上去像是睡着了，或者说休眠状态。我看了看凯伦，他正死死盯着老人的双手。

老人开始轻声咕哝。

"你的血流，"他说，"很强劲。"

我默不作声，等他继续说下去。

"非常强劲，"他说，"像勇士的血。"

接着，他又沉默不语，脸部因专注而变得扭曲。他眼睛周围以及额头上的皱纹变得更深更长。突然，他好像颤抖了一下——从他的手开始，然后顺着身体向下延伸。接着，他开始剧烈颤抖，我有些不知所措。他是快死了吗？就在此时，他的眼睛猛地睁开，瞪得老大，眼神里充满恐惧。

"不，"他开始嘀咕，"不，这不对，这不对。"

他把我的手扔到桌上，迅速向后退去，椅脚在木质地面上拖行，发出刺耳的声响。他越退越远，直到椅子抵住墙面，在这狭小的空间里无处可退。他全程一直盯着我，始终没看别的地方。"这种情况不应该出现，"他声音里充满惶恐，"你不应该出现。"

我不知道究竟发生了什么，也不明白他的意思。他的反应让我感到更加惊恐，我只想赶紧离开这里，不想再和他多待一秒。

我把椅子向后退，准备起身，但有种力量把我推回了座位，就像那天清晨在帕丁森家的农场时一样。那力量猛推我的肩膀，狠狠把我向地上拽去。

我倒在座椅上，一阵灼烧般的疼痛穿透我的头颅，撕扯我的大脑，从我的双眼里迸发出来。我痛苦呻吟，身体猛地向前，把头夹在双膝之间。我用力挤压太阳穴，想要把这种抽痛挤出来。我真的忍受不了了。我的头似乎就要炸裂。

"塞拉，"我听见凯伦的声音，像是从遥远的地方飘来，"塞拉，你怎么了？"

又一阵刺痛横穿我的头颅，从一边耳朵直接穿透到另一边。我痛苦地喊叫，仿佛有什么东西在我的大脑里迫切想要逃离。它用力猛推，挤压，抓挠。我这是怎么了？

整个房间都旋转了起来。我紧紧闭上双眼，但还是感觉天旋地转。

那个女人的声音又出现了，幽灵一般在我的脑海里飘荡。

"来找我。"

一阵刺眼的光芒在我的眼睑下迸发，我的世界失去了一切色彩，一切形状，一切意义。幸运的是，我陷入了昏迷，沉沉倒下。

我一直向下坠落，坠落，坠落。坠入一片无尽的雪白。

触发

一束人造的光线从上方投射下来，照亮了我身处的狭小空间。这里方方正正，天花板压得很低，就像一个大盒子。墙面都是钢铁做的。到处站满了人，弥漫着奇怪的气味。这里有一扇脏兮兮的窗户，能模糊地看见外面一片漆黑的世界。

我们在移动。脚下的地面隆隆作响。

突然，这铁盒子猛地启动，把我狠狠甩到了一边。我抓住从地面上延伸出来的一根光滑的金属杆，以免倒下。

我环顾四周，被周围的事物弄得一头雾水。

我身在何处？这是哪里？

颜色艳丽的动态画面出现在墙壁里的屏幕上。其中一幅画面吸引了我的注意。一个美丽的女人从纸一样纤薄的屏幕里看向外面。她有着奶油般白皙的皮肤，泛着珠光的粉色双唇，以及闪亮的宝蓝色眼眸。她看着我，腼腆地笑了，像是要告诉我什么秘密。

我们头顶上方传来一个亲切的男声："这里是开往布朗克斯的六号列车。下一站是第五十九号大街。"

列车。我在列车上。

为什么？

我要去哪里？

"布朗克斯"是哪里？

突然，有人拍了拍我的背，我一阵惊恐。转过身去，我看见一个满身灰尘、满脸皱纹的男人。他手上举着一块薄纸板，上面用黑色的笔迹写着"饿"，字迹扭曲变形。他伸出手，摊开五指向我乞讨。也许是想要食物吧。可我没什么可以给他。

只听尖厉刺耳的一声，整个世界像是缓缓停了下来。

一种急切的感觉刺痛了我的喉咙。我需要找到某件东西，某件重要的东西。然而，是什么？

我松开手上握着的杆子，扫视了一眼车厢内部，目光停留在对面墙上的一块屏幕上。那女人的脸已经消失不见，换成了一则新闻。一个男人站在一座曲线形的蓝色高楼前，楼的四周种满了树木。

他在说话，但屏幕的声音没有开启。他的演讲被转换成字幕投射在屏幕下方。我看见了其中几个词："疫苗""症状""发热"。不过，吸引我注意的不是字幕。我的目光被看不见的未知力量牵引着向上，向上，向上，往那个男人脸的上方移动。终于，停留在了一排黑色的小字上：

2032年2月11日，下午2点45分。

我立刻知道这就是我寻找的东西。

时间和地点。

失窃

  一股力量涌入我的身体，把我从记忆中拉回现实，由内而外温暖了我的身躯。我感觉自己血管里流淌的不再是鲜血，而是火焰。

  但这种火焰和之前差点儿把我活活烧死的烈火不太一样，而是好的那种，能够驱散寒冷，带来温暖，驱散黑暗，带来光明——吸引人们围绕在它身边。

  我剧烈的头痛已经消失，消失得一干二净，而且我有预感它不会再回来。一切都恢复了安宁，静谧而美好。这种祥和的感觉已经成为我身体不可分割的一部分，就像手腕上的印记一样。

  我感觉头顶上有束光芒把我笼罩。

  那一刻，我觉得它永远都不会消失。那一刻，我忘却了一切烦恼。

  我所有的挣扎，将会全部忘怀。

  我缓缓睁开双眼，看见凯伦蹲在我面前，一只手轻轻搭在我前额上。我有些惊慌，立刻翻身，躲到另一侧，把头从他手掌下扭开。

  所有的幻觉瞬间破灭，我体内流淌的温暖开始变得像寒冰，而那束光芒也消失不见了。想起昏迷在床上的泽恩，我又陷入头痛、悲伤之中。他正等我回去，等我救他。

  "你在干什么？"我一跃而起，怒目瞪着凯伦。我们还在那个老人的店里，但那老人已经不见了。我想他是在我晕厥之后跑出去的。

  "地铁。"凯伦没有搭理我的问题，站起身坚定地说，"我们得去最近的地铁站。"

  我皱着眉头问："什么？"

  "在地下行驶的列车。"他仿佛在自言自语。他的世界里只有任务和使命，取悦阿利克斯特对他来说可能就和赖以生存的氧气一样重要。

  "我们得找到开往布朗克斯的六号列车。"他继续说。

  开往布朗克斯的六号列车。

  我的思维有些模糊不清，但它听起来很熟悉。

我为什么会觉得熟悉？

他看了眼手表："我们一小时内会经过第五十九大街站。"

"下一站是第五十九大街……"

等等。那些话，那个车站，那辆列车，它们都是我记忆中出现的，而且是刚刚才出现的，就在几分钟前而已。他怎么？

我的手立刻扶住额头，上面还有凯伦残存的体温。我的胸口一紧，紧紧咬住牙齿。我记得这种触摸——它带来的温暖、光亮、火花，还有它那种带走一切忧伤、悲痛和恐惧的能力。

我曾经感受过。

只不过，不是在这里，不是在这个年代。那是在很长一段时间以前，几个世纪以前。当时我以为泽恩已经死了，以为自己也将死亡。

我仿佛还能听见沉重的铁门"嘎吱"一声被推开，听见轻柔的脚步缓缓走近，还有长袍发出微弱的"嗖嗖"声。

"牧师来这里接受你最后的忏悔，宽恕你的灵魂。"

我瞪着凯伦，怒火在眼中燃烧。"你。"我咬牙切齿地说。

他已经朝门口走去。"怎么了？"他问道。

"你当时在那里！"我指责他，"1609年，我的牢房，你就在那里。"

他停下脚步，看上去僵在了原地，一只手正搭在门把手上。但他没有转过身。

"我们得走了。"他只回答了我这一句。

"不！"我朝他大吼，"不告诉我真相就别想走！"

终于，他转过身来，神情比以往更加强硬冷酷。"塞拉，"他严肃地说，"我们没有时间说这些。如果你不能和我穿越去那里，现在就必须出发。"

我没理会他，说道："你就是那样获取了我的第一段记忆，甚至就是在那时才得知延时记忆的存在。所以你才知道把我救出火场后该到2032年。你装扮成一个牧师来到我的牢房，触碰我的额头，并通过某种方式读取了我的记忆。"

"是的，"他承认，"我确实做过那些。"

我双臂环抱在胸前，一副"不解释清楚就别指望我妥协"的样子。

他似乎明白了。"你的审判记录出现在了历史资料中，是迪奥科技的一名调查员发现的。她认出海报上画的就是你,而且指控中描述的就是你的超能力。我被派来调查清楚。于是我装扮成一名牧师,扫描你的大脑,并把资料带回迪奥科技进行分析。他们正是那时发现了延时记忆的存在,而第一段被触发的记忆指向了这一年。所以,我回到1609年,把你救出火海,然后带来这里。"他看着我说,"满意了吗?"

我感到头晕目眩。

满意?!不,我一点儿也不满意。

我觉得自己受到了侵犯,遭遇了背叛,被深深激怒了!

牧师触碰我的时候发生了一些事情。有那么一刻,我觉得一切都会好起来,我感到了愉悦。那一切都是假的?是让我放松警惕的诡计吗?那样我就不会产生怀疑?

"就在刚才,"我咬牙切齿地说,"你也用一样的方法读取我的记忆——通过触摸我的额头。"

凯伦的脸色不太好,显然不想讨论这个话题。但他还是回答了我:"是的。"

"怎么?"我喊道,"怎么可能?"

凯伦把手伸到我面前,张开掌心。"纳米扫描器,"他解释,"透明的薄膜固定在我的指尖上,裸眼根本无法看见。它们通过接触的方式进行扫描,并无线传输到设备上,留给迪奥科技详细检查。"他把手伸进口袋,拿出一个熟悉的方块,边上闪烁着微弱的绿色光亮。

硬盘驱动器。它看上去和泽恩用来储存我记忆的那个驱动器有些相似。

凯伦指向他的耳后:"不过,这些记忆也会传输到我的接收器上,所以我可以即时读取。"

我歪着脑袋,勉强能透过他浓密的金发看见一个小小的圆盘连接着他的皮肤。它比泽恩之前给我的那个更小,不仔细看根本察觉不到。

我觉得很不舒服,感觉马上就要吐了。不过我努力把涌上喉咙的酸水咽了下去。

如果他靠触摸我就能看见一切——我的记忆,跟泽恩在一起的珍贵时光,以及我所有的想法——那我大脑里就没什么东西是安全的。

我的一切都岌岌可危。

"我们现在能走了吗?"凯伦又抓住门把手,问道,"我们还得赶车。"

　　我感到十分虚弱,十分绝望,简直想要瘫倒在地,一蹶不振。我失去了所有和他对抗的能力。就算我还有力气,也不知道怎样才能战胜他。他更敏捷,更强壮,更聪明。他任何一个方面都更胜于我,占有一切优势。

　　我怎么可能超过他?我的任何谋划都会被他轻而易举发现——只要他用手触摸我的额头。事实上,他可能已经知道了我的盘算,知道我一得到拯救泽恩的方法就会背叛他。他也许已经知道了一切。

　　为什么我总觉得自己无论做什么都落后迪奥科技一步?

　　为什么我觉得自己一直在奔跑,却什么也追逐不到?

　　凯伦打开蓝色大门,朝唐人街走去。我渴望地看着这个狭小空间外面的世界,那里曾充满可能,充满未来,充满希望。

　　而今天,我看着它们慢慢枯萎凋零,只剩下一种。

　　这一种。迪奥科技把我打败了!

　　我无力地垂下头,跟着凯伦走出大门。

训练

地铁站黑暗发霉，令我不禁产生了幽闭恐惧的感觉。也许是因为在肮脏的狱牢里度过的那些日子已经深深印刻在了我脑海里，抑或是我逃跑的本能在作祟，只要一想到得待在这狭小的空间里，待在深深的地下，而且逃生的路线有限，我就有些惶恐不安。仿佛空气不再透明，慢慢变得浓重粗糙，甚至刮擦着我的皮肤。

而且，我们周围人满为患，好像随时准备把我围住。我不明白怎么有人能在这么拥挤的城市里生存，似乎谁都无法获得独处的空间。

更不要提那些注视的目光了，它们无处不在——当我们从马路走下楼梯，穿过车站主楼时，当我们沿着深埋在地底的走廊行走时，它们一直追随着我们。凯伦还是和之前一样，丝毫不在意他人的注视，但我不一样。有时，我甚至因只能注意他人的目光而无法集中注意力。

那些眼睛——千万双充满质疑、谴责、四处游荡的眼睛将我们包围。它们穿透了我的衣服，似乎要将我吞噬。我一直都有想要逃跑的冲动。我想要躲藏，想要蜷缩在一个角落里，紧紧闭上双眼，希望自己立刻消失。

我无精打采地拖着双腿跟在凯伦身后，踏上另一部下行的电梯，去到更深的地底。接着，我们来到人山人海的站台。

一辆列车向我们驶来。它缓缓减速，"吱"的一声停下。有人下车，然后更多人上车。我心不在焉地朝车门挪动，随着人流涌向车厢，直到凯伦的手臂出现在面前。

我立刻停下，差点儿撞上去。我迅速向后迈步，试图躲避和他接触时那种触电的感觉，就像上次在大街上一样。

"我们不坐这趟车，"他告诉我，说着把手放下，"我们坐下一趟。"

我眨眨眼，想要驱散眼前的迷雾，它像巨大的阴影般笼罩着我，久久不能散去。迪奥科技还是那样只手遮天，我只觉得越来越无助。

"为什么不搭这班？"

"根据列车的发车频率，以及从这儿到第五十九大街车站的距离，我已经算过了，我们得坐上三分十二秒后到达的六号列车，才能在下午两点四十五分准点到达那个车站。这样才和你的记忆匹配。"

我叹了口气，提不起精神："听起来真是复杂。"

他挑了挑眉："要是穿越时空就会简单很多。"

我嘟囔着远离他走了几步。

眼前的列车开走了，站台上变得空旷了许多，我感到十分庆幸。不过，我还没开心几分钟，就看见更多的人从楼梯上下来，慢慢填满了这个空间。他们都从哪里来？他们要到哪里去？

一想到这狭小的空间要容纳那么多人，我的思维就变得扭曲纠结。

我抬头看了一眼，发现一个年轻男人正在一米开外的地方看着我。他高大结实，头发很短，肩上背着一个黑包。他的嘴角微微上扬，让人感觉极不舒服，让我想起了在帕丁森家农场看见的狐狸。它们会躲在灌木丛里，盯着个头不大的鸟类，等它们飞到地上捡种子吃，接着，狐狸就会猛扑上去，用尖利的牙齿咬住那些脆弱的小动物，那些可怜的小东西只能扑棱扑棱翅膀，根本无力反抗。

我们目光接触的那一刻，那个男人立刻朝我走来。我有些紧张，立刻看向别处，想要收回他以为我传递给他的信号。但我很快意识到他并未因此停下脚步，只听那脚步声越来越近，逐渐盖住了我周围的其他声音。

接着，他站在了我的身旁。虽然我不敢抬头看他，却能感觉到他仍在盯着我，露出狐狸般的笑容，让我十分不安。

"你从哪里来？"他问。

我完全不知所措。我应该说些拒绝的话让他离开吗？还是不要回答，等他离开？我选择闭口不言。但结果和我期待的完全相反。

"怎么了？"他问，语气里有些愤怒，"你这是瞧不上我吗？连话都不说？"

我紧紧抿住双唇，直到感觉麻木。接着，我微微摇头。

"你得知道，我一点儿也不喜欢那些对我没礼貌的姑娘，"他拉了拉肩上的包带，"想看看我包里有什么吗？"

"不用了，谢谢。"我尽最大努力让自己听上去比较客气。

"呦，说话了。"他回答道。接着，在我一点儿防备也没有的情况下，他突然抓住我的手腕，用力把我拉得撞在他身上，逼我看着他，逼我和他呼吸相同的空气。

"放手！"我对他说，语气里的客气消失不见。

他没理我，甚至把手抓得更紧。"知道吗？"他怒气冲冲地说，"你应该学学怎么对人更亲切一些。"

"快点儿放开你的手！"我满腔怒火。

"如果我不放呢？"我听见他的语气里充满挑衅。

"那我会把它弄开。"

我不想在这么多人面前显露自己的能力，我一点儿也不想引起骚乱。但现在，我觉得自己没有选择的余地。

他对着我的脸轻声笑道："我可不信。"

我猛地一推，挣开了他的钳制。那个男人突然飞向空中，身体跃过站台，撞在我身后铺满瓷砖的墙上。我好奇地看着自己的手。

那是我做的吗？很快我便知道了答案。只见凯伦揪住那男人的衣服，把他拽倒在地，然后用力推到墙面上。

"你有病啊？"那陌生男人大吼道，扭动着想要挣开凯伦的束缚。他试图挥手打凯伦的脸，但速度根本不够快，凯伦轻而易举地躲开了。接着，凯伦用前臂死死抵住那人的脖子。

"别碰她。"凯伦怒吼。

如果说我们之前吸引了很多目光，那凯伦现在简直是万众瞩目。整个车站的人都转头看向他们，甚至连车道对面的人也伸长脖子，想要一探究竟。

我很快走到凯伦身边，尽力避免碰到他，说："凯伦，放开他吧。"

那个男人笑笑："是呀，听你小女朋友的话，凯伦。那是个什么鬼名字？"

凯伦的手臂加大力度，那人有些喘不过气来。

我听到身后的轨道上传来隆隆声。"凯伦，"我再次尝试，"车来了，我们得赶上这辆车，记得吗？"

我看着凯伦的神情恢复了理智。下一秒，那人跌落在地，大口喘着气，抓着自己的脖子——上面已经开始出现凯伦造成的瘀青。

凯伦毫不犹豫地转身，冷漠无情地穿过围观的人群。那些人自动让出一条道来。只听又是"吱"的一声，列车靠近站台，人群便散开了。

"你没必要那样，"我用低弱的声音责怪他，"我可以自己解决。"

他看着缓缓靠近的车灯，说："看上去并不是那样。"

"你的方式不太合适。"我有些沮丧地继续说。

"那是我与生俱来的反应。"他果然和我不一样,没有逃离的本能。

"我和你一样……不,比你更强。"

"好吧,"我唏嘘道,"刚那一切就是我提醒过的吸引他人注意的行为。"

但他看上去并没听我说话,而是在列车经过时快速扫视每节车厢。

等列车停稳,他已找到了想要的东西,疾步朝列车前端走去。等我们到达第三节车厢时,我终于看清他要搜寻的是什么。

一个男人站在车厢中央,皮肤上爬满皱纹,里面尽是污垢。他年迈的身躯颤颤巍巍,有些佝偻。他的一只手抓着铁栏杆,保持平衡,另一只手拿着一块破旧的纸板。纸板上用黑笔写了一个扭扭曲曲的字:饿。

我立刻知道这就是那辆车。

我们头顶上方传来亲切的男声:"这里是开往布朗克斯的六号列车。下一站是春天大街。请不要倚靠车门。"

凯伦和我对视了一眼,同时从站台上跃起,跳上了列车。沉重的车门随即缓缓合上。

伪装

车厢里比站台上还要拥挤。我强作镇静，可站台上发生的事情在我脑海里一遍又一遍重演，让我根本无法平静。

凯伦当时很可能会把那个人杀了。他说那是他与生俱来的反应。

好吧，可以理解。正如他所说，他被派来找我，被派来寻找我脑中的地图，然后毫无疑问要把我抓回基地。所以，他当然会不顾一切地保护我的安全，保护迪奥科技的研究成果。

凯伦没有看向我，而是望着污迹斑斑的窗户。自从上车以来，我们就没说过话，只是静静站着，全神贯注地听着车厢里的报站声，等待我记忆中那个车站——第五十九号大街。

然后呢？我会看见什么？会发生什么？

我还会感受到那样炸裂般的头痛吗？那种情况会在每一段记忆被触发时发生吗？从我在监狱里以及在那个中国老人的药店里遇到的情况看来，那种头痛应该是无法避免的。一想到自己还要经历那种痛苦，我不禁有些退缩。我可能会在这里昏迷，周围还全是人。

列车已经到达第五十一号大街站——还有一站就到达目的地了，我突然感到手臂被戳了一下。一阵电流随之而来，让我顿起戒心。凯伦正指向车门，神情警觉。我顺着他的手指，看看究竟发生了什么。

举着纸板的那个男人正准备下车。在之前路过的九站里，他一直在这节车厢走来走去，向每位乘客乞讨。

"我们怎么办？"我轻声问。

"他肯定在第五十九号大街的记忆里，对吗？"我很庆幸他这次总算知道要低声说话，而没有大声"宣告"给在场的每一个人听见。

我点点头。

"我们跟着他。"凯伦决定。

"好。"

列车完全停靠在站台，车门打开。那个男人一瘸一拐地走下车厢，穿过站台。我和凯伦跟在他身后，一直和他保持五步的距离。他在车厢间停下了脚步，显然不急着去别的地方，接着随意靠在一根巨大的金属柱上。

我焦急地看着凯伦，他对我耸耸肩。

"这里是开往布朗克斯的六号列车。下一站是第五十九号大街，"那个声音说，"请不要倚靠车门。"

这句话似乎吸引了那老人的注意，他迅速从柱子旁起身，冲上最近的那节车厢。我和凯伦跟在他身后跳了上去，差点儿没来得及。

列车隆隆开动，我立刻注意到墙上的屏幕，就在我左边。那漂亮女人熟悉的脸看向我。她有着奶油般白皙的皮肤和泛着珠光的粉色双唇，笑起来充满诱惑。

我看着凯伦的双眼，然后用下巴指了指她的方向。凯伦点点头，一脸了然。快到那个时候了。

那段记忆向我袭来时，我没太在意，现在才发现那个女人是一则化妆品广告的一部分。我看见她轻柔地抚摸自己的脸颊，然后画面突转，出现了一个标志。这之后，一切都和我记忆中一模一样。

列车上熟悉的声音开始重复那则播报："这里是开往布朗克斯的六号列车。下一站是第五十九号大街。"

接着，我感到背上被轻轻拍了一下。和记忆中不一样的是，这次我没感到很惊恐，因为我已经提前知道了。我转过头，看见我们跟随的那个男人正举着他的纸板。

他把手伸到我面前，摊开脏兮兮的手。我立刻对他微笑，然后摇摇头。我想帮忙，想要给他一些食物，但和记忆中一样，我没什么能给他。

我转过头，继续看向屏幕，只见画面转到了一则新闻。和记忆中一样，那名记者正站在一栋大楼前。不过，我这次认真看了看字幕。

"疾病防控中心于今天早晨发布官方消息，称白热病疫苗的研制没有任何进展，对此他们感到非常遗憾。白热病已经在全国范围内造成近千人死亡，另有五千余人在医院隔离。他们向大家保证，会继续研制疫苗，并提醒大家，如果发现屏幕上列举的这些症状，请立即寻求医疗救助。"

我看着记者脸旁罗列的症状，眼睛不禁眯了起来。

发热，风寒，虚弱疲软，肌肉酸痛。

我浑身颤抖。这些正是泽恩的症状。

但这绝不可能。他不可能得这种病，他在来到这个时代之前就已经病了。他怎么可能在生活于1609年的时候患上21世纪的病呢？

我的思绪被尖厉的刹车声打断了。列车已经停下，车门打开，乘客上上下下。

凯伦冷厉地看了我一眼，提醒我集中注意力。这是我记忆中的那个车站，是我记忆结束的地方。也就是说，我现在随时可能看见重要的信息提示。

我的目光落在了一个身穿厚外套的小孩身上。虽然是在列车上，他仍然戴着帽子和手套。小孩的妈妈紧紧握住他的一只手，而他的另一只手则拿着一艘小小的玩具帆船。

我的大脑一阵抽痛，提醒我新的记忆即将涌来。

我努力不让自己闭上双眼而看向凯伦。他正有些心烦意乱，四处张望，寻找可能的线索，殊不知我已经找到了。

我突然意识到这就是我的机会。

唯一一个能让我的计划有所进展的机会。

如果我能想办法保持清醒，控制表情，不让痛苦显现出来，那就能隐藏这段记忆，不让凯伦发现。这样我就能阻拦迪奥科技，不让他们得到想要的东西。

抽痛还在继续，并随着时间的流逝变得越来越强烈。大脑里的那个"生物"仿佛要把我的头颅扒开。我紧紧握住栏杆，试图把这种痛苦输送到双手，然后传导到手中的金属杆上。

你可以的，我告诉自己。

控制住它。忍受住它。掩盖住它。

我闭上双眼，深呼吸，努力压制住那一声快要从我喉咙里喷涌出来的痛苦尖叫。

我睁开眼时，发现凯伦正看着我，仔细观察我的神情，歪着头问："你还好吗？你看见什么东西了吗？"

我挤出一个微笑，摇摇头，紧紧抿住嘴，害怕自己一旦说话，那一声尖叫就会逸出。

"你确定吗？"他说着向我走近了一步，把手伸到我的额前。

列车猛地开动，凯伦蹒跚着向后退了几步。

记忆用尖利的爪子在我的大脑里抓挠，连我的眼球也不放过。我艰难地吞咽了一下。终于，我缓缓张口，声音沙哑地说："我很确定。"

"好吧，线索肯定就在这里的某个地方。"凯伦继续急切地张望。

就在此时，脑海里的记忆挣脱枷锁，向我袭来，准备展现自己。我感到头昏眼花，地面也开始颤抖，而车窗外黑黢黢的墙壁似乎比往常移动得更快。

不要晕过去，我命令自己。不要晕过去！

我的膝盖开始哆嗦，整个人都倚靠在栏杆上，努力让身体保持直立。我咬破脸颊内侧，吮吸渗出的鲜血。我太阳穴后方的疼痛达到了极点。

"来找我。"那个轻柔缥缈的声音出现了。

接着，突然……

我站在一条又长又空旷的走廊中央，走廊两侧全是门。

所有东西一尘不染，在灯光下闪烁着光芒。

我向前迈出一步，走到头顶上两盏灯之间的阴影里。我注意到门上的数字。

408，409，410……

我知道自己正被引导着去某个地方，而其中一扇门会召唤我。它会伸出无形的手，用瘦骨嶙峋的手指钩住我的脊梁，让我浑身颤抖。

就是其中一扇门。

411，412，413……

整条走廊空荡荡的，没有其他任何人。每一扇门都紧紧关闭。

我路过一扇窗户，外面一片漆黑，楼下的人行道上几乎一个人也没有，说明这是在深夜，或是凌晨。

414，415，416……

我的血液开始变得温暖，肯定离目的地越来越近了——我有预感。

但等着我的是什么？

身体里的一部分有些害怕知道结果。不，我整个人都害怕知道结果。

我右边墙面上有一块巨大的屏幕，但上面什么图像也没有，只是蓝屏。上面有一条信息正在一闪一闪，写着"无信号"。还有一个日期——在屏幕右下角：

2月12日，凌晨2点13分。

417，418，419……

我浑身冰冷。就是这里。就是这扇门。我能感觉到。我身体里的每个细胞都有感觉。我伸出手，瑟瑟发抖，勉强抓住了门把手，缓缓扭动，推开。

门后面的房间里摆着一张长长的光面金属工作台，上面摆放着好几台计算机，还有很多科学器材摊在那里。

我的目光缓缓上移，看见了一个男人。独自一人。他弓着身子站在一台电脑前，浓密的金色头发杂乱不堪。他神情疲倦，满脸胡楂，个子很高，骨瘦如柴，穿着一件皱巴巴的白色长大衣。

我细细打量了他一会儿，然后目光被他敲击数字的手指吸引过去。不过，我看不清他的键盘。

不知为什么，我觉得这些数字至关重要，但不清楚为何重要。

我朝他走近一步，想要仔细看看。他突然吓了一跳，发现了我的存在。只见他憔悴的双眼看向门口，看向我。

他看上去似曾相识，但我记不起来他究竟是谁。直到我看见他衣领上的数码标志，像一块小屏幕似的，闪烁着几个字。

"基因地带研究实验室"，下面写着他的名字。

我看清楚那名字之后，顿觉天旋地转。

不。不可能。那不是他。他不可以卷入这件事。

他上下打量我一番，露出和我一样的表情。我们都不可置信。

我们无法接受在这里，在此时此刻——这个奇怪而未知的将来——遇见彼此的事实。我想要说话，却一个字也吐不出来。

"你……"他沙哑地说，声音很慢。太慢。太老。我的头昏沉沉的。

"你不应该出现在这里。"他说。

我摇摇头，觉得自己如入云里雾里。我想要再次张口说话，但还是找不回自己的声音。我无法告诉他我想说的，我无法说出自己心里唯一一个念头。"你也不该在这里。"

动机

"你们想去哪里?"我们坐进佩勒姆湾地铁站外面的一辆计程车,车上那机械的女声问道。

"我不懂,"凯伦说,"怎么会没有出现线索?我们明明找到了你记忆导向的那个地方。"

他自从下地铁后就抱怨个不停。我们在车厢里站了26站,一直等到终点站才不得已下车。他在地铁上一直盯着我,等待我出现反应。而整个过程,我一直坚称什么都没发生。

"对不起,我不熟悉您说的地点。"计程车回应凯伦的怒吼。

"我不知道。"我对凯伦说,但不敢看着他的眼睛,害怕他会发现我在撒谎,"也许我的记忆已经被触发了,只是要等些时间才会激活。你说过延时回忆会被线索激活,或是在一段时间后自动出现。也许这次是需要经过一段时间才出现。"

他陷入沉思,神情中有一丝愤怒。

"对不起,"计程车回复道,"我也不熟悉那个地点。请问您想去哪里?"

我看着凯伦,说:"也许我们应该回到公寓里等。"我暗自祈祷他同意我的建议,接下来的计划就全看他的答复了。

我屏住呼吸。

他鼻息沉重地说:"这个建议也许可行。"

我舒了口气,如释重负。

凯伦从口袋里拿出那两张数字身份通行证,在扫描仪上刷了一下。"东七十二大街一百七十三号。"

屏幕里传来"叮"的一声,然后又一次出现我们的照片。

"谢谢,"那个女声回复道,"你们的账户已经扣款成功。请问你们在行车过程中想看电视吗?"

"不用。"我们异口同声地回答。

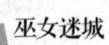

我不能分心。我需要集中精力想明白这一切。车辆开始行驶。我用眼角余光看见凯伦正靠在座椅上休息，他看上去筋疲力尽。

很好，我想，这对我很有利。

我们俩都没说话，静静看着繁忙的纽约大街从窗旁闪过。

"根据现在的交通状况，我们将在大约二十分钟后到达目的地。"计程车说。

二十分钟，我想，应该够了。

凯伦似乎陷入了沉思。他很可能正在查看之前从我大脑里窃取的记忆，试图找出有错或遗漏的地方。

我快速瞟了一眼，看见他裤子左边的口袋里有一个小小的隆起。

调节器。

我记得他在出门前把它放在了那个口袋里。如果我能得到它，计划就有成功的可能。可是，凯伦比我敏捷，比我强壮，我只有出其不意，才有机会成功。

我的手指跃跃欲试，双腿变得滚烫。我调整好姿态，并且做好了思想准备——我触碰到凯伦的时候肯定会有电击般的感觉。

而我肯定会触碰到他。无法避免。

我们会有肢体接触，那种奇怪的电流会由内而外穿透我的身体。而无情的磁力则会像巨大的引力场一样把我吸进去。温暖的感觉将会向我袭来，传递到身体的每一个部位，抹去其他一切感知。

专注，我命令自己。

我想到了泽恩，他正躺在离这里只有二十分钟路程的床上奄奄一息。我必须帮他，不能指望迪奥科技，他们从不信守诺言。他们一旦跟着我大脑里的那张地图找到了想要的东西，就会立刻抛弃所有承诺。

他们会把我带回基地，绑在一把椅子上，然后整改我的大脑，让我变成一个不会思考的人。

变成一个像他那样的人。

我再次看向凯伦口袋里隆起的调节器，握紧拳头，准备出击。我深吸一口气，为自己加油。我朝他一跃而起，伸长手臂，一拳向他的脸颊挥去，而另一只手则伸向他的口袋。

我刚准备动手，凯伦就转过头来，我不得不立刻停止。我迅速坐回原位，假装只是换换重心，让自己坐得更舒服，同时挠了挠头。

他歪着头仔细打量了我一会儿，似乎看出了我的图谋。他张开嘴，我很确定他是要斥责我趁他转过身去时进行偷袭。

"你为什么从迪奥科技的基地逃走了？"他终于说道。

我盯着他，被这个意料之外的问题弄得一头雾水，问道："什么？"

"在我出来逮捕你之前，接收了一些情报。里面说你和基地里一名科学家的儿子一起逃走了。但并未说明你逃走的原因。你的动机究竟是什么？"

我松了口气，心跳变回正常的速度。

我犹豫了一会儿，不知道自己该把离开的真正动机说得多详细，尤其是面对这样一个根本无法理解它们的人。"你已经看过了我所有的记忆，"我挖苦道，"应该很清楚。"

"是的，"他肯定，"不过很多记忆我都不太理解。"

我不禁笑了："我之所以离开，可能是因为在那里不幸福吧。我觉得自己在别的地方会感到幸福。"

我从他紧皱的眉头能看出，这话让他更加疑惑。"幸福？"他重复道，"它有那么必不可少吗？"

我耸耸肩，说："我不知道，就是觉得它很必要。很显然，我从没像你一样无条件接受自己的使命。"

他又一次满脸疑惑："为什么不呢？"

我摊开双手："因为我和你不一样，我会有自己的想法。"

这话说出口，我立刻感到后悔，它们粗鲁而莽撞。我觉得，在这个关键时刻，对他无礼不是明智之举。我现在最应该避免的就是让他产生戒备，更不能让他愤怒。我得让他冷静下来，我需要他放下戒备。

我思考着要说些什么话才能挽回刚才的错误。

"我想我刚才有些……语无伦次了。"我希望这样说有用。

不过我永远也无法知道，因为凯伦根本没回应。他只是转头继续看着窗外。

就是现在，不然没机会了。

我一刻也没迟疑，深吸一口气，起身向他扑去。

干扰

我的速度甚至超过了自己的感知。我的手从空中划过,挥到他身上,快到自己都看不清。我左手朝他脸上劈去,把他的头猛地撞到车窗上,而右手则趁机伸向他的口袋。

我用力拉扯,把东西从他口袋里拿了出来,然后用大拇指触动开关,调节器"嗡"的一声启动了。接着,我用金属尖端对着凯伦的前额伸去。

当调节器离他头部还有几厘米的时候,凯伦突然伸手抓住我的手腕,把它推了回来。我加大力度把金属尖向他前额推去,双膝跪立,把全身的力量都压在手上。我们竭力对抗彼此,但他显然比我强壮很多,我这样根本没有胜算。

凯伦身体向后靠,一条腿挪到我们之间,然后一脚把我踢开。我狠狠撞到车厢内顶,头撞得"砰砰"响,脖子也猛地向后甩去。

当我被摔回座位上时,我身体一扭,用胳膊紧紧禁锢住凯伦的身体,把他和我一起拽到地上,巨大的声响震动了整个车厢。我背部着地,凯伦在我身上。

"请回到座位上。"计程车友善地说,那声音和我们激烈的打斗形成鲜明对比,颇为讽刺,"你们影响了行车安全。"

调节器还在我手上,而且处于启动状态,我再次把它推向凯伦的脸颊,竭尽全力伸出手臂,同时发出一声低吼。他的胳膊肘立刻挥向我的嘴唇,把我的后脑猛磕在地上。我感觉自己开始流血。我挣扎着从他身下爬起来,差点儿没抓稳调节器。

我猛地翻起,跪立着,把凯伦甩向车窗。他看上去有些惊魂未定,我立刻把握住机会扑过去,伸出手中的调节器,对准了他。

"请回到座位上。"计程车友好的声音再次响起,"你们影响了行车安全。"

凯伦推出手掌,朝我胸口使劲一挥,把我打得飞落在座椅上。

他看了一眼我手中的调节器,立刻向它探去。而我迅速抬手,把调节器举过头顶。我的指关节把窗户都击碎了，破碎的玻璃在我皮肤周围哗啦作响，寒冷的风从豁口灌进车里。

凯伦冲过来，扑在我身上，我顿时一阵惊慌。

我用尽全力紧紧握住调节器，把手伸向窗外，悬在疾驰的马路上。我感觉到有很多车辆从我手边呼啸而过，险些把调节器撞掉。

凯伦伸手想要夺取调节器，但似乎半途改变了注意。他的手转变方向，朝我前额探过来。

啊，不好。他已经弄明白了。他知道我得到了记忆，想要读取它。

我立刻扭头躲避他的触碰，但他的手指继续朝我的脸探来。我马上用没拿东西的手阻拦他，把他推开。我绝不能让他得到这段记忆！

"请回到座位上，"计程车警告道，"不然我将通知警方。"

我知道自己已经快要坚持不住了，只剩下一个办法——我非常不愿意采取的办法。

而且，我也不能确定它会起作用。但我已别无选择。

我转过头面对他，伸手捏住他的脸，逼他看向我。这举动似乎让他有些摸不着头脑，不知道我要干什么。

我用手臂揽住他的脖颈，使出全身力气向下拉，把他的脸拉向我。我们的鼻子之间只有很短的距离，几乎快要碰到。这距离越变越小，直到他的目光无处可逃，只能看着我。

我们的目光交会。

再也无法移开。

这种引力比我们的力量强大得多。它坚定，强硬，牢不可破。

在它的控制下，我们无法动弹，失去了挣扎的能力。

火花在我们身体之间的狭小缝隙里点燃，一股电流顿时产生，不停地来回跳动，犹如一道闪电在两棵大树之间串联。随着一次次的往复跳跃，这电流变得越来越强。

我不知道为什么会这样，而且不想这样。但我无力反抗。

更重要的是，他也一样。

我感觉自己被牵引着向他靠近，仿佛他是炽热而危险的太阳，而我只是一颗划过天际的流星。并且，我知道，他拥有和我同样的感受。

我知道他的感受，就像我知道自己的感受一样。就像我让自己伸手，就知道它会伸出去；我让自己紧握手指，它们会握紧。

就像我知道，只要我的嘴唇向他靠近，他就会主动吻上来。

仿佛我俩之间有一种无声的语言，只有彼此能理解。

就是现在！我对自己大吼。动手，就是现在！趁他无法动弹，趁这诡异的力量把他牢牢束缚。把他弄晕！

我想让自己行动——收回伸在窗外的手臂，把调节器按在他太阳穴上。可我就是做不到。

我的目光顺着他的脸慢慢下移，看向他那挺拔的鼻梁，线条完美的下颌，以及浅粉色的嘴唇。我能看出它们有些扭曲。凯伦看上去很痛苦，很苦恼，他和我一样想努力挣脱这种引力。

可我们仍在靠近彼此。

谁也无法控制。

这种东西正逼迫我们成为它的俘虏。

我们的嘴唇即将碰触。我们越靠越近，凯伦在缓缓合上双眼，而我也一样。

我的眼睛刚闭上，就看见了他的脸。

不是凯伦，而是泽恩。

不是那个病得奄奄一息的泽恩，不是那个昏迷在树林里脆弱无助的泽恩，而是生龙活虎的他——深色的眼眸熠熠生辉，弯弯的嘴角笑容灿烂，温柔的声音耳语"至死不渝"。

我的双眼猛地睁开，手臂快速移动，把调节器的金属尖按在了凯伦的耳后。他瘫倒在我身上，一动不动，脑袋耷拉在我肩膀上。

我重重地叹了口气，把之前五分钟里经历的一切全部排空。我扭动身体，慢慢从他身下挪出来，然后把他的头放在座椅上，调整好，让他的脸颊靠着坐垫。

我双手颤抖着转动他的手腕，看了一眼手表——3点50分。

我把手伸进他的口袋，拿出印有我照片的数字身份通行证和小小的方形硬盘。我小心翼翼地把他头上的三个接收器摘下来，放进自己的口袋。我拉开他的衣领，解下他颈上的吊坠，戴在自己脖子上。然后，我打开心形的"门"，等待计程车里的一切消失在我眼前。

法则

穿越时空会消耗体力——当初和泽恩刚到1609年时,我就发现了这一点。眩晕和恶心的感觉非常强烈,我花了好几个小时才恢复,泽恩则花了整整两天。而且,穿越去的时空越遥远,身体就越难适应。

虽然我这次只打算穿越几公里,去到几个小时之前,但还是做好了心理准备——我接下来会觉得恶心,身体会有被扭曲的感觉,而肺部也会像膨胀了一般,挤压到胸腔。我身体的每个部分都会感觉难受,像是完全被重击了一次。

我等待着这种感觉的来临。但它一直没有到来。

我一动未动,还在原地——那辆行驶在街道上的计程车里,昏迷不醒的凯伦正趴在后座上。

我伸手摸摸胸前,确认吊坠没有合上。它确实是打开的。

我深呼吸,闭上双眼,再次尝试,竭尽全力把注意力集中在那间公寓上。我想着那幅画面,想着泽恩正躺在床上,想着那空荡荡的房间和雪白的墙面。我把其他声音、气味和感知全部屏蔽,直到感觉自己真的身临其境。我在脑海里一遍又一遍地重复那个日期和时间,甚至试着轻声念出来。

"2032年2月11日中午12点40分。"

"2032年2月11日中午12点40分。"

"2032年2月11日中午12点40分。"

这是我和凯伦出发去唐人街的十分钟之后,它能给我充足的时间完成需要做的事。

可当我再次睁开眼,依然什么都没发生。

我没有穿越空间,也没有穿越时间。

我万分沮丧,想大哭一场。究竟是怎么了?吊坠为什么没用?它明明是开着的。我的方法也没错,和之前完全一样。

可我为什么无法穿越呢?

计程车友好的声音打断了我的思绪,告诉我最新的行程:"我们将在十二分钟后到达目的地。"

思考，我命令自己。

我的穿越基因被永远消除了吗？项链在大火中烧坏了吗？不可能，因为凯伦成功把我带来了这里。

有没有可能是他把我的基因休眠了？好让我无法逃跑？

我看了一眼沉睡的凯伦。

不对。他当时还想带着我穿越到唐人街呢，是我提出来坐计程车。

我脑袋突突跳着，一段记忆涌上心头。它不是植入我大脑的记忆，而是我自己真实的回忆。那是凯伦几个小时前对我说过的话——我当时还在那个房间，在床上刚醒不久。

那时我问他，我可不可以回到1609年找泽恩，他告诉我那不可能，因为我已经在那个时空里出现过了。

"穿越时空的基本法则就是不能重复去到同一个时刻。"

是因为这个吗？凯伦说的是不是真话？我是不是真的没办法穿越回已经去过的地方？

他的说法倒是可以解释我为什么无法穿越回中午12点40分，因为我已经去过那个时刻了。我当时和凯伦正在去唐人街的路上，那个时刻我已经出现过一次了。

"你的身体无法穿越到已经去过的时刻，因为那意味着同一个时刻里会出现两个你，有违量子定律。"

是的，就是这样。如果我穿越到今天中午12点40分，回到那间公寓，那个时空就会出现两个我，一个和泽恩在一起，一个和凯伦在一起。

也就是说，我如果想趁凯伦不在的时候回到公寓，就只能现在把自己传送回去。我必须把握住现在这个时机——趁凯伦还昏迷在计程车里。

好吧，这毫无疑问搅乱了我的计划，尤其是正如看不见的驾驶员刚才所说，我们还有十二分钟就要到达公寓。

计程车缓缓停靠在一盏红灯前，我紧张地看了一眼凯伦，他的眼皮在跳动，这意味着他可能随时醒来。

他还会昏迷多长时间？我对调节器的使用并不了解，他有可能还会昏迷一个小时，也有可能现在就会醒来。我不能冒险，我必须立刻行动。

我紧紧闭上双眼，再次集中注意力，想着那套公寓内的样子。不过，我这次把脑海里想的时间改成了现在。

我感觉周围出现了一股熟悉的气旋。胃部难受地拧在了一起。每个细胞都在迅速移动，准备在这个空间把我分解，然后在另一个空间重组。感受到这些，我不禁如释重负地呼出一口气。

我听到泽恩虚弱的呼吸声出现在身旁，便知道自己已经回来了。

我一睁开眼，就发现他躺在那里，依然昏迷不醒。

看到这景象，我觉得浑身都失去了力气，仿佛立刻就会瘫倒在地。但我告诉自己，我绝不能倒下，必须始终保持镇定。

时间紧迫，载着我敌人的那辆计程车10分钟之内就会到达。而在那之前，我只有一个目标：把泽恩带离这间公寓。

借车 ◇

　　毫无疑问，我不能采取穿越时空的方式。泽恩太虚弱了，凯伦把他传送来这里已经让他元气大伤，恐怕再经历一次就会让他毙命。

　　我只能靠自己把他带走，别无他法。

　　我来到泽恩身边，一条手臂放在他肩膀下面，另一条放他膝盖下面。我试着稍微抬起双臂，看他有什么反应。只听他轻轻呻吟了一声，表情有些痛苦。

　　"对不起，"我对着他的耳朵轻声说，"但这是唯一的方法。我想我已经找到可以帮你的人了。"

　　我把他横抱在怀里，紧紧贴在胸口。他的体重不是什么问题，十倍于此的重量对我来说都不成问题。让我迈不出步伐的，是他脸上痛苦的表情。我的一点点动作，都让他苦不堪言。

　　我一遍遍深呼吸，想让自己保持镇定。

　　没有时间了。快走！

　　我缓步穿过公寓，把泽恩的重量放到一条手臂上，腾出一只手把房门打开，然后按下电梯。我竭尽全力让自己的步伐更加平稳，甚至在地板上滑动，但无论多努力，我几乎每迈出一步都还能听见泽恩痛苦的呻吟。

　　打车是最艰难的部分，不少路人会投来怪异的目光。我想办法用左手臂搀扶着泽恩，让他能够勉强站立在地面上，然后腾出右手朝迎面而来的车辆挥舞。

　　一辆黄色的计程车开向路边，停在我面前。车门自动打开，我边对泽恩轻声安抚，边小心翼翼地把他平放在车后座上。接着，我抬起他的双腿，坐进车厢，然后把他的腿放在我的大腿上。

　　"下午好！"计程车说。我立刻发现这个声音和上次那个不同，这次是个男人的声音。我不禁好奇他们究竟创造了多少虚拟驾驶员。计程车接着说："您想去哪里？"

　　"基因地带研究实验室，"我对他说，"麻烦快点儿。"

"很抱歉，我有时速限制。"

我努力克制自己，说："好吧，立刻走就是了。"

"基因地带研究实验室。"那个声音客气地重复道，"已经找到目的地，在布鲁克林，对吗？"

我完全不知道对不对，但此时此刻，我们无论去哪里都比停在这里强。我看了一眼窗外，扫视着将要停靠在路旁的黄色计程车里有没有凯伦的身影。不知道他醒来发现我已经逃走会有什么反应。

"是的，就是那里。"我匆忙说。

"很好，"计程车回答，"请出示您的身份证件，以便完成扣款。"

我身体向后靠，把手伸进口袋，拿出从凯伦那里抢来的数字身份通行证，放到前面的扫描仪上——我之前已经看凯伦这样刷过两次。我等着屏幕发出"叮"的声音，然后显示"验证成功"字样，但始终没等到，屏幕一片漆黑。

我觉得自己的心都要跳出来了。我又刷了一遍，但还是没有响应。

"很抱歉，"计程车终于再次开口，"我只能读取一张数字身份通行证，但感应器检测到车厢内有两名乘客。"

我失望地攥紧拳头，几乎要发出怒吼。

"你错了，"我说，"只有我一个。"

接着，计程车陷入一片寂静，好像有些疑惑。终于，那个虚拟司机回应道："我很确定检测到两名乘客，请扫描第二位乘客的数字身份通行证。"

"你就不能先开走吗？！"我心急如焚地大吼，仅剩的一点儿耐心已荡然无存。

"很抱歉，"它第三次说道，"只有验证全部乘客的身份，我才能离开停车区。"

如果车前座上真有司机的话，我肯定已经探过身去勒住他的脖子了。

我闷哼一声，把车门踢开，踏出车厢，然后轻缓地拖出泽恩一动不动的身躯，慢慢移到我的肩膀上。我匆忙环视街道，寻找其他出路。

我看见另一辆计程车缓缓停下，自动车门随即打开。

"您的目的地已经到了，下车请注意。"熟悉的女声响起。

我发现凯伦的双脚耷拉在打开的车门上，微微颤抖——他已经开始恢复意识。 我此时才真正开始惊慌。

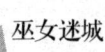

我的目光扫视街道，直到看见一个男人朝着一辆停在路边的绿色车辆走去。他用指尖划过车门上的控制板，只听车子发出微弱的"嘀"声，然后车内传来："下午好，霍尔先生。今天过得怎么样？"

他没有回答，只是静静地坐在座位上，关上车门。引擎"嗡"的一声开始发动。刻不容缓，我立刻冲到那辆车旁，拉开车门。

车座上的男人抬头看看我，看看我肩膀上的泽恩，然后他疑惑的表情立刻变成愤怒："喂！"

"出来。"我大吼，尽力让声音听起来充满威胁。

"不！"他冲我大叫，伸手拉过车门，准备关上。

但我没给他机会。一眨眼的工夫，我已经把空出来的手伸到车内，拽住他的胳膊，把他揪下了车。他被甩到马路上，脸上满是惊恐。

我看了一眼凯伦乘坐的计程车，他的双脚已经不在门边上。我透过风挡玻璃看见他正缓缓坐起。

那个男人匆忙站起身，恐惧地跑向人行道。

我低声对那男人说了句"谢谢"，用手护住泽恩的头部，让他屈身坐进了副驾驶座位上，并把他耷拉着的脑袋靠在车窗上。

进入车厢后，我迅速扫了一眼仪表盘。我上次开车还是在2013年，那时的车子和现在大不相同。首先，这车连类似变速杆的东西都没有。其次，这车根本没有那么多按钮，它的仪表盘几乎是光滑的。

我没时间像上次那样仔细查看行车手册，就算以我的阅读速度也办不到。我看了一眼后视镜，发现凯伦正晕晕乎乎地走出计程车。

穿越前我怎么没让那辆计程车开向别的地方呢？！那样才比较明智。但显然，我的心思全在泽恩身上，根本想不到那么多。

"出发！"我对着车喊。但它一动不动。我慌乱地摸索着仪表盘，想要找到开关或按钮之类的东西，却只有一阵暖风朝我脸上吹来。

"启动！"我再次尝试，车还是一动不动。

"行驶！"我第三次尝试。

这次似乎起作用了。一个红色的字母"D"在仪表盘上闪烁了两次，接着，汽车向前缓缓开动。我用脚踩住油门，驶离停车区，远离凯伦，逃离迪奥科技，朝着那个地方开去——只希望那里是安全的。

访客

"您已到达目的地，"这辆车用一种真实得可怕的声音说，"请问您要开启自动停车系统吗？"

我在去布鲁克林的途中明白了2032年的汽车为什么没有按钮和挡位。因为你只需要说话就能够指挥汽车，何必浪费精力去操控它们呢？

"好的。"我回答。手中的方向盘突然开始自动旋转，我有些惊慌地立刻弹开双手。汽车轻而易举地向后、向左不停挪动，直到挤进停车场上两辆汽车间狭小的空隙里——我没想到这车能停进来。

汽车停稳之后，我试图拉动车把手，但车门纹丝不动。"开门。"我命令它。

"车辆在行驶期间无法开启车门。"

我有些不知所措，试图想出正确的口令。"嗯……停止行驶。"

不，不是这个。

"停下。"还是没动静。

庆幸的是，汽车似乎感觉到了我的绝望，向我伸出援手："请问您是想启动停车模式吗？"

我舒了口气。"是的！"

一个红色字母"P"出现在仪表盘上，车锁随即打开。我推开车门，然后踹了它一脚，但显然用力太猛，只听一声巨响，整个金属板从车上飞脱出去，滑到了马路上。这景象让我不禁想起上次不小心把车门踹脱的经历，那次是在我寄养家庭的车道上。我永远都不会忘记希瑟看到我的"杰作"时脸上的表情。

我看着孤零零躺在马路中央的绿色金属板。一辆车恰巧路过，猛然转向，避开了它。

我确实不能再踹车门了。我跑到乘客座位那边，缓缓打开车门，把泽恩扶出车厢。他清醒了一些，看上去像在试着站起身。

"你能走动吗？"我问。

他的头有些摇晃，不知道是不是在点头。我把他的手臂搭在自己肩上，扶着他走向大楼。一路上，他的脚都在人行道上拖行。

一走进大楼，我就被一个身材魁梧的男人拦了下来。他站在一张桌子后面问："请问有什么需要帮助的吗？"

我试图保持镇定。虽然我搀扶着一个意识模糊的男人，但还是尽力让自己看上去很自然、很轻松："我要去419房间。"

警卫充满戒心地看了我一眼，问："请问您是有预约的客人吗？"

我不禁想要大笑。我跟"预约"可是毫无关系。

"是的。"我谎称。

他显然不相信我。"我得给上面打个电话。"他用力按了一下桌面上的一块屏幕，接着指了指工作台上的数字扫描仪，"请扫描您的数字身份通行证，我需要查验您的身份信息。"

我微微一笑，尽力让自己保持礼貌："当然，没问题。"我把泽恩扶到身后的长沙发上，然后把手伸进口袋，假装拿出我的身份证件。但事实上，我的手正紧握着调节器，用指尖打开了开关。

我脸上挂着微笑，慢慢走到桌子前面。那人一直死死盯着泽恩，这对我来说更加有利。不过，我根本不需要分散他的注意力，我手的速度要远远超过他眼睛的速度。

一眨眼工夫，我已经把调节器的金属尖端抵在了他的下巴上。他身体颤抖了一下，随即倒在了座椅上。

我冲回泽恩身边，把他抱在怀里，走进一部正在等待的电梯里。

电梯一到达四层，我便立刻发现这长长的走廊和记忆中那个有着巨大的差别，其中最明显的莫过于走廊上的人数。

整个走廊非常嘈杂，人来人往。每扇门几乎都开着，身穿实验室服装的男男女女进进出出。他们边走边说，比画着手势，还在和玻璃片一样薄的电脑上分享信息。

我双手抱着泽恩匆匆穿过走廊，引来不少疑惑的目光，但我完全没有搭理这些，径直到了419房间门口。

这一间和我路过的其他房间大不相同，房门紧紧闭着。

此时，一种不安的想法在我脑海里回荡。他如果不在这里怎么办？要是我来得太早了，而他等到今天夜里才来怎么办？我等不了那么长时间！

我不在乎那些记忆的内容，我现在只需要他的帮助。

我转动门把手，用肩膀把门推开。房间里的男人穿了一身白，头上戴着一顶白帽，脸上戴着护目镜，正细心谨慎地把针尖插入一小碟黏稠的黄色胶状物里。我的闯入把他吓了一跳，他差点儿把碟子里黏糊糊的东西撒出来。

"怎么回……"他张口怒骂，但目光一落在我身上就立刻停了下来。他那握着注射器的手悬在身旁，一动不动。他目瞪口呆地站在原地，就那么站了很久，很久。

他的双手总算可以动弹之后，只见他把注射器轻轻放在金属工作台上，慢慢摘下护目镜。

此时此刻，我才终于看见他瞪得老大、一眨不眨的双眼。

此时此刻，我终于确定眼前的人就是他。

此时此刻，我才知道这是真的，千真万确。

我不太清楚他在这里干什么。纽约，2032年，他就这样站在我面前。但我知道，能找到他是我命中注定的。

这种坚定的信念在我身体的每一块骨头里跳动。

"科迪，"我说，声音因急切而变得颤抖，"是我，紫罗兰。我需要你的帮助。"

成熟

"不。"那个男人迫切地轻声说。他谨慎地向后退了一步,一直看着我的双眼,一刻也没移向别处,"这不可能。"

虽然我在记忆中是通过胸牌认出了他,但让我确信他身份的,是那双眼睛。他的头发比原先颜色更暗,而且没以前那么卷。他的脸看上去成熟了许多,而且圆润了不少,脸上写满了三十多年人生经历的风风雨雨。而只有他的眼睛,那双眼睛从未改变。

我在记忆里看到这双眼睛时,就认出了他。那个很多年前帮助过我的13岁小男孩。他在我迷茫无助、失去记忆的时候帮了我很多。而现在的他,已经是一名32岁的青年,我祈祷他能再帮我一次。

当然,我现在的麻烦远比当初的更巨大,更复杂。

那时,我所需要的帮助不过是在网上搜索资料,以及从他父母家里溜出去搭巴士进城。而现在,我需要的是治愈一种我一点儿也不了解的疾病,而且它可能在八十多年后才会出现。

可我有什么选择?等着迪奥科技再次背叛我?等着凯伦得到他想要的东西,然后弃泽恩于不顾?这个男人,这位故友,是我唯一的希望。

"科迪,"我轻声说,"是我,真的。"

"不。"他重复道。我看见他瞥了一眼工作台上镶嵌着的屏幕,左上角闪烁着红色的"警卫"二字。

我把泽恩放到椅子上,然后朝科迪走去。他的眼睛随着我靠近的步伐而睁大。我抓着他的手臂,恳求道:"科迪,求求你了。我真的需要你。"

他又好奇又害怕地看着我。"可……"他柔声辩驳,"可……你看上去……"他说不出接下来的话,我决定替他说完。

"一点儿也没变,我知道。"

"怎……怎么……"他有些磕巴,"怎么可能?"

我听到身后传来一阵骚乱,眨眼的工夫,五名警卫出现在房间里,他们都拿着枪。"我已看到入侵者。"其中一名警卫对着闪烁的耳机说。

"卡尔逊博士，"他警告科迪，"请离开，我们要逮捕这名入侵者。"

我不安地看看警卫，又转向科迪，用乞求的眼神看着他。他动摇了。

"没关系，"他终于叹了口气，语气变得柔和下来，"她不是入侵者。我认识她。她是我的……访客。"

警卫看上去很疑惑，其中一名甚至有些沮丧。

"你确定吗？"领头的警卫再次确认。

科迪点点头："确定，谢谢你们。还有，抱歉给你们带来了麻烦。"

警卫们退出房间，对着耳机里抱怨说是错误警报。科迪跟在他们身后，等最后一个人退出去之后把门关紧。

"发生了什么事？"他问着，转身看见泽恩正瘫在一把椅子上，"那是谁？"

"泽恩。"我告诉他。我突然想起科迪所有关于泽恩的记忆都被清除了。"他是……"我突然意识到自己不知该怎么称呼泽恩。他不是我的丈夫，虽然我们在1609年是这样告诉大家的。科迪曾经教过我"男朋友"这个词，但它对我来说没什么意义。

"他很……重要。"我终于把话说完。

"他死了吗？"

这个问题像一拳重击，狠狠打在我胸口。"没有。"我勉强才说出话来，挣扎着不让自己跌倒在地，"但他需要帮助，你的帮助。"

科迪双手举到空中："喂，喂。等等。你消失了19年，现在又突然出现在我的实验室里，看上去一点儿变化也没有，还带着一个昏睡不醒的男孩，穿得像刚从文艺复兴时期回来，而你所说的就只有一句'他需要帮助'？"

"科迪，我知道自己欠你一个解释。"我轻声说。

他大笑，声音十分苦涩："不然呢？你大半夜从家里消失，父母找了你将近两年。母亲一直在责备自己，甚至得了严重的抑郁症。"

内疚开始像困兽一般撕扯我的心。"很抱歉，"我说，"但我不知道还能怎么办，也不知道该去哪里。你是我唯一的希望。"

科迪看向泽恩："那你希望我怎么帮他？"

我急切地点头示意科迪的胸牌："你是个医生，对吗？"

"我是一名科研人员，"科迪更正道，"不是医生。"他指指周围，"这里是一个研究实验室。"

"但你肯定有一定的医学知识，不能先给他看看吗？"

科迪叹了口气，开始收拾工作台上的东西："把他放到台上来。"

我立刻把泽恩抱到怀里，小心翼翼地把他放到金属台上。科迪用两个指尖轻轻抵住泽恩的喉咙，像是要检查他的脉搏。但他立刻收了手，还吓了一跳，因为泽恩的体温有点儿烫手。

"天哪，"科迪大叫，"他都要烧起来了，还有别的症状吗？"

我深吸一口气，开始列举从1609年那个早晨开始出现的症状：恶寒，眩晕，咳血。科迪睁大双眼，冲向房间角落里的水台，打开水龙头，用力搓洗自己的双手。"我的天哪，"他结结巴巴地说，"他是不是……感染了……"科迪的脑门上开始渗出汗珠，"他是不是得了白热病？"

我摇摇头，说："不是。"

科迪看上去非常怀疑，问道："这和白热病的症状一模一样。他最近是不是接触过染病的人？"

"不，"我向他保证，"我发誓没有。"

科迪在桌子里摸索了一会儿，然后找到一个蓝色的纸面具。他慌乱地把面具套在头上，但固定的细绳断开了，他只好拿着，罩住鼻子和嘴巴。"你得把他从这里带走。我不能冒被感染的风险。"他说道。

"科迪，求求你了，"我再次乞求道，"我知道他没得白热病。他根本不可能得白热病。"

科迪还在面具后面慌乱地呼吸："你怎么能这么确定？"

我叹了口气，知道自己终究要告诉他，直到没法继续对他保密。我只希望能在更好的情况下说出真相。"因为，"我让自己的声音保持镇定，"他在来这里之前就已经病了。"

"那又怎样？"他反驳道，"全球范围内都爆发了白热病，过去三周时间里已经迅速蔓延，不仅纽约才有。"

"是的，"我轻声回答，"但我的意思是，我们过去三周都不在这里。"

我看见科迪的眼睛在面具后面眯了起来，他问道："你说不在这里是什么意思？"

"意思是，"我说着，朝他走近一步，注视着他的双眼，"我们过去一直在另一个时代生活。"

嘲讽

科迪嘴里发出怪异的声音，最开始像是大笑，但很快变成一种更加让人不安的声音，就像喉咙在抽搐。"很好，真是非常……非常好。"尽管他戴了蓝色纸面具，我还是立刻听出了他语气里的讽刺。我感到非常失望，像泄了气的气球。

"科迪……"我试图解释，但他没让我说完。

"哇哦！"他声音起伏地叫着，语气里满是嘲讽，一只手拿着面具，另一只手的五指扭动着，"时空穿越！真是有创意！"

"科迪，"我继续说着，试图忽视他变相的嘲弄，"你是一个讲逻辑的人，一直都是。想一想，那不是天方夜谭，要不然我怎么会没有变老？我看上去还和当初一模一样。对我来说，只是离开了几个月，对你却是十九年。记得那场飞机事故吗？记得我不在乘客名单里吗？记得我们去洛杉矶找登机口工作人员，她告诉我……"

"我当然记得！"他语气中的嘲讽转变成了快要爆发的怒火，"那个人说你根本没有登机却出现在了那架飞机的残骸里，我怎么可能忘记？"

"她是对的。我出现在海上并不是因为飞机事故……"

我没有把话说完，暗暗期许科迪能自己想明白。我知道他清楚我话里的意思，只是不知道他会不会相信。

他眨了眨眼："你是说你不是因为飞机失事掉在了海里，而是时空穿越到那里的？"

我舒了口气，庆幸他总算理解了我的话，接着说："准确来说是穿越时空，不过你说得也没错。我就是想告诉你这些。我来自2115年，机缘巧合出现在了2013年的一堆飞机残骸中。我也不知道究竟是什么原因，只知道自己本该去另一个时空，但是……"我想起泽恩在1609年跟我说的那些话。

"你继续说。"

我驱散心里的寒意，打起精神。"中途出了一些问题，"我继续说道，"所以我没有家人，没有朋友，没有一个人来找我，我的基因也不在数据库里，因为那个时空里根本就没有我这个人。"

"你真觉得我会相信这些？"他怒吼道，"你以为我小时候常看科幻小说，所以现在会相信穿越时空这种鬼话？哇哦！真酷！你来自未来！你来这里是为了消灭大魔头的妈妈吗？我能坐坐你的时空穿梭机吗？"

我简直认不出来他的声音。我觉得他不是在说反话，而是变得有些疯狂。他的话语无伦次，眼睛也睁得很大，看上去有些吓人。

我向后退了一步："科迪？"

"你这个疯子！"他大吼，"从我的实验室出去！"

我叹了口气。我本该想到他不会相信我的，本该知道事情会变成这样。

"好吧，"我说着，举起双手，像是投降，"我会证明给你看。你是要我证明才肯相信，对吗？"

科迪没有回答，他双臂环抱在胸前，站在屋子另一端怒视着我。

我瞥了一眼泽恩，他还在科迪的工作台上，我对他说："我会穿越到一分钟之后，你将看着我从这里凭空消失，而一分钟后，我会再次出现。"

科迪眯着眼睛，我当他是听到了。我对他笑笑，但他没有回应。

"好了，"我说，"看仔细了。"

我看了一眼墙上的钟，现在是4点52分。我闭上双眼，集中注意力，想着现在同样的地方，只是时间推后了一分钟。

我感觉空气在我身边快速流动，周围的每一个分子都在震动，准备将我释放。我的身体像被捏紧，大脑压力迅速升高。

在消失之前，我听见科迪的惊呼，还有蓝色纸面具掉在地上的声音。

当我像预期一样出现在原地时，钟上的时间是4点53分，而科迪仍目瞪口呆地看着我消失又重现的地方。他的眼睛快速眨了几下，喉咙里发出奇怪的吞咽声。然后，他蹒跚着走向身边的一把座椅，并瘫倒在上面。

我屈膝蹲在他面前说："科迪，看着我。"

但他没有看我，或许是无法看向我。他的眼神有些迷离，双眸漫无目的地转来转去，看上去像想要追逐无数个四处游离的粉尘。

我抓紧他的手，轻轻拉了一下："科迪。"

他突然看向我，把注意力都转移到了我身上。"现在，"我斩钉截铁地问，"请问你愿意帮我吗？"

迁移

科迪把收集好的最后一些物资装进卡车里,然后把门关上。我带着泽恩爬上后车厢,坐在一个装满注射器和试管的箱子旁边,把他的头放在我的大腿上。科迪开着这辆车身写着"基因地带"的大货车穿梭在布鲁克林的大街小巷。泽恩一路上时而昏睡,时而清醒。我低头看着他的脸,轻抚着他的脸颊和头发,时不时对着他的耳朵轻语,告诉他一切都会好起来。

其实,我自己也不清楚他究竟会不会好起来。

当然,科迪有可能根本找不出泽恩的病因。但这么长时间以来,我第一次觉得很安心,觉得自己会找到解决问题的方法,而不是越走越偏。胸口的那块大石头似乎不见了,我终于能够自由地深呼吸。

科迪建议把泽恩带回他家,听到这话我如释重负。他说去医院太冒险了,泽恩没有身份证件,而且医院肯定会立刻怀疑他有白热病,进而把他隔离。所以,科迪立刻排除了去医院的选择。

更何况,我知道凯伦一旦发现我不见了——而他很可能一个小时前就发现了——肯定会立刻寻找我。那就意味着我们得万分小心,不能留下任何记录、任何文件。这就意味着我们绝不能去医院。

除了提出去他家,科迪没再说别的。我觉得他可能还在震惊之中,需要时间慢慢消化,慢慢梳理——这是任何一位优秀的科研人员都会做的。

路途很近,我们不到十分钟就到了,科迪把这儿称为他"城里的房子"。这个地方十分漂亮,空间宽敞,色彩丰富,还有深色的树木,给人一种温馨的感觉。但我没精力认真欣赏,只顾着把泽恩从货车上抱到科迪所说的客房。

泽恩想要自己走,但他的双腿无力地在地上拖着,缓慢地一步步向前,膝盖一次又一次瘫软。最终还是我双手把他抱起,送进了房间。

我的动作看上去轻而易举,不免让科迪有些诧异,但他没多说什么。

我把泽恩放到床上。科迪忙着布置医疗器械——这些东西都是他从办公大楼里的地下仓库借来的。他把静脉注射的针头插进泽恩的手臂,然后连接上各种器械，监测泽恩的呼吸、心率和血压。

这些东西让我回想起自己住院时的病房，不禁有些不适。那次住院还是在2013年，他们在飞机事故现场发现了我，以为我是幸存者。他们向我的血管里注射药品，给我插上各式各样的管子，其实没有必要。他们当时对我就像科迪现在对泽恩一样。只是这一次，一切都不再"没有必要"。

还记得我刚到医院的第一晚，泽恩来找我，想带我走，和我一起到另外一个时代生活。那时，我还不知道吊坠的作用。

而现在，一切都完全颠倒，泽恩成了那个插满管子、连接监测器、躺在病榻上的人。这次，我需要拯救他，想尽一切办法也要救他。

泽恩换到这个新环境之后一直没有休息好。自从我把他放到床上，泽恩就不停地抽搐，嘴里发出痛苦的声音，仿佛想从自己的身躯里逃离出来。他高烧不止、浑身发抖，一会儿寒冷，一会儿又热得像火烧。我给他盖好毯子没两分钟，毯子就被踢开了。

每当我试图轻抚他的脸颊，捋顺他的头发，或是摩挲他的臂膀，泽恩都会虚弱地拍开我的手，像是在驱赶烦人的苍蝇。

"泽恩，"我试着跟他说话，希望自己的声音能给他带去平静，"泽恩，是我。你能听到我的声音吗？一切都会好起来的。我们在这里很安全。还记得科迪吗？我的义弟。我们现在在他家。他正在想办法找出你的病因，让你好转起来。"

科迪严肃地看了我一样，警告我不要随便许下诺言，因为我们都清楚他可能办不到。可我不在乎。

"泽恩，"我再次试着摸他的手，"亲爱的。"

但他猛地把手抽离，差点儿挥到我脸上。他的脉搏加快，心率数迅速飙升。他表情痛苦，不停呻吟，显然备受煎熬。随着每分每秒的流逝，病魔正一点点将他吞噬。而我却不知道能为他做些什么，不知道如何帮他。

接着，他不停地抽搐，发出撕心裂肺的喊叫，像是在我的胸口重重地击打着。我转头祈求科迪："快帮帮他。"

科迪咬了咬嘴唇，翻箱倒柜找到一小瓶药水。他把药水吸到针管里，注入泽恩的静脉注射器。"这能帮助他恢复镇定。"

药水立刻发挥了作用。泽恩的痉挛慢慢停了下来，面部不再扭曲，呼吸也变得平稳起来，逐渐沉沉睡去。我祈祷他能睡得踏实，一夜无梦。

我瘫坐在床边的椅子上，握着泽恩的手。这一次，他没有反抗。

这是我这么长时间以来，第一次重新看见曾经的那个泽恩。

我曾看着他安眠，那时的他多么宁静安详，尽管身处险境，还能泰然自若，像是用保护层把自己包裹起来，不在乎一切纷争。

那是我一直想要向他学习的地方，只不过，我好像根本学不来。

泽恩就是有那种不可思议的力量，我已经从很多方面看到了这一点——他对帕丁森一家讲述各种各样的故事，打消他们对家中那个陌生女孩的疑虑；每当我从噩梦中醒来，他都会紧紧抱住我，告诉我不会有危险；他转身离开自己的家，离开朋友和亲人，再无一丝留恋，一丝牵挂。

看着他这样伤痕累累，这样失去控制，这样备受折磨，我仿佛看见了曾经的那个他被撕裂——他的人格被窃取，他的灵魂被盗走。

而我却无能为力，阻止不了这一切的发生。现在，本应由我为他变得强大，变得沉着，变得坚定不移。而我却一直失败，一直失败。

科迪把针头刺入泽恩的血管，抽取血样。"这有助于我研究，"他温和地说着，把血样注入一个小玻璃瓶，然后拿起来对着光看，"有些检测需要一段时间，我们可能得等到明天才能看到结果。"

将近二十分钟时间里，我看着科迪在房间里不停地来来回回，从泽恩身边走到电脑旁，然后又走回去。他抽取了更多血样，一遍又一遍检查泽恩的体温，把数据输入计算机。我努力保持安静，不想打扰他，只静静坐在泽恩身边，紧紧握着他的手。

我想要保持积极，想要完全相信科迪的能力，却忍不住想到最坏的结果。科迪要是找不到泽恩的病因怎么办？如果迪奥科技在撒谎，连他们也不知道泽恩究竟得了什么病怎么办？我不能再失去他，我已经失去过他一次，再也经受不起同样的打击。

"所以，紫罗兰是你的真名吗？"科迪问，打断了我的思绪。

我抬起头，看见他正在电脑监测设备的后面抬眼看我。

我摇了摇头。

还记得科迪第一次知道我的真名是在一次家庭派对时，那时迪奥科技发现了我和泽恩的行踪，所以科迪帮我们借了一辆车，让我们逃走。

之后，迪奥科技劫持了泽恩，把他当作人质。我打电话给科迪寻求帮助，他便带着电脑到贝克斯菲尔德市和我碰面。接着，我们遇到了麦克希尔博士,被带去了她的藏身之处,而科迪偷听到麦克希尔跟我的对话,知道了穿越时空基因和我的真实来历。

就是在那个时候,麦克希尔消除了科迪的记忆。她把科迪一整天的记忆全部抹去,置换成了去朋友家玩游戏的记忆。对于科迪来说,那一天从未发生,所以他不知道我的真名,没见过泽恩或麦克希尔,也不清楚我的真实身份。在科迪眼中,我是那个半夜从家里跑出去,再也未归的紫罗兰。

直到现在。

由于某种原因,我一想到麦克希尔就有种特殊的感情——一种暗潮涌动的愤怒。就像沉睡多年的怨恨,一触即发。

这种感觉让我非常疑惑。我为什么会对麦克希尔有这样的怒气?她帮助了我,在我孤立无援时伸出了援手。

"那么,究竟是什么?"科迪把我的思绪拉回了谈话之中,"你的真名?"

"塞拉菲娜。"我轻声说。

"塞拉菲娜。"科迪重复道,语气里有一丝好奇,听上去就像想起了些什么。"很美的名字,"他说,和十九年前说过的一样,"我还是不明白,我们初次见面的时候,你为什么不知道自己是谁,也不记得任何事?"

我心里有些迟疑,但知道自己没办法抵挡科迪的追问。他有太多事情没弄明白,穿越时空只不过是个开端。他不了解我,不清楚我是什么,也不知道我大脑里植入和移除的记忆。他不了解那些创造我的人——那些现在就想要把我抓回去的人,还有那个在这个时代里寻找我的年轻特工。

我欠他一个解释,一个真实而完整的解释。他有权知道一切。

但我也知道,那一切真的很难说出口——我得把自己作为完美的人类所经历的所有苦难通通告诉他。也就是说,我要揭开自己的伤疤,回想所有的细节,再次经历一遍苦痛。可我再也无法经受住那一切,因为我已经没有心力,没有精力,没有体力。

我站起身,摸索了一下各个口袋,终于找到了从凯伦那里偷来的方形驱动器,以及从他头上摘下的接收器。我从泽恩的床边绕过,缓缓朝科迪走去。科迪一见我向他靠近,便不自觉地后退。

我把那三个小圆片放在手中。"这是接收器,"我解释道,声音依然十分微弱,"我会把它们佩戴在你的头上,它们能让你看见储存在这个驱动器里的所有信息。"

科迪眯着眼，怀疑地盯着我手上的东西，问："等等，那是什么？"

"这是未来才有的一项技术，他们把它称作'再认知'。"我重复着泽恩第一次把接收器放到我手中时说过的话，那天的记忆像一把利刃划过我的头脑。

我指着方形驱动器说："这个硬盘将成为你大脑的延伸。你只需提出问题，它会给你答案。"

我把第一个圆盘放在他左耳后，第二个放在他脖子处，第三个放在他右耳后，科迪在整个过程中有些紧张。我用大拇指划过驱动器的表面，它随即发出了绿色的光亮，科迪不禁有些震惊。

"我不明白，"他说，"驱动器里究竟储存了什么？"

我虚弱地对他笑笑，看着自己几个月前的疑惑出现在他的脸上。"我所有的记忆。"

消化

  科迪的眼睛一直闭着，久久没有睁开。我仔细观察着他的反应，试图弄明白他每个时刻都在看哪些记忆。当他有些恐惧时，我会想他是不是在看帕丁森夫人当着整个法庭所有人的面指责我是女巫的那段；当他的脸上流露出悲伤之情时，我会想他是不是看见了泽恩第一次向我袒露我的身份和来历时的场景；而当他面色柔和，隐约露出微笑时，我会想他是不是看见了泽恩对我自始至终的保护。

  我不知道他获得了多少信息，不知道他是以怎样的顺序读取那些记忆的，也不知道他问了哪些问题，看到了哪些记忆。我只知道，一切都在那个驱动器里，我过去六个月的生活都在那里。

  我的真实身份，我拥有的超能力，以及我逃跑的原因。

  那架我从未登上的飞机的残骸，那个欢迎我、包容我的家庭，那个找到我并帮我恢复记忆的男孩。

  那个发现我的秘密，把我称作女巫，将我处以火刑的城市。

  那些加密后存入我大脑，并把我引向迪奥科技要知道的某个地方的人造记忆。

  那个有着海蓝宝石般的双眸，和我一样是个基因改良人，并在外面寻找我的年轻男人。

  那个在我眼前去世的科学家。还有那个急切要我回到基地的科学家。

  凯伦窃取了我所有的记忆，除了最后那段，那段把我带来这里、让我找到科迪的记忆。唯有那段记忆是我自己的。

  我不知道是哪段记忆让科迪的表情变得黑暗阴沉，他忽然睁开双眼，抬起双手疯狂地抓挠戴在头上的接收器，把它们扯下来扔到桌上。

  那驱动器里掩藏着无数可怕的事实，我不知道究竟哪件让他最终忍无可忍，站起身一言不发地走出房间。我全神贯注地听着大门的动静，希望不要听见它打开再合上。我绝不能失去科迪，尤其是在这个紧要关头。但我也知道自己最好别跟着他。

他需要时间慢慢接受这一切，就像我第一次知道事情的真相时一样。

庆幸的是，大门没有打开。这说明科迪还在家里，想办法接受那些令人不安的真相。一切发生得十分突然，对科迪来说确实太难消化。

我会给他时间。

我深吸了一口气，安静地坐在椅子上。倦意扑面而来，像一堵石墙紧紧把我包围。起初，我试图反抗，一秒也不想闭上双眼。但过了一段时间以后，我实在坚持不住，终于向疲惫屈服。

之后的半个小时，我一直在椅子上打盹，时而沉睡，时而清醒。

清醒的时候，我的目光一直盯着泽恩和他床边的监测器。那机器每秒钟都会发出一次轻柔的信号声，让我安心地知道他还活着，还在我身旁。

然而，每两次声音之间的空隙越来越让我感到坐立难安。每次声音响起，每个生命信号到来，都恍若隔世。我感觉自己在一次又一次坠入深渊，而每一秒的安静都像是把我拉向死亡的重力。

沉睡的时候，我梦见了凯伦。他那双大海般的眼睛注视着我。我看向他的双眼，仿佛能从那里找到逃离这个恐怖现实的密码。

他缓缓伸手，触摸我的脸颊。我屏住呼吸，等待他的轻抚，等待那意料之中的温暖，等待随之而来的安宁。

但在他触碰到我的脸颊之前，我就已经醒了过来，心口像被千万根细针刺穿。尽管这只是一个梦，我还是感到万分羞愧，因为我居然期待他的触摸，期待他像一条厚厚的毛毯将我包裹。

我突然感到愤怒无比。

我气自己无法把他忘怀。我气自己在梦见他的脸庞时居然不想醒来。

可我本应渴望清醒。

泽恩真真切切就在这里，他需要我。

凯伦是一个误会，一个困扰，一个错误。

我本应希望他消失，我不应该梦见他。

"塞拉？"泽恩微弱的声音打断了我的思绪。我眨眨眼，低头看着他，逼自己露出一个刻意的笑容，连我自己都知道这很假。

"我在这里。"我抓着他的手回答。

"我们在哪里？"他的声音那么缥缈，那么轻柔，仿佛我一用力呼吸就会把它吹散。

"我们在2032年,科迪家。你还记得科迪吗?"

"记得。"

"他正尝试弄明白你究竟怎么了。他会让你好起来的。"

"我会好起来的。"

我咬咬嘴唇,不让自己哭泣:"我知道,我也希望你好起来。"

"那样我们就能再次逃离。"

"对,"我说,"你想去哪里?"

他的眼睛仍然没有睁开,难受地动了动,说:"到月球?"

我笑了,说:"听上去不错。去金星也行。"

"太热了。"他呼吸沉重地说。

我不禁笑出声来,说:"好吧,那就不去金星。"

接着,他迟迟没有说话,我还以为他又睡着了。然而,一个微弱的声音再次响起:"塞拉?"

"嗯?"

他试图握紧我的手。"我跟你说过我们的长凳吗?"他问。

我皱着眉头问道:"什么长凳?"

"我就知道没跟你说过。"

"你为什么不现在跟我说说呢?"我建议道,竭尽全力让这段时光尽量延长。

"用白色大理石做的,"他艰难地继续说,"在你的前院里。"

"在基地里?"

他浑身瘫软无力,发出一阵咳嗽,鲜血溅在床单上。"是的。"他说。

我抽出一张纸巾,轻轻擦拭他的嘴唇。

"正因为那条长凳,我才能在他们每次清除你记忆的时候立刻发现。"

"因为一条长凳?"我充满疑惑地再次确认,有些怀疑他因为高烧而神志不清。

他想点点头,动作却微弱得几乎看不见:"你每天早晨醒来,都要到那长凳下埋藏一些东西。"

"埋一些东西?什么东西?"

他回忆起来,一丝微笑凝结在脸上,说:"每次都不一样。有时候是花,有时候是石头。有一次你还埋下一把勺子。那些都是给我的信号,让我知道你还记得。"

"记得什么？"我问。

"我。"

我沉默不语，紧紧抿住双唇。

泽恩继续说道："如果我到长凳那里去的时候发现下面什么也没有，就知道他们又清除了你的记忆。那样，我就得重新来过。"

"你怎么能够坚持一遍又一遍唤醒我的记忆？"我问，"你明知道我看见你时会像看陌生人一样，为什么还要一遍又一遍回来？"

他合上眼，好一会儿都没睁开，我以为他又昏迷了过去，只听他忽然轻声说："你看见我的时候从来不像是在看陌生人。所以我知道，他们永远也不会赢。"

我把头靠在他的胸膛上，听着他节奏不齐的心跳。

"我从来都没忘记，你知道吗？"他说。

"忘记什么？"

"我们承诺的事情。去树林里那件事。你现在依然做好准备了吗？"他的话变得有些起伏，断断续续。

我闭上双眼，回忆起趴在他身上时感受到的那种前所未有的渴望。我想起泽恩说那件事情会让我们变得更加亲密，从未有过的亲密。

我们经历了一次又一次分离——因为疾病，因为警卫，因为迪奥科技——而最终没有完成我们的承诺。

我抬起头，望着他深邃的双眼："当然记得。"

他的嘴角弯弯扬起，虚弱无力地笑了，就这样缓缓睡去。他的呼吸再次变得沉重，身体一动不动。

我看了一眼床头柜上的钟，7点5分。

我不知道科迪是不是已经消化了所有的信息，也不知道他现在心情怎么样，但我必须走出这间屋子，呼吸一下新鲜空气。我俯身亲吻被我紧紧握住的泽恩的手，把它放回他身旁。我沉痛地站起身，缓缓打开房门，完全不知道会在门外看见什么。

后代

我一走进过道就闻到了饭菜的香气。我口水直流,胃也发出咕咕的声响。我觉得这根本不足为奇,毕竟我上一次吃饭还是在1609年。

而且那顿还是在肮脏的狱牢里,就着白水吃一些变质的面包。

以我现在的状态,说"饿"简直太轻描淡写了。

通往屋子主要区域的过道上都挂着方形相框,每个中央都有一面小小的屏幕,陈列着循环播放的照片和视频。

我第一次路过时肯定没太注意,当时一心一意都在泽恩身上。而现在,我有足够的时间站在相框前,看着里面的画面完成一个循环。最开始是一个包裹着蓝色毯子的小婴儿;接着,画面切换成一段视频,里面是一个胖乎乎的小孩蹒跚学步,走在地毯上;不一会儿,屏幕上出现了一个小男孩,长着柔亮的红色头发,脸上有些小雀斑,正在吹灭蛋糕上的蜡烛;最后是一张照片,依然是这个小男孩,身穿白衬衫和海军蓝的短裤,背着一个双肩包。

"那是他去年入学第一天的照片,"科迪走到我身旁说,"我们没法把动态的视频放进去,因为那画面太抖了,我妻子当时哭得稀里哗啦。"

我站在那里,久久没有说话,目瞪口呆地看着科迪:"你当爸爸了?"

他对我笑笑,之前那个怒气冲冲离开房间的科迪瞬间消失得无影无踪了。

他点点头:"他是我的全部。"

这次轮到我被事实震惊。科迪?丈夫?父亲?

这一切实在让我有些接受不了。

我看着他,依然觉得他还是那个喜怒无常、脸上长着青春痘的13岁小男孩,那个为了帮我逃出家门而被关禁闭的小男孩。

"他叫什么名字?"我问。

"里斯。"科迪说出这个名字时,脸上满是欣喜,让我不禁有些惊叹,他看上去就像内心亮起了一盏灯,由内而外地散发着光芒,"他现在5岁,不过我相信他已经远比我聪明了。"

"呃,那不是难事。"我开玩笑说。

科迪挑了挑眉,道:"嘿,也不看看谁最会讽刺。"

"你还记得?"

"我记得关于你的一切。"他说着,头转向别处,脸上泛着红晕,似曾相识,我很高兴看见他至少还有一些和过去相似的地方,"我当时对你有些心动。"

"心动?"我问。

他仍然不肯看着我的眼睛。"我当时喜欢你,非常喜欢。"他轻轻哼了一声,"别告诉我妻子。"

我回头看看相框,仔细观察着那个小男孩圆圆的蓝眼睛和长着小雀斑的脸颊。"他长得跟你很像。"

"只希望他到13岁时能越来越像他母亲。"

我不禁开怀大笑,好像很多年都没这样笑过了。"我记得你妈妈跟我说过,我们相遇的时候正是你最尴尬的年纪。"我说道。

"我妈只是说得好听,我当时根本就是个呆子。"

"我连呆子是什么都不知道。"

他把额前一缕深金色的头发拨开。"那是你永远都不必担心会变成的人。"说完,他陷入了沉默。

"嗯,"过了一会儿,他又开口,声音恢复了之前的低沉,"我想对你说声'谢谢'。"

这让我大吃一惊,问:"谢什么?"

"谢谢你相信我,愿意告诉我一切。我知道你把那些记忆给我需要极大的勇气。很抱歉我之前离开了。那一切……"他停顿了一下,挣扎着继续说下去,"那一切让我实在有些难以接受。我还在努力梳理所有的事情,你知道的——想通那些事情。"

"我明白。"我轻声说。

我突然感觉到一丝温暖,低头发现科迪正握着我的手。"我们会找到他的病因的。"他发誓说。

感激之情在我体内油然而生,化为泪水涌出眼眶。"谢谢你。"我低语道。

他拉拉我的手。"来,"他说着,整个人变得积极乐观,"我带你见见我的家人。"

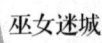

我不知道科迪是怎么向妻子解释家里这个陌生少女的——如果他已经跟她说了的话。我有些畏惧地走进厨房，看见了一个身材娇小玲珑的女人，她看上去很有魅力，一头红色的长发披在肩头，像勃艮第红酒一般倾泻而下。大概是因为经历了帕丁森夫人的那些事，我在遇到生人时已习惯了做好最坏的打算。

但一切很快变得显而易见——科迪的妻子和帕丁森夫人是完全不一样的人。她抬头看我的时候，脸上洋溢着灿烂的笑容。她用一条挂在烤箱上的毛巾擦了擦手，然后匆忙向我走来。

"塞拉菲娜，"她愉快地说，"见到你真高兴。"

她把我抱进怀里，这种打招呼的方式让我有些困惑，不过我还是回应了她的热情，笨拙地拍拍她的背。她把我放开，然后拉着我的手说："我叫艾拉。"

"我也很高兴见到你。"

"你想喝点儿什么吗？水？"

我点点头，说："好的，谢谢。"

艾拉从橱柜里拿了一个玻璃杯，从水池上一根细细的水龙头里接了些水。当她把水杯递给我的时候，我吃惊地发现那水清澈无比——我已经习惯了在帕丁森家农场里喝的那种泛黄的水。我喝下第一口水的时候，感到幸福无比，这水新鲜而干净，仿佛刚从清泉里流淌出来。我一口就把整杯水喝光了。

艾拉不禁大笑，从我手中拿过杯子，问道："渴了？"

"我想是的。这一天过得有些艰难。"

艾拉站在水池边帮我接水，听到我的话，她脸上露出怜悯的神情："真心希望你的朋友能快些好起来。"

"我也希望。"我低声说。

"你今晚可得和我们一起吃饭，"她说着，把装满水的杯子递给我，"科迪的厨艺挺不错的。"

我挑眉看着科迪。不知什么原因，我很难想象这是我记忆中的那个13岁男孩，他那时什么也不会，只知道看科学杂志，玩电子游戏。"真的吗？"我问道。

科迪笑笑："我那是别无选择。要么学会做饭，要么每天晚上吃外卖。"他走到艾拉身边，温柔地亲亲她的肩膀。

她耸耸肩说:"我承认自己不会做饭,天生就不是那块料。"

科迪和我对视了一眼,然后清清嗓子说:"开饭吧。"

"亲爱的,"艾拉对科迪说,"你能叫里斯下来吗?"

科迪走到通往客厅的楼梯旁,喊道:"里斯!吃饭了!"

"你今晚不是要工作到很晚吗?"艾拉问科迪。

"本来是那么打算的,不过现在手头上有更重要的事情。"他耸耸肩,对我眨了眨眼。

工作到很晚?我不由自主地想到那段记忆,它发生在明天凌晨两点多。不过我的思绪很快就被一串兴奋而细碎的脚步声打断了,一个红彤彤的身影从楼梯上跑下来,速度简直能和我匹敌。他跳过最后两级阶梯,直接扑到了科迪的怀里。

科迪开心地笑着,抱着小男孩上下挥舞了几下:"嗨,我的宝贝儿。"

"爸爸,"小孩叫道,接着开始飞快地说话,我几乎跟不上他的语速。"你肯定猜不到今天在学校里发生了什么。"他根本没给科迪猜的时间,立刻继续说,"我们班那个女孩,李,把她的青蛙带到展示会上了,贝歇尔老师不喜欢青蛙,她觉得它们黏黏的很恶心。可是李的爸爸妈妈说她想带什么就带什么,贝歇尔老师没有权利反对,只要不是刀或者蛇那种危险的东西就行,所以李就把青蛙带来了。那个叫布雷登的男孩本来应该把青蛙放到鱼缸里的,但他一直都没把鱼缸关好,那只青蛙就跑出来跳到贝歇尔老师的头发里。她开始大喊大叫,双手到处乱挥,像疯了一样。"里斯讲故事时不停挥动双手,模仿当时的情境,而科迪时不时就得低头躲闪,以免被打到脸,"除了贝歇尔老师,其他人都在哈哈大笑。她一直尖叫,也没有人帮她,因为实在太好笑了。"

这个小男孩把故事说完之后,长舒了口气。我觉得他把方圆一公里内的氧气全都用完了。

接着,他转过头,像是才发现我,叫了一声,然后变得非常安静。"那是谁?"他轻声问科迪。

科迪笑着朝我走来,介绍说:"这是我的朋友,塞拉菲娜。塞拉菲娜,这是我的儿子,里斯。"

我微微一笑,说:"很高兴见到你,里斯。"

可是里斯不可思议地保持沉默,转身把脑袋埋在他爸爸的肩膀上。

"好了，"科迪哄着他，"别害羞，她人很好。"

过了好一会儿，里斯把脑袋从爸爸肩上抬起，缓缓转身看着我，把两根手指放进嘴里。不过科迪立刻把他的手指拉了出来。

"你知道怎么玩超级泡泡吗？"里斯问。

"呃……"我转向科迪求助。

"那是一个虚拟游戏，"科迪告诉我，"他最喜欢的游戏。"

"你得驾驶一艘潜水艇。"里斯兴奋地解释道。

我看着科迪，想问潜水艇是什么。科迪似乎明白了我无声的乞求，说："一种在水下行驶的船。"

"没错，"里斯继续说着，脸上洋溢着激动和喜悦，手舞足蹈，"它们能开到很深的海底。轰！轰！开得非常快！潜水艇还会产生泡泡，然后你看着鱼，然后奏响乐器！"

"哇。"我说着，睁圆了双眼。他让我想起了小小的简·帕丁森。我还记得那次跟她讲有关公主的故事时，她的脸上是多么光彩照人。一想到这些，我的心不禁有些抽痛。

"听上去真有趣，"我回答，"但我不知道该怎么玩这个游戏。"

里斯看上去惊讶极了。

"不过，"科迪帮我圆场，"吃过饭后你也许可以教塞拉菲娜怎么玩。"

里斯重燃希望，扬起眉毛，期待地看着我，等待我的确认。

"我……我很乐意。"

这话似乎把我之前造成的伤害一扫而空，我不禁松了口气。里斯从他爸爸手中跳下来，冲向客厅，嚷着："我来把它装好！"

"吃过饭再玩！"科迪大喊。

"我很快就能把它装好！"里斯大声回应。

科迪把双手插进口袋，说："不好意思，希望你今晚没有别的安排，他很难拒绝。"

"他很……"我努力寻找合适的词，"有趣。"

科迪轻声笑了，说："谢谢。你这么说，我就当作是夸他吧。"

我不禁感到一阵惶恐，说："那确实是在夸他！"

"我知道。"科迪撞撞我的肩膀，"我真是太想你了。"

我不禁露出笑容，这样的感觉真好。"我也很想你，科迪。"

常理

艾拉说得对，科迪的厨艺确实不错。或许只是因为我太饿了，或许是帕丁森夫人做的饭菜太平淡无味——这只鸡真是我吃过的最美味的食物，甚至比科迪的母亲希瑟在我去他们家第一晚时做的烤芝士三明治还要好吃。这鸡的味道丰富，鲜嫩多汁，放了很多可口的调料，我完全分不出里面放了什么。

"那么，"艾拉喝了一小口酒，问道，"科迪说你在他还是个少年的时候，就跟他们家有过来往？"

科迪对我暗暗点点头，向我示意他没把真相告诉艾拉。

我对她露出一个亲切温暖的微笑。"是的。"虽然我的话是假的，但我的微笑是由衷的。科迪的妻子散发着一种充满感染力的愉悦，让人很难不对她微笑。

"你那时候肯定还很小，"她算道，"你现在看起来也还是个少女。"

"她已经25岁了。"科迪插嘴说。

我点点头，说："是的。"我很清楚他为什么要谎报我的年龄。我不可以是少女，不然我在2013年的时候肯定还没出生。

"你看上去真的太年轻了，"她赞叹道，说着咽下一口鸡肉，"而且真是太美了。我很确信肯定有不少人这么对你说过。"

我觉得脸上有些发烫，不禁低头看着餐盘。

"我的意思是，美得惊为天人，"她继续说，"像一个模特。"她转向科迪，"说起来，你看见商场里那些广告牌了吗？我发誓那些女人看上去一个比一个瘦，看得我都完全不想吃东西了。"

"亲爱的，"科迪说着，温柔地看了她一眼，"你知道那些模特都不是真人。她们是电脑制作的。"

她又喝了口酒，叹气道："我知道。不过，那些都应该被禁止。商场里到处都是人造人的数码投影，它们脸上一点儿皱纹都没有，你叫我怎么有心思购物？"

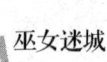

科迪和我对视了一眼。庆幸的是，他很快转移了话题，询问里斯今天学校发生的那件事情的细节。

晚饭后，科迪和艾拉一起洗碗，而里斯牵着我的手，把我带到客厅。他跟我大致解释了我所需要知道的规则，让我足以掌握这个名叫超级泡泡的虚拟游戏。

这个游戏非常有意思，它不像普通游戏那样出现在电视荧屏上，而是在一个虚拟的世界里，而我们就像身处其中。

我站在里斯身边，手腕上系着控制器，操控一艘笨重的潜水艇，在水下世界前行，里斯则使用控制器来探测路过的生物。

投射在我手中的那个方向盘有真实的重量和阻力。身边的鱼吐着泡泡，一个个飘到我头上，在我耳边发出"噗噗"的声音。

"是不是很酷？"里斯问。

我简直不能形容。这何止是酷，这是我见过最酷的东西。

我们玩了一遍又一遍。科迪中途也来操控了一会儿方向盘，而艾拉则站在潜水艇后面，弹奏全息影像投射的钢琴，奏响特定颜色的琴键，为我们争取更多燃料，让潜水艇行驶得更快。

过了一会儿，我找了个借口退出游戏，看着卡尔逊一家三口在看不见的海底世界遨游。站在游戏外面看来，一切变得十分滑稽可笑——科迪在操控着一个看不见的方向盘，艾拉在空气里弹奏着乐曲，而里斯则在和一只看不见的海豚翩翩起舞。

几分钟后，科迪退出了那个海底王国。"船长，换你来操控这艘船了。"他对里斯说道。接着，他走进厨房，给自己添了些酒。我跟着他走了进去，他问我一切如何。

"还好。"我回答道，指向客厅，"他让我想起了你。"

科迪笑了笑，喝了口酒。"真有意思，我每天都能在他身上看到越来越多自己的身影。有孩子的感觉非常奇妙，他们毫不刻意就能拥有你的性格特点，那是他们与生俱来的……"他的声音越变越小，看看我，又看看他的酒杯。

我突然非常好奇："你是说性格特点是通过基因传递给下一代的吗？"

科迪不安地看了一眼正在隔壁房间的妻儿。自从我把记忆给他看了之后，这还是我们第一次讨论我的身份。"呃……嗯……"他结结巴巴地说，声音很小很小，"大家通常认为是这样的。也有不少其他的理论，但到底是怎样也不好说。"

"没关系的，科迪。你可以跟我说说。"

他深吸了一口气。"有件事情很奇怪，人们已经在人类染色体里找到了决定性格的基因，可你……"他又一次看起来非常焦虑不安，没有继续说下去。我扬起眉毛，鼓励他继续。

"好吧，因为你的基因是由计算机制造和筛选出来的，没有父母方面的来源。我不知道你的性格特征是从哪里来的。按道理说，你的行为举止应该像机器人，以便于别人操控，可你没有。也就是说，你肯定从某个地方获得了你的性格。"

这正是阿利克斯特跟我说的。他们本以为我会像一台机器，不会有什么性格，可我却有。所以里奥才会改变心意，帮我逃离基地。

所以，到底发生了什么？我的性格究竟从何而来？

是不是科学家的理论有错，性格根本不由基因控制？

"爸爸！"里斯在隔壁房间里大叫，"我一个人控制不了潜水艇！"

"来了！"科迪满是歉意地看了我一眼，然后回到了他们的游戏之中。

我看着他们度过了这样一个寻常的周三夜晚，仿佛窗外的天空没有坍塌破碎，仿佛那个来自未来的超能改良人没有在搜寻我的行迹，仿佛这个世界上没有任何东西比一个5岁小孩的游戏更加重要。

我试图让自己沉浸在他们的欢声笑语中。也许，它会在我内心深处立足扎根，经历久久不会平息的风风雨雨。

我努力捕捉他们的欢乐，把自己包裹其中，希望它能帮我创造出自己的保护膜——就像泽恩的那个一样。我用他们的欢乐来麻痹自己的思维，放空一切烦恼，忘却所有恐惧。

这样，我就不会思考自己能不能拥有这一切。

这样，我就不会思考自己能不能拥有一个真实的家庭。

这样，我就不需要面对那个答案，那个真相。

我很可能永远也无法拥有这些。

痛苦的现实总是毫无预兆地向我袭来，把我击垮。

这个宁静美好、无忧无虑的周三夜晚是我借来的——短暂的租赁。我永远也无法拥有这样的生活。因为我没办法安心坐在一间屋子里，而不必担心会不会有人正在外面等着把我抓走；我没办法沉浸在孩子的欢笑声中，而不必充满防备地倾听风吹草动；我没办法不梦到那个把我心脏切成两半的机器，还有那些想要用手术挖去我灵魂的科学家。

无论我做出怎样的努力，无论我能不能拯救泽恩的生命，我终究无法逃离他们的魔爪。

迪奥科技将永远阴魂不散。等待我暴露行踪。

科迪和他的家人还沉浸在游戏里，而我则悄悄地从沙发上起身，静静地穿过走廊，走向客房。"吱"的一声，我推开房门，走进一片漆黑的房间，房里只有电脑发出的微弱光亮。我轻轻关上身后的房门，用额头抵着它，闭上双眼，倾听泽恩的呼吸和监测器的"嘀嘀"声，这一切让我感到安心。

接着，我趴到泽恩的身边，身体紧紧靠着他，把头埋在他深陷的脸颊上，轻声啜泣。

攻击

水流涌进我的肺里。温热而腥臭。尝起来有生肉和沙石的味道。我别无选择，只能让它流入肺里，迅速蔓延。水流逐渐占领了空气的位置。我发不出声音，只剩艰难而沉重的喘息。

我尽力了，真的尽力了。我不停地挥击，蹬踹。我的手臂刚好露出水面，在空气中乱挥。可一切都是徒劳，我根本什么也打不着，那个攻击者的动作太快，超出了我的极限。

打斗就这样结束了。

我睁开双眼，勉强透过逐渐平息的水波看见了他。周围的水花不再四溅。水流静止下来，他的脸变得更加明晰，不过还不太清楚。我唯一能看清的是他眼神中的坚决。他的脸因愤怒而扭曲，看上去像疯子。

他巨大的双手继续按着我的肩膀，把我死死压在浴缸的底部。我要是能说出话，肯定会告诉他不必这样，因为我已经放弃挣扎。

眼前的光亮开始变得忽明忽暗，眩晕向我袭来。这正是我想要的。我愿张开双臂迎接昏迷。至少那样我就不必继续忍受胸口的灼烧，太阳穴的抽痛，还有他的目光。

黑暗慢慢将我包围，犹如一层厚实而沉重的黑纱。我感觉肩上的力量消失了。他的任务完成了。我的身体仿佛失去重量，慢慢上浮，浮出水面，浮向光明。

我破水而出，看见他那海蓝宝石般的双眸闪着光芒，穿透黑暗。我知道会这样。

我一直知道会这样。

醒来的时候，我浑身是汗，毛衣湿漉漉的，床单也乱七八糟。虽然已经离开了帕丁森家的农舍，我每天早上还是会这样从噩梦中惊醒。

温暖的阳光透过窗户洒进房间，照亮了科迪家的客房，让我想起自己身在何处，想起了发生的一切。

泽恩依然在我身边沉睡，宁静而安详，丝毫没被我的挣扎吵醒。我有些怀疑科迪给泽恩注射的药水是不是有点儿多，让他安静地睡了这么久。

我爬下床，踮着脚尖走到厨房。整间屋子似乎空无一人，只有我和泽恩。我在厨房的台子上发现了一碟食物，旁边打着一个数码便条：

我去实验室做些检测。很快回来。——科迪

我昨晚没有注意到，这个台子看上去同时也是一个巨大的屏幕。我花了些时间仔细打量它，惊异于它强大的功能。我用手指就能把便条拖拽到屏幕的任意位置，还能随意旋转；用拇指和食指同时触碰屏幕，拉近手指间距就能把便条缩小，分开两指就能把它放大。我还能把便条放到屏幕中任何图片或者文件上，形成虚拟叠加。

屏幕上的一个文件吸引了我的注意。那是一个橙白相间的梯形，里面有一排黑色的数字，梯形上面写着"超级大乐透"，字旁边还有一个上周的日期。我不明白这是什么，于是回到文件夹，翻看里面的照片。

台面屏幕带来的新鲜感消失之后，我坐到旁边的凳子上，开始吃科迪准备的早餐。他的厨艺确实不错，给我做的是松软的炒蛋搭配蔬菜和芝士，非常美味。装早餐的金属餐盘有保温的效果。我津津有味地吃着早餐，快吃完时看见盘子下方的屏幕上出现了一个蓝色的小气泡。

是科迪发来的信息：醒了吗？

我点击了一下写着"回复"的按钮，屏幕上立刻出现了一个键盘。我把键盘拉到右侧，远离餐盘，然后输入回复。

醒了。

我按下"发送"键，看着回复消失，然后变成一个绿色的气泡框出现在科迪的问题下面。不一会儿，科迪的信息又出现在下一个蓝色气泡中。

你能来趟实验室吗？我觉得有些东西得给你看看。

我突然有些不安。他发现了什么？关于泽恩的情况？

我把自己传输到科迪的实验室时，嘴里的食物都还没嚼完。我感到有些头晕，于是靠在墙边让自己缓缓。

科迪看到我的时候吓了一跳："天，我觉得自己可习惯不了你这样。"

"是什么？"我问道，声音有些慌张，"你发现了什么？"

"你吃了我准备的早餐吗？"

他在拖延，迟迟不肯告诉我那个坏消息。"科迪。"我语气里满是绝望,满是恳求。

求求你快点儿告诉我。

他似乎明白了我的意思。"好吧,"他答应道,接着深吸了一口气。我发誓自己能感觉到他呼出的二氧化碳像无数滴酸液,向我扑面而来。"嗯,我已经完成了所有的检测。"他说道。

阴翳逐渐模糊了我的视线。

"那么……"我什么话都说不出来,只有这简单的两个字,重如泰山。我咽了咽口水,润润干哑的喉咙,但无济于事。那液体瞬间就蒸发得无影无踪。

科迪挠了挠下巴,示意我走到他桌边,指了指放在桌上的一台超薄显示器。

他输入一串数字密码,解开锁定的屏幕。他的手指在键盘上飞快地按下看似随机的数字,但我还是看清楚了……7123221157778。

屏幕闪了一下,出现了一长串我根本看不懂的数据——一行接着一行的字母和数字,我一点儿也不明白这是什么。科迪指着其中一列说:"这是一个普通人的基因序列。"

接着,他又指向旁边的一列数据,说:"这是泽恩的基因片段。"

它们之间的不同之处显而易见。我指着其中一行数据:"这里不一样。"

科迪点点头:"是的。"他轻触屏幕,放大其中一个区域,直到一小串字母出现在我眼前,"这就是泽恩生病的原因。"

我目瞪口呆地看着科迪:"因为他的基因?"

"因为他基因中的一个片段。我在研究中从未见过这样的基因,它非常复杂,显然是人造的。而泽恩的身体正在排斥这段基因。"

我眨眨眼,问:"什么?"

"似乎是因为这基因非常强大,免疫系统把它当作了病毒,想要摆脱它。所以他的身体正在对自己进行攻击。"

"不过,那究竟是什么?"我慌张地问,"泽恩为什么会有这样独特的基因?他只是一个普通……"

我说着,声音越变越小。我不敢相信自己之前居然没有想到这一点。里奥曾经提醒过我——就在他把那基因给我的时候。他告诉我这种情况有可能发生，而我却没在意，把他的警告忘到脑后，直到现在才恍然大悟。

"如果出现了什么问题，你却没办法摆脱那基因，它就会把你摧毁，从里到外把你慢慢吞噬。等你发现的时候，一切都来不及了。"

所以里奥才会给我那枚吊坠，这样我就能自如地使用那基因。泽恩却不一样，我知道他当时肯定不相信里奥，不会接受他的方法。也就是说，泽恩的穿越基因一直都处于活跃状态，这么长时间以来，它已经一点点把泽恩吞噬了。

"是他的穿越基因，"我自言自语，几乎忘记了科迪的存在，"那简直要把他杀了。"

"我也是这么想的。"科迪轻声附和。我这时才意识到科迪肯定是看见了我的那些记忆：我对穿越基因的了解，还有里奥给我吊坠时说的话。

等等，我忽然想到。那凯伦呢？

他没有任何控制穿越时空基因的方法，至少我没有发现。那他为什么没有生病？是泽恩的基因出了问题吗？是他的基因在被植入时出错了吗？

无论什么原因，现在显然只有一个方法能救泽恩。

我抓住科迪的手，用力握紧，急切地说："你必须把泽恩的穿越时空基因清除，把它取出来。我不在乎他会不会被困在这个时代，只要他活着就好。"

但科迪遗憾地摇摇头，说："我不能。就像我之前说的，那基因太复杂了，它和其他基因紧密相连。这个时代还没有一个科学家有能力把它移除。我们在过去的几十年里对遗传学有了不少了解，但还没发展到这个阶段，这一切对我来说闻所未闻。人的基因序列就像一幅复杂的织锦，就算抽错一根丝线也会把它全部毁坏。"

"你的意思是什么也做不了？"我的声音逐渐升高，满是绝望，"难道我们就这样站在一边看着他送命吗？"

科迪满面愁容，向我伸出手。

"不！"我猛地把他的手抽开，尖叫道，"我绝不允许那样的事情发生。一定有办法能救他！"

我回想起科迪刚才所说的话，突然觉得浑身战栗。那一字一句像钟声一样回荡在我脑海里。

"这个时代还没有一个科学家有能力把它移除。"

他应该还不知道自己的话说得多么有道理。

"我知道谁能救泽恩。"我说道,声音有些悠远缥缈,像是从遥远的未来传来,从八十三年后传来。

科迪随即扬起眉毛,问:"谁?"

我深吸一口气,仿佛获得了力量,让自己重燃希望。这世界上只有一个人对穿越基因有着充分的了解,能够救泽恩一命。

"那个创造出这种基因的女人。"

推理

我在科迪的实验室里徘徊踱步,回忆、数字和信息像雨水一样涌入我的大脑。科迪的检测结果让一切有了进展。

泽恩的病是穿越基因引起的,而不是什么疑难杂症。

如果凯伦没有撒谎,他一直都知道是基因作祟,那他肯定也知道怎样消除它。所以,我现在面临两种抉择。其中第二种——把迪奥科技想要的一切拱手送给他们——想都别想。

那么,我只能选择第一种方式。也就是说,只有一个人能帮我。

"她的名字叫赖兰……"

"麦克希尔。"科迪接着说,他的声音生硬而遥远。

和上次一样,一听到她的名字,我就感觉有股莫名的怒火在体内燃烧。我有些站不稳,不得不停下脚步,扶着身边的东西,不让自己摔倒。

那是什么?它像是一种极度的愤怒。我觉得自己犹如踏过了一条隐形的边界,到达了敌人的领地,连空气中都弥漫着厌恶之情。

但这种感觉随即消失得无影无踪,就像它来的时候一样出人意料。

我仔细打量着科迪愤怒的表情。"你已经知道了?"

"是的,我知道自己遇到过她,知道她把我那天的记忆全部删除了,还知道她给我填上了一段虚假的回忆。"他的眼睛死死盯着房间对面的某个点,咬牙切齿地说。

看得出来他很愤怒。我忽然明白,就是这段记忆让他抓狂,让他最终摘下接收器,离开房间。

"她那样做是为了保护你。"

"她没有权利替我做任何选择!"他对我大吼,"没有权利像那样随意玩弄我的大脑。"

"我明白你的感受,"我感同身受地说,"曾经有段时间,我大脑里虚假的记忆比真实的还要多。"

科迪咕哝了一声,双臂环抱在胸前:"她用来把我弄晕的那东西叫什么来着？"

我从口袋里拿出那个黑色的仪器，放到台子上。"调节器。"

科迪"嘶嘶"呼出一口气，看着那个新奇的装置。他弯下腰仔细观察它，却没敢去碰一下。

"我不知道它确切的原理，"我说，"只知道它会影响人的脑电波，让人沉睡。"

科迪摇摇头，说："那可真是糟糕。"

"是的，"我说道，"但是现在，麦克希……"我没说完她的名字，只觉得内心的怒火又开始翻腾，"那个女人是唯一能帮我的人，能帮泽恩的人。我必须找到她。"

"好吧，那你知道她在哪里吗？"

我摊开双手，说："不知道。这就是现在的难题。我一点儿线索也没有。她可能在任何地方。你也看到了，她遇到了那么大的麻烦，必须隐藏好自己的行踪。"我指了指桌上的调节器，"所以她才会一开始就把我们都弄晕，这样我们就找不到她的藏身之处了。"

科迪突然一动不动，看上去像是入定了一般。

我眯眼看着他。"科迪？"

他没有回答，而是继续盯着房间对面的那个点。我小心翼翼地向他靠近一步，唯恐自己的动作太快吓到他。

可结果倒是他吓了我一跳。他突然冲向我身后的墙壁，我这才发现那是一块巨大的虚拟白板。他用手把上面所有潦草的笔迹擦得一干二净，然后从旁边的一块磁铁上摘下一杆类似笔的东西。

"科迪，"我开始有些担忧，"你在干什么？"

他仍然没有回答我，只是自顾自地涂写。在白板顶端，他写下"创造穿越基因"几个字，然后把这些字圈了起来。

接着，顺时针向右，他写下"清除科迪记忆"几个字，圈起来。

他继续顺着一个圆弧写下"藏身之处""植入的记忆地图"，以及"清除致病基因"这些字，直到最后，他完成了一整个圆。

"看见了吗？"他敲着空白的圆心，说，"这一切都和那个名叫麦克希尔的女人有关。"

他在圆心草草写下"麦克希尔"四个字，然后在下面画了两条横线。

我眯着眼睛仔细查看整个图形,试图弄明白科迪的意思。

"正如你所说,"科迪继续说,"她遇到了那么大的麻烦,必须隐藏好自己的行踪。你觉得还有谁有理由做这些吗?"

"没有。"

"她和你一样,也在逃命。她已经告诉过你这一点。她和你一样在躲避那群人。"

"迪奥科技。"我立刻回应。

"是的,"科迪肯定地说,"她之前花了那么大功夫来隐藏自己的行踪,现在也有理由做出同样的举动。"

他用笔尖指了一下自己的名字,继续说道:"你想想,既然她能从我大脑里移除记忆,那是不是也有可能在你大脑里植入一些记忆?"

我整个人都蒙了,一动不动,只有思维在高速运转。我难以置信地看着科迪的图表。我之前怎么就没有想到呢?现在,一切都变得明晰了。

调节器。她不光用在了科迪身上,也用在了我身上。我们坐上她的汽车时,她对我和科迪都使用了调节器。她说那是为了保护自己,那样她的行踪就不会泄露出去。

我醒来的时候发现自己正躺在她仓库冰冷的地板上,根本不知道究竟昏迷了多久。她在整个过程中完全可以接触我的大脑。

我倒吸一口气,不禁用手捂住自己的嘴。

"你说得对,"我的声音短促而尖厉,"麦克希尔是我所知道的唯一一个需要躲避迪奥科技的人。但她不能直接告诉我她的行踪,也不能把她的位置植入我的记忆。不然迪奥科技轻而易举就能窃取信息。她必须留下线索,留下只有我能得到的线索。"

所有细节都在我的脑海里盘旋,我急切地想把它们一一摘下,拼凑在一起。

"来找我。"那个声音在每段记忆触发前都会出现,就像是一个标签,一个标题,把一切都串联在一起,告诉我该怎么做。

"她是在把我引向她。"

这个突破让我激动万分,整个人都有些眩晕。我只能坐下,瘫倒在一把椅子上。

麦克希尔一直都在等我去找她。她仿佛知道我不会一直待在1609年,知道我会出现问题，也知道我一定会来找她。

如果她真的是在我去她仓库时就把记忆植入了我的大脑，那么她当时就已经在为我们的重逢做打算。她比我快了至少三步。

"等等，"我心有疑惑，不禁说出了声，"迪奥科技为什么会这么想找到麦克希尔呢？他们为什么要专门派人来找我追寻她的下落？"

是因为她逃走了吗？不太像。为什么他们要冒着失去我这个价值连城的实验产品的风险去寻找一个逃跑的科学家？"不应该啊，"我大声说，"他们已经拥有了穿越时空基因，按理说不需要她了才对。"

"除非，"科迪说着，用笔点了点画着圈的几个字——清除致病基因，"不是只有泽恩生病了。"

地板"嘎吱"一声响起，我们同时一惊，不约而同地看向那个出现在科迪实验室里的高大结实的人影。我不清楚他在那里站了多久，也不知道他听到了多少。但我有种预感，他来了很久，什么都听到了。

他完美的脸上勾起一个令人不安的笑容，用极具魅力的深沉而柔和的声音说："聪明人。"

斗争

那一刻，我不知道自己究竟怎么了。我的身体仿佛在和自己作斗争。一半的我感到恐惧、愤怒，恨不得立即回到那间客房，抱起泽恩从十层楼的窗户跳出去，不在乎我们能不能活下来。

而另一半……那一半让我觉得恶心。那一半的我感到释然、轻松，仿佛一直在等他找到我，等待和他重逢。那一半的我想要跑到他身边，触摸他，感受那种美妙的能量在我们之间流动。

那一半的我不可理喻。而且我恐怕永远也弄不明白究竟为什么。

这两个我争来斗去。一面是理所当然的厌恶，一面是难以言喻的渴望。我和他不共戴天，却永远也无法打败他。那群人为了毁灭我的幸福而创造了他，可我们终究是同类。

"凯伦。"我轻唤他的名字。我对他着迷，可这种感受却让我恼火。他充满魅力，但那种魅力却让我厌恶。

他站在房间那头，我没有考虑太多，只想追寻他的目光。

我内心的欣喜犹如洪水猛兽，势不可当。

那是什么？我为什么抵挡不了它？

我为什么没法恨他？我想要恨他，无比向往能够恨他。

我的双脚感到刺痛，不自觉地想朝他走去，仿佛我们之间这十步之遥布满了石子。我想走向他，仿佛别无选择。

但我不会。我不会。

我终于逼自己看向别处，断开这种感应，把和他之间那条看不见的钢索生生折断，而这却带给我一阵透骨的坠落感。

我能听见他的呼吸，但不是因为我超乎常人的听觉，而是因为他的气息十分沉重。他也在挣扎。而我甚至不用听也能知道。

我身体里的一部分早就知道。我身体里的一部分能够轻而易举地读懂他的情绪，就跟面对自己时一样。

"科迪说对了，不是吗？"我问他，努力保持镇定，"阿利克斯特在回

2013年抓我的时候也给自己植入了穿越基因。他也病了。"

凯伦仍然冷漠不语。

"所以他才派你来，"我没有气馁，继续说，"所以你的任务不是把我立即带回基地。阿利克斯特也需要治疗。你说谎了。"我指责他，"你当初跟我说你能治好泽恩。"

"我那时是说知道怎么治好泽恩。"凯伦纠正我的说法。他没有回应我的猜测，但已经不需要了。我知道我是对的。我能从他的肢体语言和气场上感觉到，就像我们第一次触碰对方时那样。

我就是知道他的感受。而且，我是对是错并不重要。

如果麦克希尔能救泽恩，那我必须找到她，正如她希望的那样。从一开始，她就在召唤我。而现在，只有一样东西在阻拦我。准确说来，是一个人。

我怒目瞪着凯伦，问道："你怎么找到我的？"

"塞拉，"他说，我的名字从他嘴里说出来又是那样充满诱惑，"你现在应该已经明白，我永远都能找到你。"

他的语调充满邪气，充满警告。那像是阿利克斯特会说的话。不过这很好理解，他正在执行他的命令，响应他的程序。

而且，尽管那是凯伦的话，是凯伦说出来的，我却听到了另一个声音。那声音一点儿也不邪恶，温柔无比，让人安心。

"我永远都会找到你。"

此时，我觉得内心那个让我厌恶的叛徒居然在窃喜。

我心乱如麻。他究竟是怎么找到我的？我没有留下任何文件，任何记录，任何线索。难道是有人在我不注意的时候拍到我了？但我总觉得自己遗漏了什么，真相肯定没这么简单。它更庞大，更复杂，绝不是翻阅历史记录那么简单。

此刻，理智的那个我，知道凯伦是敌人，不值得信任。

他缓缓朝我迈出坚定的一步，那种感觉再次向我袭来——那种引力，那种能量。我们之间的空气分子仿佛在剧烈运动，疯狂旋转。

我闭上双眼，试图反抗那种感觉。接着，我感受到了他的指尖。它们在我前额游走，轻轻抵着我的皮肤，给我带来电流般的刺痛。我整个身躯都充满了活力。我不想他的手离开，不想他停下。

但他还是离开了。

一切结束得太快，只留给我一些残存的温暖。就像太阳落到地平线下以后，留在天空中的那些粉色和灰色的余晖。接着，我感到悲哀。我知道他为什么会触碰我，我知道他的目的。

那段记忆。他已经得到了它。正是那双能够抚慰我灵魂的充满魔力的双手，窃取了我的记忆。

当我睁开双眼时，发现他还拿走了别的东西。

我的吊坠正从凯伦的指尖垂下。接下来的日子里，我的命运将和他紧紧捆绑在一起。他把吊坠合上，动作娴熟地抓在手里，拳头紧握着挥到我的脸颊旁，说："我极力建议你不要再试图逃跑。"

这次，他的声音充满威胁，不再像之前那样让人着迷。这一次，他的话传递了非常明确的信息——来自他的创造者的警告，来自我们的创造者的警告。我几乎能从凯伦嘴里听见阿利克斯特的声音，穿越了时间，穿越了空间。

他停顿了一会儿，看上去陷入了沉思。当他再次开口，看上去非常愤怒，他问："你知道自己做了些什么吗？"

自从凯伦突然出现在实验室以来，我第一次看向科迪，他呆若木鸡地站在那里。我想，在看过我的记忆之后，在了解迪奥科技之后，看到凯伦出现在实验室里确实是一件可怕的事。

"我只是想要救他。"我以为他还在说我逃跑的事。

我看着凯伦放在身侧的双手紧握成拳，像是在努力克制自己不要打人，不要打我。

"你毁了我们找到麦克希尔博士以及解药的唯一机会。"

"什么？"

"你好像还没完全弄明白当下处境的严重性，没明白你犯下的错有多么深重。"

"我的错？"我鄙夷地重复道。

"那段记忆非常明显地指出你应该在昨天晚上联系卡尔逊先生，来他的实验室找他。"凯伦说。而我立刻意识到他在刚刚那短暂的停顿中做了些什么。他在查看从我脑海里偷取的记忆。他在弥补这段时间以来缺失的信息。我向右侧偏了偏脑袋，看到他耳后装上了新的接收器。

"所以呢？"

"但你没有按照记忆的指示，坚持提前介入，"他继续说道，眼睛时不时看看科迪，"现在，找到下一条线索的机会已经丢失了。"

我耸耸肩，问："我们为什么不能回到昨天夜里获取它呢？"

当然，话一出口，我就发现了自己的逻辑错误。

"穿越时空的基本法则就是不能重复去到同一个时刻。"

我已经去过了那个时空，度过了昨天夜晚，那时候我在科迪的家里，跟他和他妻子在一起。也就是说，我不可能回到昨夜，获取那段记忆。

"暂且不说你无法穿越到那个时空，就算你回得去，"凯伦解释说，"那记忆也失效了。因为卡尔逊先生已经不在他原本应该在的地方……"

"好了，"科迪打断他说，"我们能不能别这样左一声卡尔逊右一声卡尔逊，就像我不在这里似的。"

我没理会科迪。"为什么不行？"我问凯伦。

"因为你已经改变了他的行为。记忆中明确指出，卡尔逊先生昨天夜里应该待在实验室，熬夜工作。但他没有。"

科迪看上去在沉思。"事实上，他说得对。我本来打算昨天一直在这里工作到深夜的。"他说道。

"但我带着泽恩出现在这里，然后你同我们一起回家了。"我反应过来，不禁说出了声。

"是的。"凯伦冷漠地回答。

是我的错。我做了这一切。我违背了记忆的指示，把所有事情搅乱了。

"你已经错失了我们获取最后一条线索的机会，而我们相信，那条线索能告诉我们麦克希尔博士的行踪。"凯伦说道，坐实了我的过错。

我用手指紧按太阳穴，问道："等等，最后的线索。你是说科迪是那地图的最后一站？"

"是的。"

"你怎么知道？"

"我已经说过，"他低沉地说，"我们早已识别出你大脑里植入了延时记忆。我们已经数过，总共只有三条。"

三条。唐人街。第五十九号大街地铁站。科迪。

"如果只有三条记忆，"我整理了一下思路，"那么科迪并不会触发另一条记忆。等我找到他的时候，已经没有其他记忆需要触发了。那我们怎么找到麦克希尔的行踪？"

凯伦迟疑了一会儿，终于承认："最后一条信息没有植入你的大脑里。"

我倒吸一口凉气，感觉所有力量全部压在了我的身上。

"等等，"我还没来得及说话，科迪转向我问道，"他的意思是不是就是我想的那个意思？"

我晕晕乎乎地点点头："我想是的。"

最后一条线索。

麦克希尔的藏身之处。拯救泽恩的关键。

一切都埋藏在科迪的大脑里。

埋藏

这就是麦克希尔把我引向科迪的原因。这就是科迪被牵扯进来的原因。麦克希尔肯定是在清除科迪记忆的时候把最后一个关于地图的线索植入了他的大脑,并让我成为激活它的人。但那一切本应在昨晚发生,在这间实验室发生。可我把一切都毁了,那段记忆可能永远也无法被触发。

"不,不,不!"科迪在房间里来回踱步,"这中间肯定有些误会。我什么都不知道。真的!"

"科迪,"他从我面前路过时,我把手伸向他,想要拍拍他的肩膀,让他安心,"那并非你已经知道的事。"接着,我转向凯伦,"你是说麦克希尔也在科迪的大脑里植入了延时回忆?"

"事实上,那不可能。"凯伦回答。

我抬头看向他,疑惑地眯起双眼。

"延时回忆无法植入普通人的大脑。"

科迪停下脚步,怒目瞪着凯伦:"喂!你说谁普通人?我智商172,是哈佛的高才生。"

但凯伦没有搭理他,说道:"延时回忆只能被植入改良人的神经系统。"

"像你和我。"我喃喃道。

"对。"

科迪焦急地看看凯伦,又看看我,说:"我不明白。所以你们的意思是?"

"意思是,"凯伦继续阴郁地说,"那段记忆一直都处于激活状态,只是你没意识到它的真实含义。"

"所以我有没有等到昨晚才来这里并不重要!"我说,肩上的负罪感顷刻消失得无影无踪,"如果说那段记忆一直都是激活状态,那科迪已经拥有了我们需要的信息。"

"不,我没有!"科迪大喊,"这正是我要告诉你们的。我什么也不知道!"

凯伦朝科迪点点头,同意他的话:"虽然那段记忆处于激活状态,但并不意味着科迪知道怎么获取它。就像刚才所说,他根本不知道我们在寻找什么。也就是说,麦克希尔指引你昨晚来这里是有明确意图的,她想让你激发出科迪脑海里埋藏的记忆。但你没有遵循她的指示,所以没有产生合适的刺激。那么,我们只能采取别的方式。"

凯伦图谋不轨地朝科迪迈近一步,他的手缓缓抬到空中,伸向科迪的前额。

"不!"我纵身冲到他们之间,张开双臂护着科迪,护住他的大脑。我绝不会让科迪和我一样,变成一个人形数据库,一个硬盘。我绝不会让凯伦像翻抽屉那样随意翻看科迪的大脑。

我清楚地记得,当科迪知道麦克希尔在仓库里对他做的一切时,内心是多么愤怒,他觉得自己遭受了背叛。我不会让他再次遭受那一切。

绝不会。

"肯定还有别的方法。"我说。

"没有别的方法。"

我转身看着科迪,焦急地抓住他的双臂说:"科迪,你再努力想想,好不好?你是泽恩唯一的希望了。"

科迪甩开我的手,说:"你到底怎么想的?难道我一直在故意隐瞒你不成?我要是知道她的下落会不告诉你吗?我不知道自己还要重复多少遍!我什么都不知道!你们弄错了!"

但我没有放弃。"想一想,科迪,"我催促道,"想想自从我消失以后有没有发生过什么奇怪的事。把注意力放在那些突兀的怪事上。想想有没有什么事情不符合常理。"

科迪摇摇头,走向他的桌子:"这根本是在浪费时间。"

"我同意。"凯伦在我身后说道。我扭头狠狠瞪了他一眼。

"求你了。"我乞求科迪。

他打开抽屉,拿出一个装着浅棕色液体的瓶子,扭开瓶盖,猛地灌了一口,然后皱了皱眉。

他叹了口气:"已经过去十九年了,这简直是让我大海捞针,而且我并不确定那根针在不在海里。"

"这样一点儿效率也没有。"凯伦坚决地说。他再次走向科迪,科迪不断向后退缩，靠在了桌子上。我再次挡在他们之间，对凯伦说："给他一个尝试的机会吧。"

"不，"科迪猛地把酒瓶放下，坚持说，"我告诉你们，我才不要什么机会。我已经受够了，受够了这一切。你们……让我一个人静静，行吗？"他把我推开，径直走出房门，然后停下脚步。

我感到凯伦在我身旁蓄势待发，准备追过去。我阻止了他："别。"

他看着我，显然觉得我疯了。

"给他一些时间，他只是需要时间接受这一切。他会帮我们的，我知道他会。"

凯伦双臂环抱在胸前："给他一个小时，不行就得按我的方式来。"

转变

　　科迪家对面的小公园阴冷而沉闷。公园中央有一个喷泉，已经被完全冻住，冰面上甚至站着小小的棕色麻雀。我和凯伦坐在一条长凳上，彼此保持着最远的距离，沉默无语。附近的操场上传来小孩的欢笑声。我知道科迪需要时间，便努力说服凯伦等他回家再说。

　　我用眼角余光看着凯伦。他那雕塑般英俊的脸庞露出一丝疲倦，双手布满尘土，头发杂乱纠结，衣服皱巴巴。他裤子上有一个破洞，那是我从他口袋里夺取调节器时留下的。他正在仔细观察公园里的其他人，看得有些入迷，仿佛之前从未见过人类。过了一会儿，美丽洁白的雪花开始从天空飘落，在我们周围翩翩起舞。我们脚边的地面渐渐被柔软的白色"尘埃"覆盖。凯伦抬头看着天空，表情有些震惊。

　　"那叫雪花。"我对他说。从他的表现看，他之前应该从未见过雪。因为他的表现和我第一次看见雪时一模一样。

　　那是在六个月前。我和泽恩刚到帕丁森家的农场。那时是初春，阴云密布，气温骤降。接着，天上突然飘下这种白色"尘埃"，场面十分壮丽。我在雪花间旋转，享受这些亮晶晶的小点点装饰我的裙摆。我希望那场雪永远不要停止。真的是太美了。

　　凯伦面无表情地仰望天空，一点儿也没展露出欣喜之情，我不知道他是否觉得雪花很美。

　　"你是怎么找到我的？"我问凯伦。我的音量很低，像在耳语，但我知道他听得清。不过，他没有回答我，只是静静地看着天空。

　　"是因为你和我离得很近，所以才追踪到我吗？"我猜测。不过，我这几天没觉得手腕上的横线振动过，所以应该不是这个原因。

　　这次，他还是没有回答我的问题。

　　我低头看了一眼他的左手腕，那条黑色印记在他的袖口下若隐若现，问道："你知道他们也给你植入了追踪器，对吗？"

　　我看见他的目光微微下移，但仍然一声不吭。

"也就是说,他们不完全相信你,因为你可能拥有和我一样的倾向,可能会反抗,可能会逃跑。"

"我永远不会违抗阿利克斯特博士的命令。"这是他在我们坐下之后说的第一句话。他的声音里几乎没有任何起伏,听上去像在背诵一条自动回复,完全按照程序的设置脱口而出,甚至没有意识到自己在说话。

"是的,"我点点头说,"因为他一切都是为了你好。"

他突然转向我,说:"你的语气有些虚伪。"

我哼声说:"真是观察敏锐。"

"你为什么要那么虚伪?"

"那叫讽刺。"

"讽刺?"凯伦重复了一遍,接着说,"用来表达嘲讽或辱骂。"

他的语气和我第一次逃出基地时非常相似,我听了不禁想笑。实际上,我们的语气简直一模一样。我立刻意识到,他们肯定给我和凯伦的大脑上传了同样的词语释义。

"它的意思是,我在嘲笑你。"我解释道。

他转向我,好奇地歪着脑袋:"为什么?"

"因为你根本不知道自己在说什么!因为你已经完全被洗脑了,就和我当初一样,相信那些人说的每句话,并且机械地重复它们。因为阿利克斯特根本不会为任何人着想,他一切都是为了自己。"我的语速变得非常快,不得不深呼吸来调整自己的情绪。

接着是沉重而尴尬的寂静,像水分一样悬浮在空气中。

"你是说,阿利克斯特博士是个虚伪的男人?"

我心里暗骂自己刚才的情绪失控,骂自己居然会受到他那么大的影响。我根本是在浪费口舌,浪费精力。我早就应该明白,无论我做什么都无法让他清醒。他已经深陷谎言之中无法自拔,比我之前陷得更深。他的所有行为已经证明了这一点。阿利克斯特发现了我的"缺陷",知道了我为什么能够看穿他们的谎言。而且,他已经"改进"了凯伦。

一想到这里,我的怜悯之情不禁涌上心头。

凯伦从来没有选择的机会。他们不但误导了凯伦,让他对阿利克斯特感恩戴德,更不曾问过凯伦的想法。他想要变得那么独特吗?他想要用那种不符合自然规律的方式来到这个世界吗?他想要卷入这场纷争之中吗?他甚至

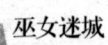

连自己为何而战都不知道。

这时我才意识到,凯伦也是受害者。他被迪奥科技利用,被科学研究伤害。他是阿利克斯特贪欲的牺牲者。

而我,至少有人帮助,获取了自由,凯伦却孤立无援。

"是的。"我轻柔地说。这一次,我的声音里满是同情,没有一点儿苦涩;满是温柔,没有一点儿愤怒;满是真诚,没有一点儿讽刺。"我就是这个意思。"

凯伦看起来像是在消化这些信息。鉴于他的大脑早已受到控制,我想还是不让他一个人慢慢斟酌了。

"凯伦,"我用自己最温和的声音说,"阿利克斯特不是我们的盟友。他是敌人。他一点儿也不在乎你,只在乎他自己的计划。"

虽然我也不知道那究竟是什么。

"阿利克斯特博士的计划就是我的计划。"这一声冷漠的回答又是冰冷无比。我知道,自己根本是白费功夫。

但我现在不能放弃,至少得努力争取。因为我相信,虽然事与愿违,但或许会有一个真实的人活在他的躯体里。那个人值得我给他一次机会。

"谁说的?"我反驳道,"是谁把那个想法放进了你的大脑里?你的回答从何而来?你难道不知道那只是程序设置吗?说那话的人并不是你。你对他来说只不过是台机器。你难道不想超越这种身份吗?你难道不想成为一个真实的独立思考的人吗?你难道不想拥有自己的人生?"

"那一切有何意义?"

我叹了口气,再次靠向椅背,心里十分沮丧。他的程序非常强大,我可能永远也无法把它击败。可是,泽恩曾经就做到了。为我做到了。

于是,我把所有的思绪全部倾吐出来。如果我的提问能超过他处理信息的极限,或许就有机会把它击败——找到漏洞,找到死穴。

"你不必成为一个囚徒!"我声音沙哑地大吼,"你难道不明白吗?你现在这样子一点儿也不比我在1609年牢里的情况好!他在操控着你所有的行为——你所想的一切,所说的一切。你大脑里的每个想法都是站在他的立场上,为他着想,为他牟利。你所想要的一切都是他决定的。所有的所有都是为了他和他的公司。但你不需要这样,你可以跳出牢笼,获得自由,你拥有选择的权利。你想知道我逃离迪奥科技基地的原因吗?因为我不想成为他的傀儡。我想成为一个独立的人。我想成为我自己。"我停顿了一下，深吸一口气，然后语气沉缓地说，"我想知道自己究竟是谁。"

我看见他的双眼有些抽动。接着，他的脸开始变得僵硬。他看上去很失落，用力捶打长椅，把木头都击碎了，惹得公园里的路人侧目。但这一次，我不再担心会吸引他人的注意。他的愤怒，他的失控——说明我的话起了作用。一切有了进展。

"你说这些话只是为了分散我的注意，好让你再次逃跑。"他反驳道。我听到他坚定的声音里出现了一点儿动摇的苗头。

我同情地看着他，为他感到可惜。太可惜。我还记得，在得知自己的人生不过是一场巨大的谎言时，我内心的感受。我觉得自己没有价值，没有存在的意义。我觉得自己遭受了背叛。

"我说这些是为了帮助你。"

接着，是漫长的宁静。凯伦盯着地面，我则焦急地看着他，想要从他的神情里发掘出一丝改变心意的痕迹。

大约一分钟之后，我总算看到了。他咬牙切齿，双拳紧握，像是要再次捶打长椅。我感觉有一股胜利的暖流穿过我的身体。我成功了。我把他打动了。他看上去和我第一次知道真相时一样生气。我不会怪他这样愤怒、厌恶和急躁。他的整个世界，他所相信的一切全都已经坍塌。

他张口准备说话，而我则全神贯注地听着，希望能给予他支撑，帮助他熬过发现真相后的痛苦。

"阿利克斯特提醒过我你会这样。"他怒气冲冲地说，"他说过你会不择手段来阻碍我完成任务。我绝不会允许那样的事情发生。"

他转向我。那一刻，我意识到自己可能踏进了某个陷阱，某个雷区。他的愤怒不是因为迪奥科技，而是因为我。阿利克斯特早料到了这些，做好了准备，防范我影响凯伦。而他最终抵挡住了我的进攻。

这又是一条自动触发的回复。

只是这一次，它不再温和无害，而是凶猛无比。

凯伦怒火中烧，瞪大眼睛，表情变得比以往更加可怕。那个冷静、镇定、稳重的凯伦已经消失，出现在我眼前的是一个更加狰狞可怖的他。

"如果你再敢这样，"他大吼，"我会亲手杀了泽恩。"

好运

就这样,我们不再说话。我也不再开口,以免再次触怒凯伦,让事态恶化。而他似乎怒火太盛,同样说不出话来。

我们一言不发地坐在寒冷的公园里,雪花漫天飞舞,脚边的积雪越来越厚。太阳开始下沉。几分钟后,马路对面的人行道上,我看见科迪拖着脚往家的方向走着。他看上去心力交瘁,精疲力竭,仿佛有座山压在他的肩上。接着,他踏进了家门。

凯伦也看见了科迪,正准备站起身。我抬手制止了他:"等等。"

让我吃惊的是,他居然没有径直离开,而是回头看了看我,眼里有一丝期待。

让我一个人进去,让我试试。

从他的表情可以看出来,这不是个好主意,但他没有拒绝。于是我接着说:"他只是一时承受不了这一切。你直接闯进去也无济于事。我也许能帮上些忙,找出那段记忆。"

"你连自己要找什么都不知道。"凯伦反驳说。

"你也不知道。"我指出。

这句话似乎戳中了他的软肋。凯伦坐回长椅。"给你15分钟。"他说。

"20分钟。"我抗议道。

凯伦瞪了我一眼。

"15分钟就15分钟吧。"我低声屈服,接着走出公园,小跑着穿过马路,往科迪家跑去。我跳上五层阶梯,按下门铃,然后静静等待。

屋里一点儿动静也没有。我再次按住门铃,久久不放。

终于,门旁墙上的一个小盒子里传出科迪的声音:"走开。"

我直直看着摄像头。"科迪,"我尽最大努力让自己轻柔地说,"我能跟你聊聊吗?"

"你为什么不用穿越基因那玩意儿?为什么不直接出现在我面前?"

我轻声笑笑,说:"我不想那样做。我希望你开门让我进去。"

"我什么都不知道!"他大喊,连马路对面都能听到他的声音。

"我明白,"我轻声说,"我相信你。"

接着是一片寂静。终于,我听到一阵脚步声,门"咔嗒"一声打开了。我走进门廊,科迪正在屋里等着我。

我拍拍肩膀和头发上的雪花,向屋里走去。我看了一眼通向客房的走廊,想到泽恩正躺在里面,重病不起,不禁心如刀割。

"还是没有好转。"科迪像是读懂了我的心思,对我说道。

"艾拉在哪儿?"我看了一眼空无一人的屋子,"还有里斯,他们去哪里了?"

"安全起见,我让艾拉带着孩子回她家了。"

我咬了咬嘴唇,点点头。

安全起见。因为凯伦。因为我。

"我能坐下说吗?"

科迪冷冷地指了指沙发。我缓缓坐下,舒了口气。他打开墙面上的屏幕,从柜子里抽出一个小小的白色游戏机手柄,坐到我身边,说道:"我打算玩会儿游戏。"

"好的。"

他轻触一下手柄上的按钮,屏幕随即亮了起来,画面上出现了一个满目疮痍的战场。科迪谨慎地控制着屏幕上的一名士兵,穿越这片战地。

"这个游戏怎么和我们昨晚玩的不太一样?"我脑海里浮现出那个环绕在身边的海底王国,它让我们沉浸在虚拟的世界之中,忘记现实的残忍。而这个游戏看上去好像被局限在了屏幕里。

科迪目不转睛地盯着屏幕,全神贯注地让游戏里的士兵穿梭在一堆用红色字体写着"爆炸物"的木桶间。

"这个游戏比昨晚那个时间久远一些,我十几岁就开始玩它了。每当我心情不好的时候,就会玩这个游戏。"

心情不好。我猜那是因为我,是我让他心情不好。无论我到哪里,无论我身处何年,无论科迪已经变得多么成熟,我似乎都有办法突然出现,搅乱他的生活。

我靠到沙发上,看着屏幕上的画面。里面那个男人似乎轻而易举就穿越了整片废墟,动作迅速地打倒了所有敌人。我不禁想起和泽恩在树林里的那段时光。那时,他想教会我反击,以为那样就足以自保。我们以为学会打斗就可以免受伤害。

没想到,事情已经变得越来越复杂。

"你的朋友在哪儿?"他问道,注意力仍集中在游戏上。

朋友?这字眼让我有些猝不及防。我肯定不可能把凯伦当朋友。从我们相遇的第一天起,我就把凯伦看作敌人。因为阿利克斯特是我的敌人,而凯伦是阿利克斯特的手下。

我看着一个刚被科迪打倒的虚拟敌人,他死在了路中央。

我能杀了凯伦吗?光是这想法就让我觉得胃在翻滚。

"我让他待在外面。"我瞥了一眼科迪飞快舞动的手指,"我能试试吗?"

他停下了游戏,看着我——这还是坐下后他第一次看我。"你想玩?"他问我。

"是的。"

科迪思考了一下,接着耸耸肩,说:"没问题,我们可以玩双打。"

他走到柜子旁,又拿出了一个手柄,和他手上那个一模一样。他按下按钮,手柄立即亮起了蓝灯。接着,他把手柄递给我。

"我们要怎么做?"我好奇地看着手柄,问道。

"打赢第二次世界大战。"

"好的。"

"无论在什么东西上看见纳粹党徽,就立刻朝它开枪。"

"什么是纳粹党徽?"

他指了指屏幕上一个奇怪的红色标志:卐。"那个。"他把手柄放到我面前,然后开始按下不同的旋钮和按键,"摇杆用来控制人物前进和后退。这个按键是射击,这个是跳跃。同时按下这两个是躲避,同时按下这两个是转身。"

我眨了眨眼,记下他的说明,说:"知道了。"

科迪看了我一会儿,然后说道:"毕竟你证明过哥德巴赫猜想,这对你肯定是小菜一碟。"

他重新开始游戏,这次我们一起出发。我很快就掌握了游戏规则,手指在手柄上自如地移动。这游戏很有趣,让我把其他事情忘到了九霄云外。我总算明白科迪为什么会在心情不好的时候玩它。

我们在桥上遭遇突袭，但幸存了下来，成功打入敌营。敌人都在沉睡，我眨眼的工夫就把他们全部歼灭了，科迪甚至还没从桥上下来。他吹了下口哨，表示非常佩服我。

"你跟纳粹有宿怨，是吗？"他问。

我不禁大笑，但没有回应，而是继续游戏。不断扫射，不断躲避攻击，躲开炸弹，不断出击。

科迪不知道的是，当我看向屏幕时，当我盯着这些虚拟的士兵时，我看见的不是它们，而是阿利克斯特。

每个士兵在我眼里都是阿利克斯特。

我看见了他冰冷的蓝色眼睛，浅金色的头发，得意扬扬的面孔，还有他冷漠的笑容。我要把这一切摧毁。

如果有这么容易就好了。

然而，我想起凯伦正在外面等着我，掐着时间等那十五分钟过去。我不能在这里逃避，科迪也不行。凯伦随时都会进来，用他的方式从科迪的大脑里搜索信息。

"科迪？"我小心翼翼地叫了一声，双眼仍盯着巨大的屏幕。

"嗯？"

"你觉得我脑海里的记忆为什么会把我引向你？"

我能听见他在我身边叹了口气。我知道自己打破了平静，提了不该提的事情。但我有什么办法呢？

如果我想保护科迪免遭凯伦的魔爪，免受阿利克斯特的伤害，如果我想救泽恩，就必须靠自己获取那些信息。

"我跟你说了，"他听起来十分愤怒，"我不知道。"

我正想辩驳，突然被一阵尖厉的"嘀嘀"声打断。屏幕的左上方弹出了一条提示：大乐透结果将在两分钟后揭晓，请问您想要跳转频道吗？

"好的。"科迪对屏幕说着，将游戏暂停，然后把游戏手柄放在身边。他拍了拍咖啡桌，它随即变成一个大屏幕，和厨房碗柜上那个一样。他在诸多文件里搜寻，终于找到了一个橙白相间的矩形，中间有一行数字。我立刻认出了它，就是上午在科迪碗柜上看到的那个图标，只不过那个是一周前的日期，而这个是今天的。

墙上的屏幕发生了改变，现在出现的是一个女人的全息投影，站在房间中央。她的身边是一个巨大的透明容器，装满了印有数字的白色小球。

"这是什么？"我问。

"超级大乐透。"

我看着容器里的小球不断跳跃舞动，直到其中一个被吸入上方的管子，然后滚进下面的盒子。那个女人捡起蹦出的小球，宣读上面的数字，就这样周而复始，直到7个小球全部宣读完毕。

"发生了什么？"

"我没赢。"他沮丧地说。

我倾身把乐透彩票拖拽到咖啡桌的中央，问道："规则是什么？"

"转换到游戏模式。"科迪对大屏幕说。接着，他坐回沙发上，再拿起手柄，说："他们每两周都会随机选出7个数字，如果你的数字和他们的一模一样，就能获得头奖。这周的奖金已经累积到11亿美元了。"

"里面总共有多少数字？"

"85个。"

"可是，"我说，"你赢的概率只有两千万分之一。"

科迪翻了个白眼，说："对。我忘了你是个移动计算器。"

我看着他彩票上的数字：7，12，15，21，32，77，78。

它们看上去有些似曾相识，但我不记得为什么。

"你为什么选这些数字？"我问。

科迪叹了口气，开始继续玩游戏。但我没有拿起手柄。"我就是觉得这些数字能给我带来好运。我相信它们终有一天会赢取头奖。"他说道。

此时我才想起在哪里见过这些数字——今天早上发现的那张彩票上也是它们，一模一样。

"你每次都选一样的数字吗？"

他仍紧紧盯着屏幕里的士兵，那人正在登上一架飞机："是的。"

"你选这些数字有多久了？"

他耸耸肩，说："我也不知道，好像从第一次玩就一直没变过。"

"那是什么时候？"

他听上去像是被我不停的发问惹怒了："18岁。你现在能继续游戏吗？我自己没办法打败那么多敌人。"

但我没有碰手柄，继续问道："你这14年来都一直选那组数字吗？"

"嗯。"他心不在焉地回答我。

我的心怦怦直跳，问道："为什么选它们？"

"我刚刚说过了，我觉得它们能给我带来好运。那就是一种直觉。"

一种直觉。

"科迪。"我从他手中夺过手柄，喊道。

"喂！"他抗议。不过我没搭理他，而是把手柄直接丢到了沙发上。

"你从哪里得来这组数字的？"

他靠在沙发上，面露怒色："我不知道，它们一直就在我脑子里。"

我的眼角余光看见凯伦出现在了饭厅里。时间不多了，我抬起手，示意凯伦再给我几分钟。

"多久了？"我追问科迪。

他想要回答，但一个字也没说出来，只是发出了一声奇怪的尖叫。

"科迪？"我赶紧问道。

"我……"他结结巴巴地说。他突然看见凯伦，不禁吓了一跳。我在他面前打了个响指，吸引他的注意。

"这些数字从什么时候开始出现在你大脑里的？"

科迪的双手不安地在裤子上摩擦。"我……不知道。"

我点点头。"你肯定知道。"

他双眼向上看，努力回忆着。"我……"这已是他第三次尝试了。

"仔细想想，"我催促道，"使劲想想。"

"我……想是……"他闭上双眼，"13岁左右吧。"

潜藏 ◇

　　还没等科迪睁开双眼，我已起身冲向厨房，点击碗柜上的屏幕，把它激活了。

　　凯伦瞬间冲到我的身边。"数字，"我对他说，"麦克希尔留下的最后一条线索是一串数字。"

　　凯伦立刻把散乱在屏幕上的图片、文件和视频全部拨开，接着打开了一个空白文档。我一把抓过冰箱门上笔套里的电子笔，在文档上写下科迪选择的彩票号码：7，12，15，21，32，77，78。

　　"你确定线索是这个吗？"凯伦歪着头看了看我写的数字，问道。

　　"麦克希尔知道我的大脑对数字规律特别敏感，所以她只可能通过数列把信息传递给我。"

　　我仔细观察这些数字，立即注意到它们按升序排列，便冲客厅大喊："科迪！这是你记忆中的顺序吗？"

　　他没有回答。我在厨房转角处倾身看向客厅，发现科迪还坐在沙发上，两眼无神地盯着前方。

　　"科迪？"我又问。

　　"不是。"只听科迪含混不清地回应道。接着，他解释说："我输入数字的时候，彩票系统把它们自动排序了。"

　　"那它们原本的顺序是什么？"

　　科迪许久没有回答。我估计他是惊呆了。过去的19年里，他一直都记着这组数列，却不知道它究竟是什么，不知道自己为何记得它，更没想到会有一个女孩凭空出现，声称自己来自另一个世纪，并询问他那看似无关紧要的数列是什么，还告诉他那些数字有独特的含义，能引向某个地方。

　　他这样失魂落魄也情有可原，我不能怪他。

　　好一会儿过后，科迪总算开口了。他的声音有些虚弱，有些恍惚，缓缓报出那个数列。他在说完每个数字后都停顿很长时间，仿佛被它耗费了极大心力，所以不得不缓一缓，等到稍微恢复力气再说出下一个数字。

我把文档上写下的那些数字抹去，重新记录下科迪报出的新数列：7，12，32，21，15，77，78。我不禁惊呼一声，下意识捂住自己的嘴。

"怎么了？"凯伦问，他的目光仔细打量着这组数列。

"密码。科迪电脑的密码。就是这个。我今天早些时候看见他输入了这个密码。而且，在最后那段记忆里……"

"他正在电脑里输入一组看不见的密码。"凯伦把我的话接完。此时此刻，我们达成了共识。

"那本应触发他的记忆，"我信心十足地推断道，"就是这个密码。所以我在记忆里才会被它深深吸引。这组数列会告诉我应该去哪个地方，哪个时代。"

我和凯伦都紧紧盯着这组数列，抿着嘴集中注意力，试图找到关于时间和地点的线索。

我圈出数字32，说："这肯定是指年份。"

"你怎么能确定？"凯伦反驳说，"这里任何一个数字都可能是年份。"

我摇摇头："为什么突然让我来一个完全不同的时代？她想让我来这里，每条线索都在这一年。"

"或许是因为他在这里。"凯伦回头看看一动不动的科迪，对我说。

但我再次反驳道："他的一生那么长，为什么偏偏是2032年，肯定是有原因的。我只是还没想到这个原因。"

"好吧，"凯伦勉强同意道，"那其他数字呢？"

我看了看那组数列。"如果32是指年份，"我指着它说，"那么它前面的那两个数字应该也是关于时间的才对。"

"7，12，32。"凯伦大声读出这三个数。

"2032年7月12日。"我感到激动万分。尽管我知道凯伦和我的目标不同，尽管我知道他一旦得到想要的东西就会把我从泽恩的身边掠走，但我还是觉得我们之间产生了一种联系。我们拥有共同的目标，共同的背景。

我看了一眼凯伦，恰巧触及了他的目光。虽然只是一瞬间，却有一种能量在我俩之间涌动——那种莫名的吸引力。凯伦对我微微一笑。

让我吃惊的并不是他的笑容，而是它背后的情感。

那种情感似乎是真的，非常真实，不像是程序设定的。

我眨了眨眼，回头看向碗柜。

"如果这三个数字代表了日期，"凯伦猜测道，"那后面的两个数字肯定是时间。"他说着，用手指把21和15从数列中拖拽到上方——21:15。

"晚上九点一刻。"

我们俩把注意力集中到最后两个数字上：77和78。

"我和麦克希尔在一起的时候曾收到过阿利克斯特发来的一条信息，"我说，"和这两个数字一样，那也是一组两位数。"

"GPS（全球定位系统）坐标？"凯伦问。

我点点头："我也是这么想的。麦克希尔知道我能认出它们，因为我之前就追踪过一次这样的坐标。如果我们的推断没错的话，她应该是在告诉我应该到这个地方去。"我指着最后两个数字。"在这一天。"我指着最前面的两个数。"在这个时间点。"我指着中间的三个数字。

凯伦快我一步，点开了碗柜屏幕下方的一个图标，只见一幅巨大的纽约地图展现在我们眼前，占据了整个屏幕。

凯伦把坐标信息拖拽到地图上方的一个搜索栏里。

地图立即发生了改变，画面迅速向东转移，穿越了纽约的大街小巷，跨过一座桥梁，然后飞跃海洋，继而上行，跨越更多陆地。我看见途经的地名：爱尔兰，挪威，瑞典，俄罗斯。

陆地看上去已是一片雪白，而我们仍在向上移动，来到一片满是冰块的碧蓝汪洋。地图上显示的是喀拉海。

接着，画面突然停止移动。一个闪烁的橙色光点显示我们已经到达坐标地点。这里几乎是地球的极点。周围什么也没有。

"这是哪里？"我歪着脑袋，试图在那个位置附近找到一片陆地，一座岛屿，或任何漂浮在海面上的东西。但那周围似乎什么也没有。

可不是吗？我想。如果你不想被人发现的话会去哪里？什么地方会让人不敢轻易搜寻？要不是有确切的时间，去那里简直是送死。

"她在海面上？"凯伦眯着眼仔细查找地图。

我摇摇头，想起上次追踪GPS坐标时犯的错：那组数字是二维的，只能追踪水平面上的位置，却不能指明那个坐标所在的高度或深度。

"不，"我指了指那个闪烁的橙色圆点，"她在海底。"

坚决

客房里的灯已经全部熄灭，只留下科迪的电脑和泽恩床边几台监视器发出的光亮。我向凯伦乞求五分钟和泽恩独处的时间，让我出乎意料的是，他居然答应了。

凯伦和科迪待在客厅里。我离开之后，科迪又开始玩起了另一款游戏。这款游戏显然更新潮，因为在过去的五分钟里，两个真人大小的街头霸王全息影像一直在客厅中央打斗着。他们看上去十分逼真，我甚至无法区分游戏和现实。

或许就是这样。或许这一切不过都是场游戏。

这场游戏的主角是一名16岁的少女，长着金棕色的长发和紫色的眼眸，力大无穷，行动迅猛，精通各国语言，能像计算机一样运算。她美貌而强大，被科技创造得近乎完美，但她的生活却一团糟。

在这个阶段，她正被迫寻找拯救真爱的方法，却同时饱受创造者的折磨。如果她想活下去，就必须找到那个失踪的科学家，那是唯一能够拯救她灵魂伴侣的人。与此同时，她还得抵挡那个被派来追捕她的特工身上独有的吸引力，那种吸引力未知而令人费解，不知究竟从何而来。

等到一切都结束之后，无论我成功还是失败，都得放弃现有的生活，回到现实——无论现实是怎样的。要是……

我轻轻关上身后的房门，仍能听见隔壁房间传来科迪游戏里的打斗声。我尽力把那声音隔绝，让自己全神贯注在眼前的这个男孩身上。

曾经，这个男孩在基地的高墙里发现了唯命是从、孤立无援的我。他让我认识到自己所知道的一切不过是谎言，并冒着生命危险把我救了出去。

他拯救了我。而现在，轮到我来拯救他了。

我将一把椅子拖到床边，然后坐下。泽恩的双眼紧闭，胸口起伏不定。

"泽恩。"我一开口就意识到自己并不知道该说些什么。几分钟后我就该离开了，和凯伦一起离开，去寻找麦克希尔，寻找解药。

但我不想把这一切告诉泽恩。一方面，我不确定他能否听到我说的话，

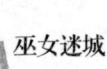

而更重要的是，如果我回不来，我不希望自己最后对他说的是那些。

而且，我真的不知道自己回不回得来。虽然凯伦从来没这么说过，但我确定他的任务肯定不是从麦克希尔那里获得解药，然后让我和泽恩自由自在地生活。他有自己的目的，除了我们之间达成的协议，他还有自己的计划。而我不确定自己比他更聪明，比他更会筹谋。

"我和你一样……只是更加优秀。"

我现在该和泽恩说些什么？我该怎么描绘现在的心情？

我很害怕远远不够。我很抱歉远远不够。"我爱你"这三个字甚至都不够。而再见只会让我失去离开的勇气。

我和泽恩独处的时间正在一分一秒流逝，我担心自己什么都来不及说。

就在此时，我突然知道自己该说些什么了。那是我唯一能说的话。

虽然那些是我借鉴的诗句，但它的意思——它的灵魂——属于我。

我抿住双唇，努力让自己保持镇定，缓缓伸出手，把两根手指轻轻放到他的额头中央。我的喉咙有些哽咽，泪水在眼眶里打转。但我还是把整首诗——我们的诗——清晰连贯地背诵了出来：

我绝不承认两颗真心的结合
会有任何障碍；爱不是真爱，
如果对方转弯自己立刻转向，
如果对方变心自己立刻收场。
真爱确是灯塔，可永为世人导航，
虽直面暴风疾雨，绝不动摇晃荡。
真爱亦如星斗，指引着迷舟，
它的经纬可测，其价却难求。
尽管红颜皓齿难逃无常的镰刀，
爱却绝不是受时光愚弄的小丑。
沧海化为桑田，真爱可堪长存不改，
雄立千秋万世直到末日尽头。
若有人证明我话说得过火，
就当我从未写过，世人也从未爱过。

我听到门外传来脚步声，是凯伦来告诉我时间到了。我以为门会打开，但让我惊讶的是没有。凯伦给了我和泽恩更多独处的时间。

我俯下身，在泽恩的耳边轻声说："我从未动摇。"

接着，我的嘴巴轻触他的双唇，感受他炽热的温度在我体内燃烧，感受他虚弱的气息轻抚我的脸庞，和我的呼吸紧紧缠绕在一起，依依不舍。这是一种永远也无法复制的感受。

我呼吸着他的气息，在他的炽热中找到一丝宁静。我感受到了能量，并让它在我体内蔓延，把它深深印刻在我的记忆里。我不知道他的嘴唇还能热多久，不知道我离开多远、多久以后他会坚持不住。

几公里以外？几个月之后？几年之后？还是几十年之后？

无论以后发生什么，我只希望这种感觉能陪伴着我，它是我想记住的一切。就算最后他们赢了，就算以后我再也回不来，就算他们把我带回基地，毁灭我的人格，清除我的记忆，这种感觉仍会陪伴着我。

这一切，我永远也不会遗忘。

含义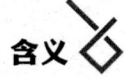

我走出房间,轻轻把门关上。到客厅的时候,科迪抬头看了看我。"他怎么样?"

我耸耸肩。"还是老样子。"

科迪暂停了游戏。"我去看看他的吊瓶,再检查一下各项指标。"

科迪从我身边走过,朝客房走去。他刚进房间准备关门时,我喊住了他:"科迪?"

科迪看着我问:"怎么了?"

"如果我回不来,"我瞥了一眼凯伦说,"如果发生了什么不测,"我纠正道,"请你一定要尽最大努力照顾好他。"

科迪看着我,眼里满是默许,过了好一会儿才说:"祝你好运!"接着,他的身影消失在房门后面。

"你说了什么?"凯伦问。他不像往常那样面无表情,而是满脸好奇。

我转过身问:"对谁?科迪吗?"

"不,"凯伦说,"泽恩。我听到你说的话,每个词都知道是什么意思,但连在一起就弄不明白了。"那首诗,他说的是莎士比亚的诗。

"你听见我说的话了?"我想起门外的脚步声,不禁有些生气。

我忽然觉得自己很蠢,他当然听见了我说的话。我和他只隔了一间房,而他的听觉和我一样,或者比我更好。

"那是一首诗。"我心不甘情不愿地回答。我一点儿也不想和凯伦分享我和泽恩最后的一点儿隐私,一点儿也不喜欢他不请自来。

"诗是什么?"他问。

"诗是……"我努力回忆泽恩当时对我说过的话。因为我和凯伦一样,一开始也不明白诗是什么,而且曾一度理解不了它。"诗和故事有些相似,"我说,"只是更加优美,更加含蓄,像是用加密的语言创作的。你必须用心感受诗中的一词一句,才能体会它的含义。"

"那首诗的含义是什么?"他问。

我咬了咬嘴唇，看向地面："那首诗讲述的是爱，永不磨灭的爱。"

"那是你对泽恩的感受吗？"他的问题很直白，让我有些措手不及。不过，那也许是他的天性吧。他就是被设计成了这样。说起阿利克斯特讨厌我的原因，其中最重要的就是我坠入了爱河。而凯伦应该没有爱的能力，因为阿利克斯特绝不会犯同样的错误。所以我没指望凯伦能理解我的话。但我还是回答道："是的。"

"那是什么样的感觉？"

我没有说话，陷入了沉思。我之前从没想过如何描绘爱情，甚至不知道自己能不能说明白。而且，就算我讲清楚了又怎样，凯伦也理解不了。无论我说什么，在他听来应该都是胡言乱语。

但我还是决定尝试一下——为了泽恩尝试一下。

"那种感觉，就好像……"我磕磕绊绊地说，"从天上坠落。"

正如我所料，凯伦脸上露出疑色。"惊险而刺激。"我补充道。

凯伦思考了一会儿，说："从天上坠落必死无疑。"

我咬住嘴唇，以免笑出声来："如果下面是陆地，那才会死。"

"下面肯定是陆地。"

我耸耸肩："如果不是呢？如果你只是一直坠落，而不知道下面有没有陆地呢？"

"那不可能，"凯伦理性地辩驳道，"除非你在真空中坠落。"

我笑笑："好吧，爱情也许就是在真空中坠落。"

我用余光瞥了一眼凯伦。他神情严肃，面部紧绷。"听上去一点儿也不好玩。"他终于总结说。我点点头。我或许也这么想过。

"你为什么选择那样呢？"

凯伦的问题让我有些吃惊。"恋爱吗？"我问道。

"是的。"

"不是我选的。"

凯伦的眉宇间仿佛写着"我不懂"三个字。

"爱情不是自己能选的，它说来就来，挡也挡不住。"

"它违背了你的意愿吗？"凯伦继续追问。我注意到他有意选择我曾经对他使用过的字眼。第一次见面的时候，我就问过凯伦介不介意迪奥科技违背他的意愿把他创造出来。

"我觉得是这样的。"我咬了咬有些颤抖的下嘴唇。

"如果是我肯定会拒绝。"凯伦自信地说。

我摇摇头:"我想,你没法拒绝。因为爱情一旦降临,或者当你发现爱情降临,一切都已经晚了。那时,你已经被爱改变,而且无法回头。"

凯伦转头看着我。我能感觉到他的目光停留在我的脸上,让我有些面红耳赤。而我继续直视前方。"在我们的世界里,"凯伦挑衅地说,"一切都能回头。你可以选择不爱。"

我不禁一惊,领悟到他这句话的言下之意。我想即刻摆脱这个话题,跟他谈谈更重要的事情。我们得找到麦克希尔,找到拯救泽恩的方法。

我清清嗓子,问道:"你想好了该怎么办吗?"

他僵直地站在厨房碗柜旁,说道:"麦克希尔博士很可能在潜水艇或者其他水下船只中。我们俩一起穿越到GPS坐标处,然后等待下一步指令。"

"穿越到一片汪洋之中?"我问,"那里说不定会冻死人。"

凯伦似乎一点儿也不担心这些细节:"如果穿越到准确的时空后仍没得到明确的指示,我们就立即返回,再做打算。"

我有些担忧,身体不禁变得僵硬。一想到要和凯伦一起穿越时空,一想到他将要决定我的去处,我就觉得浑身难受。这么长时间以来,我一直在避免这种情况的发生。直到现在,我仍觉得这一切都是巨大的陷阱,一个把我骗回迪奥科技的花招。我仍然觉得,一旦让凯伦打开我的吊坠,触碰到我,我就会立即被带回基地里的囚牢,被一大群科学家团团围住,被他们洗脑,变成唯命是从的空壳,变成和凯伦一样的人。

但我一直在心里安慰自己:如果凯伦想要把我带回基地,他早就动手了。我之前昏迷过那么多次,他的机会实在很多。我被烧伤的时候他就可以动手,但他没有。事实上,他根本不需要把我带来2032年,在大火中带我直接穿越回基地就行了。

尽管如此,当凯伦一步步向我逼近,并且伸手从衣领里掏出吊坠时,我的呼吸变得十分急促,背上像有千万只蚂蚁在爬。

"等等,"我说着,伸手挡在身前,凯伦随即停下了脚步,"我觉得我们没有考虑周全。"凯伦的脑袋歪向一边,等着我解释清楚。

"麦克希尔给我留下了那些线索。她是在等我出现,很可能只想见我一个人。如果我们俩一起去那里,她因为你的同行而拒绝给下一步指示怎么办？我想她肯定不乐意看见我和一个迪奥科技的人一起出现。"

"我绝不会让你一个人去的。"凯伦冷漠地回答。

我早有预感他会这么回答。

"好吧，如果这是唯一的选择呢？"

"这不是。"

"你这么肯定？"我说。

"我的任务是跟着你找到麦克希尔的行踪，然后得到解药。"凯伦反驳道，他的声音里透露出一丝怒气。这是他第一次向我吐露自己的任务，而我们几乎是同一时刻意识到了这一点。

"好吧。"我回答。

他看了一眼我们之间的距离，大约有七步——他应该也是在估算这个。但是，他如果朝我走来，就意味着要靠近我，让那种未知的吸引力把我们拉向彼此；他如果触碰我，就会产生电流，产生热量。这所有奇怪的现象是我们都无法解释、无法理解的。

虽然，有意的靠近和肢体接触打破了我们在过去两天里立下的无言的规则。但这是唯一的选择。我们都心知肚明。

他向前走一步，接着又走了一步。我注意到他在靠近的过程中动作缓慢，而且步伐逐渐减小。但他仍在向我靠近。我感觉一种能量在萌动，空气开始旋转，把我拉向旋涡的中央，这种感觉像一种无法阻挡的坠落。

犹如地心引力。

他把手伸进领口，打开吊坠。我知道他不会把吊坠给我，那样风险太大。也就是说，他必须得接触我的身体才能激活我的穿越基因。

他拉住项链，缓缓把那枚心形吊坠从领口拿出。我不禁注意到那项链戴在他的脖子上看起来多么荒谬。那是泽恩送给我的礼物，象征着我们拥有的一切。而现在，它却被一个迪奥科技的特工掌握着。

不过，这也合情合理。迪奥科技总是夹在我和泽恩之间。

凯伦又向我靠近一步。那种吸引力变得越发强烈。我的双脚紧紧抓住地面，克制住走向他的欲望，避免自己投向他的怀抱，拥抱他，不肯分开。

他俯视着我，而我则抬起头，遇上他的目光。我知道这无济于事，只会让情况变得更加糟糕。但我无法控制自己的身体。我看见他的脸紧绷着，神情里全是挣扎。我们都一样，都想反抗这一切。

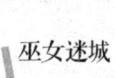

他把吊坠拿出来,伸向我的胸口,而项链仍然挂在他的脖子上。他被一股莫名的力量拉着向我靠近,脸上是愤怒的神色。他的脚迈到我的脚边,我能感受到他的裤脚摩擦着我的裤脚。他沉重的呼吸喷在我的皮肤上,犹如迷魂香一般,让我觉得脑子昏昏沉沉,四肢瘫软。

终于,那吊坠冰冷、坚硬的背面触碰到了我的肌肤,被凯伦按在了我的身上,就在锁骨下面一点儿。

我几乎能感觉到上面印刻的字迹嵌入了我的皮肤:S+Z=1609。

那一切已成往事,我们再也回不去了。就算我今天能够成功,那个诺言也已经消逝,那个美梦也已经破碎。

凯伦的手缓缓抬起,立刻吸引了我的注意。我竭尽全力让自己的脸颊不靠近他的手掌。他看了看自己的手,似乎在决定应该把它放在哪里。把手放在我身体的哪个部位才会让影响降到最低?

我觉得无论放在哪里应该都没差别。无论他的手触碰到我的哪个部位,那种感觉都会遍布我的全身,我的脚趾,我的双腿,我的胸口,我的心。完全不受我的控制,尽管我在抵抗。尽管他也在抵抗。

我缓缓抬起手,示意让它成为我们接触的部位。他明白了我的意思,把手伸了过来。我们的手快要接触到彼此,我们的手指即将相遇。我闭上眼,等待着他的触碰,同时又非常害怕,不知道自己睁开眼时会身在何处。

就在我们的手将要接触的时候,我感受到了他皮肤上的温度。下一秒,我浑身被白茫茫的一片笼罩,那是一种温暖的光亮。我感觉自己悬浮在空中,双脚离开了地面。而我不知道,这种感觉到底说明我们仍在原地,还是已经离开。

我感到的所有空虚都被填满。我听到的所有寂静都在吟唱。我经历的所有悲伤全部烟消云散。

我们的身体彼此交会,融为一体,仿佛我们虽为两个个体,却同根同源,与彼此分离了几个世纪,等待着不期而遇。

接着,我感到刺骨的冰水从四面八方涌来,把我紧紧包围,推揉着我时而向前,时而向后,还溅到我的鼻子和嘴巴里。我下意识地手脚乱动,让自己上浮,同时屏住呼吸。

不一会儿,我冲出了水面,睁开双眼,看清了自己的处境。

我正漂浮在无边无际、一片漆黑的海面上。

第三部
抉择

"天道"组织转而采取另一种更加可怕的方式来控制人类。那是一种他们已经筹划了几十年的方法,事实上,它的雏形正在逐渐形成……

旁观

和我上次穿越到海里不同的是，这次，周围没有飞机的残骸，我无法依靠任何东西漂浮在海面上。凯伦和我不得不一直拍打海水，让头部浮出水面。更重要的是，我们都浑身冰冷。尽管我们能够抵抗极端天气，但这海水不是一般的冷，就像一把把冰制的利刃，刺痛我的每一寸肌肤。

我们不一会儿就调整好浮水的动作，尽量节省体力。这让一切都变得异常简单，就像普通的奔跑一样，我可以坚持好几个小时也不觉得累。不过，海水一阵阵涌来，时不时有较大的海浪扑到我们脸上，让我们没那么轻松。

我和凯伦逐渐稳定下来之后，他便把手伸到衣领里，合上吊坠。"我向下游一段，说不定会有什么发现。"

"我和你一起去。"我赶忙说。我知道，从现在开始，一秒钟也不能让他离开我的视线。

我们俩深吸一口气，潜入水中。当我再次睁眼的时候，十分诧异自己居然能看得这么清楚。我知道自己的视力超乎常人，能够看得更远，而且在黑暗中也能看清。但我一直以为在水下的时候视线会有些模糊，看到的东西也会变形。不过，事实并非如此。

水下的世界依然那么清晰明亮。凯伦看上去也和我一样，正在细细品味这一发现。

我的目光紧跟着凯伦，等待他的指示，只见他继续向下游动。尽管我的双眼能看到很远的地方，却仍看不见海底。也就是说，我们离它还有不少距离。我对潜水艇的了解不多，仅有的知识是从里斯的游戏里得来的。我想那里的描述和现实有些偏差。我非常怀疑潜水艇会冒肥皂泡，或是有充满魔法的乐器给它加速。但我知道，如果有任何水下船只在我们下方通过，我肯定能看见它。而从凯伦的表情看，他没有任何发现。

凯伦继续向下潜，我紧随其后。这是我第一次游泳，至少是记忆中的第一次。但我已经知道自己很喜欢，也很擅长。在水中穿行让我感到轻松舒缓。而且，水下十分宁静祥和。

我觉得自己从未感受过如此的寂静。我的听力超乎常人，总能听到各种嘈杂的声音——就算它们离我很远很远。比如一只狐狸在三公里外嗥叫，有人在马路对面的公寓里争吵，一辆公交在三个街区外减速刹车。

而在这里，一切似乎总算归于平静，只剩下耳边轻柔的流水声以及凯伦游动时偶尔溅起水花和涟漪的声音。除此之外，我什么也听不见。

这种感觉非常美妙。

有那么一刻，我几乎忘记了寒冷，忘记了其他一切。我觉得自己好像重新获得了开心的能力。

我和凯伦绕着到达的位置游了一圈，周围除了鱼群，什么也看不见。

我不知道普通人能屏住呼吸多长时间，但我们俩在水下至少待了三分钟，而我仍不觉得需要浮出水面。不过我发现，我们游得越深，我太阳穴和胸腔感受到的压力就越大。

凯伦肯定也感受到了，因为当我们试图继续向下游时，他突然停止了动作，然后开始朝海面返回。我们不久之后就浮出了水面，都冷得瑟瑟发抖。我擦了擦眼睛和脸上的水。

"你看见什么了吗？"凯伦问道，他的牙齿有些打战。

我摇摇头："你呢？"

"什么也没有。"

我们俩默不作声地浮在海面上。我紧紧盯着凯伦，他湿漉漉的头发抹向脑后，露出光滑饱满的额头。我注意到，月光在他潮湿的头发上泛着朦胧的光亮，就好像他的发丝间点缀着一颗颗微小的钻石。

凯伦发现我在看他，随即转过头来。那一刻，月光恰巧照进他蓝绿渐变的眼眸。

我无法否认这双眼睛的美，美得令人窒息。尤其是在此刻，深蓝的海水和漆黑的天空把他的双眸映衬得无与伦比。

接着，我想起了泽恩那双饱含情愫的棕色眼眸。看向它们的时候，我能看见爱意，看见光明，看见归宿，看见一切。

可不知为什么，它们和凯伦的眼睛比起来，显得那样柔弱无力。

无论大自然有怎样的鬼斧神工，科学似乎总能更胜一筹。科学创造的不仅是奇迹，更是完美。而我不禁觉得这一切是多么不公，多么狡诈。

就好像科学在比赛中舞弊。而大自然一点儿胜算都没有。

你怎么可能比得过那样的双眼，那无瑕的肌肤，还有那月光下熠熠生辉的秀发？答案显而易见：你比不过。

我十分好奇，凯伦眼里的世界是怎样的？他会有主观的思考吗？他会不会觉得什么东西很美？还是说，阿利克斯特把他这样的想法也清除了？

不知道为什么，这种想法让我尤其伤感。

凯伦眼里的日出是怎样的？只是一系列色彩和光影的变化吗？或者，他能感受到日出的精彩？他眼里的星星是怎样的？大海呢？天上飘落的雪花呢？他看见的只是结冰的水滴吗？或者，他能发现每一片雪花都与众不同、精致绝妙？

我在他眼里又是怎样的？是一个基因改良、科学创造、迪奥科技生产的超级英雄吗？是一个运行出现问题的产品吗？还是说……

他会不会觉得我很漂亮？

这种想法让我的胃一阵抽搐，我不禁停止动作，身体缓缓下沉。凯伦立刻把我拉回了水面。和以往一样，他的皮肤接触到我的那一刻，我的整个世界都仿佛重获生机。

海水刺骨的凉意荡然无存，我像是突然游到了温泉里。

接着，他松开手，带走了所有的能量和温暖。他好奇地用手指摩挲我的前额，读取我的想法，窃取我的记忆。

但我忽然觉得他不是在偷窃。

我想要让他知道这些。我想要让他知道我对他的看法，知道我所知道的一切，感受我的感受。

"我会。"他的指尖离开我的皮肤，平静地回答我没有问出口的话。

"我会。"这两个简单的字像救生圈一样向我飘来，停靠在我的脚下，帮我浮在水面上。我感觉有些飘飘然。

不过，他回答的是哪个问题？是关于日出的那个？关于雪的那个？还是关于我的那个？他说的是对我的看法吗？

不，肯定是第一个，或者第二个。要么是日出，要么是雪花。

但我知道事实并非如此。

我很清楚他指的是什么。

就像我知道，只要我停止游动，就会沉到水底。

我知道他回答的是哪个问题。无论他如何看待雪花、日出和星星，他觉得我很漂亮。

不知为什么,我觉得有些事情发生了变化。

我不知道究竟是什么原因,也不知道究竟什么发生了变化,但我就是有这种感觉。

我和凯伦原本一直保持着半米远的距离,而此刻,我开始向他游去。忽然,我的脚像被什么东西抓住了,扯也扯不开。

下一秒,一股强大的力量把我朝水下拉去。我的头被海水淹没,透过水波,能听到凯伦在大喊我的名字。

我努力挣扎,想要向上游动,浮出水面,却再次感觉到一股拉力把我向下拽。

凯伦向我游来,想要抓住我,但我们的手指太过湿滑,直接松开了。

"凯伦!"我心里大喊,向他伸出手。可那股力量死死抓住我的脚踝,猛地把我向下拉。这遭遇和我梦中的景象惊人地相似。不同的是,一切都反了,一切都颠倒了。此时此刻,并不是凯伦在把我拽入深渊。相反,他正在努力把我拉回水面。

海水涌进我的嘴里,我觉得自己快要窒息,想把水咳出来,却怎么也做不到。我奋力蹬腿,苦苦挣扎,却无济于事。我把手向上伸,试图抓住什么东西。

我摸到了凯伦脖子上冰冷的吊坠,立刻紧握手指,用力拉扯。项链"啪"的一声断开,和我一起坠入大海。我紧紧捏住吊坠,挣扎着用滑溜溜的手指把它打开。

当海水涌入我的肺里时,我总算把吊坠打开了。海水冰冷而苦涩,尝起来有失败的味道。和梦境里一样,我被拉着坠入未知的海底,离水面越来越远。我再也没有回去。

药瓶

再次睁开眼的时候,我发现自己正躺在冰凉的水泥地上,不断咳嗽,吐出海水。苦咸的盐水在我的喉咙和肺里燃烧,不过我总算把它们都咳了出来。我眨眨眼,看向四周,浑身被湿黏冰冷的衣服包裹着,瑟瑟发抖。我身处一个狭长的房间中央,这里有玻璃做的拱形天花板。外面是深沉的海水,正在快速旋流——要么是水在流动,要么是这房间在移动。

吊坠静静地躺在我的手边,链子断成了两截。我把它捡起来,放进湿漉漉的裤子口袋里。

我身旁站着一个男人,身穿潜水服,头戴面具,背上背着一个金属罐,一根细长的管子连接着那个罐子和他嘴上的仪器。我估计那是一种能够帮助他在水下呼吸的装置。

"你差点儿把我淹死!"我的声音因为咳嗽和刺喉的海水而变得沙哑。

他把嘴上的面具拿下来,呼了口气说:"抱歉,不过我得甩开你的朋友。"

我挣扎着,想要站起身,却仍有些摇摇晃晃。"为什么每个人都要这么叫他?他才不是我的……"但我突然打住,没有继续说下去——解释也无济于事,更何况我自己也弄不清楚他对我来说究竟是敌是友。

"不管他是谁,"那个人继续说,"麦克希尔博士给我下达了非常严明的指令,只能带你一个人来。"

"麦克希尔,"我轻声说着,重新环顾四周,内心的怒火在听到她名字的时候又一次爆发,"她在这里,对吗?"

那男人点点头,摘下脸上的面具。我立即认出了他小小的眼睛、圆圆的鼻头和紧闭的双唇,却记不起来在哪里见过他。

他冲我笑了笑:"我现在带你去见她。"

说完,他指向房间的尽头。我跟着他朝那里走去,但最终停住了脚步。"等等,我的……他呢,他怎么办?"我指了指拱形的玻璃天花板上方流动的海水。

我万万没想到自己会问起这件事。我不应该担心凯伦，不应该担心他在哪里，会不会淹死。我不费吹灰之力就达到了自己的目的，找到了麦克希尔，甩掉了凯伦，还拿到了吊坠。也就是说，一切都好起来了。我能拿到解药，回到泽恩的身边。而且，这一切有望在接下来的几个小时里完成。可是，我为什么会觉得这么难受呢？

我不可能希望凯伦在这里，他只会给我带来麻烦，只会碍事。他是阿利克斯特派来偷取解药的，是我的敌人。最重要的是，他可能一直在心里盘算着把我带回基地。

那么，我到底为什么要在意他不在这里？

我告诉自己，我不会在意。

"麦克希尔只相信你。"这个似曾相识的男人说，"她不允许其他任何人登上这艘潜艇。"

我想要回答，却连一个简单的"好"字都说不出口。它像被卡住了，我感觉有些窒息。我咳嗽了一声，又吐出了一些海水。

"这边。"这个男人说着，打开了房间尽头的一扇门。我们随即踏进了一条漆黑的走廊。当他带我穿过走廊尽头的那扇门时，我不禁停下了脚步，发出一声惊叹。眼前的这间房大得不可思议。

它有两层楼高，窗户从地面延伸到屋顶。窗外是无穷无尽的海洋，黑暗而深邃。房间中央是透明的管状火炉，燃烧着人造的火焰。一张弧形的缎布沙发呈"S"形摆放在雪白的长毛地毯上，旁边放着玻璃制的咖啡桌，中央是一瓶白色的鲜花。房里的楼梯盘旋着通往俯瞰整个房间的二层阁楼。楼梯两侧站着两名身材魁梧的男人，他们穿着雪白的制服，看上去严肃认真，显得有些怪异，但我没对此发出任何评论。

"我简直不敢相信我们在海底。"我感叹道。我这话不是专门对谁说的，但一个熟悉的女声回应了我："很壮观，对吗？"

我循声望去，发现赖兰·麦克希尔博士站在二层的阳台上看着我。她还是我记忆中的样子，一点儿都没变：银灰色的刘海儿和齐肩长发，瘦长的脸上戴着一副黑框眼镜，镜框十分纤细，显得她的脸有些消瘦。

不知为什么，从分开的那天起我就一直觉得会再见到她。我们道别的那天并不是一切的终点。只不过，我从没想过自己再见她的时候会是这样。

那种异常的炽热开始在我的胃里翻滚，愈演愈烈，烧得我胸口生疼。我突然觉得怒不可遏。这种愤怒来得莫名其妙，因为我显然没有什么理由感到生气。到现在为止，麦克希尔一直都给予了我不少帮助。

她总是在我需要的时候伸出援手。她回答了我所有关于迪奥科技、我的过去以及穿越基因的问题。

事实上，是她帮助我回到了泽恩的身边。现在，也是她把我引到了这里。

和我一样，麦克希尔也是个亡命天涯的人。她在发现迪奥科技的真面目之后迅速逃离了那里。她知道阿利克斯特是多么泯灭人性。我和她可以说是同仇敌忾。

然而，当我看向她时，仍能感受到那种奇怪而未知的愤怒。这种感觉并不强烈，甚至可以说非常微妙，就好像潜藏在表面之下，在我的大脑里、胸腔里慢慢沸腾。

麦克希尔走下楼梯，穿着纯黑的裤子和红色的毛衣，颇为优雅。

下楼以后，她便朝我走来，握住我的双手。"塞拉，"她露出一个光彩照人的微笑，"欢迎来到我的指挥中心。你能来这里真是太好了。"

我不得不苦笑："你压根儿没给我选择的机会。"

她听完不禁笑笑："很抱歉中间有这么多周折。不过你知道的，我不得不那么做。我不能冒着你被抓住、记忆被扫描的风险。这是能让你安全到达我身边的唯一方式。而且，我也得保护自己的位置不被他们发现。"

"事实上，"我开口说，"关于这个……"

她歪着脑袋，一脸狐疑地看着我。

"迪奥科技确实扫描了我的大脑。而且，他们知道是你给我留下了那些记忆。"

她点点头："我害怕的就是这个。他们肯定是看见了我的标记。"

"标记？"

"只有少数几台电脑能够制造延时回忆，我拥有其中一台。每台电脑在植入记忆的时候都会使用独特的编码，就像品牌标签一样，它们能显示创造记忆的电脑属于谁。所以他们才能立刻发现给你植入记忆的人是我。但只要他们无法读取这记忆，我们就是安全的。"

"是的，不过，"我继续说着，感觉胸口有些疼痛，"他们派了一个人追踪我到这里。一名特工。只是，他和先前那些人不一样。他……和我一样。"

甚至更好。我没把这句说出口。

麦克希尔倒吸了一口气,显然没想到会这样。"他现在在哪儿?"她问道。

我下巴朝着窗外指指,胸口的疼痛越发剧烈:"他在外面,具体在哪儿我也不清楚。我是被拖到这里来的,他被留在了海面上。"

麦克希尔对着那个把我领进来的男人露出一个满意的微笑:"干得好,特雷斯汀。"

只见他微微点头示意。

"别担心,"麦克希尔轻柔地对我说,"他现在离这儿有不少距离。我们身处的位置距离当时给你的坐标有近五公里远。这是我采取的另一层防范措施。特雷斯汀被传送去你们的位置,然后把你带回这里。所以,我们似乎比他们更加聪明。"她又得意地笑了。

我也对她扯扯嘴角,因为这样似乎比较恰当,我们比迪奥科技略胜一筹。不过,我却因此感到失落,胃部有些不舒服。我觉得这……不对。

但我没有说话,暗暗安慰自己凯伦不会有事。他是个游泳健将,和我一样。更何况,他还能随时传送到别的地方。他不会留在这里的。

这种想法让我安心了一些。他找不到我们,但也不会出事。

这一刻,我允许自己回想他的面庞,注视着他闪亮的蓝绿色双眸和雪白的皮肤,默默跟他道别。我已经赢了,再也不会看见他了。

事情本应如此。

然而,我一直以为胜利会让我觉得……我不知道……

更加欣喜。

麦克希尔博士踱步到远处一个墙体柜旁。那柜子被蓝色的背景光照亮,摆放着无数装着液体的瓶子。"你想喝点儿什么吗?"她问,"我们这儿吧台里的饮料品种齐全。"

我耸耸肩:"好。"

我看着她从柜子上拿下两个玻璃杯,在里面放入冰块,然后又倒了一些闪着荧光的绿色液体。

"特雷斯汀,"她对把我带进来的那个男人温柔地说,"能给我们一些时间叙叙旧吗?"

那个男人看了看我,脸上露出一丝怀疑:"你确定没事吗?"

她笑了笑，指指站在楼梯旁纹丝不动的那两个白衣大汉："不会有事的。"

"好的，博士。"特雷斯汀回答，说完消失在门后，静静把门合上。

麦克希尔邀我坐到"S"形的沙发上，我欣然接受。她在我身边坐下，把手里一个杯子递给我。我迟疑地看着杯中绿色的不明液体，有些害怕。

"这是能量补充饮料，"她自豪地对我说，"我发明的。我改变了咖啡因的分子结构，让它拥有十倍的功效，并且不会造成过度兴奋。"

我没太听明白她说的话，但还是出于礼貌对她笑笑。

"他们是谁？"我看着身穿白衣的男人问。

"保镖。"她直言不讳。

"保护你免受我的伤害？"

她不禁大笑，然后喝了一口饮料："当然不是。"但我注意到，她在说这话的时候声音提高了八度，并且没有直视我的眼睛，而是把脸藏在了玻璃杯后面。她咽下饮料，把杯底按在手掌心。"他们是为了保护我免受未知的伤害。我们生活的这个世界非常疯狂。"她指指我，又指指自己，"充满了意外。你说是吗？"

"是的。"我闻了闻手中的饮料，又酸又苦，便把它放到了桌上。

"不过别担心，"麦克希尔安慰道，"我们在他们面前不用避讳，有什么就直说吧。"她倾身靠近我，耳语道，"我每天都会清理一遍他们的记忆。"

我偷偷看了一眼那两个白衣保镖，有些同情他们。接着，我看向特雷斯汀离开的房门，问道："他看上去怎么那么眼熟？"

麦克希尔有些不安地看了看房门。"特雷斯汀？"她抬起一只手在面前挥挥。"他长了张大众脸。"

"大众脸？"

"意思就是谁看他都觉得眼熟，不管之前有没有见过。"她开始抖腿。

她看上去为何这么焦虑不安？

"但我见过他，"我反驳道，"我几乎可以肯定这一点。"

"我知道你有不少疑惑，"麦克希尔不耐烦地说，"但我们现在有更重要的事情要解决。"

我有些疑惑："是吗？"

她又喝了一口饮料，说："没错。那是你来这里的原因，不是吗？"

"解药。"我立刻说。

她如释重负般舒了口气。"是的。泽恩应该已经病得很严重了。"她自责地叹了口气，"很抱歉，那是DZ227产生的副作用，我们之前完全没有预料到这一点。"

"DZ227？"

"不好意思。那是穿越基因的学名。这基因太过强大，无法被普通人的身体接受，导致免疫系统误以为人体遭受了病毒的侵袭，进而进行自我攻击。所有植入穿越基因的人都会在一年内死亡，具体能活多长时间要看他们的身体素质和穿越的频率。"

"阿利克斯特也会死？"我向她确认道。关于这个问题，凯伦一直不肯给我正面回复。

麦克希尔露出微笑："是的。正因如此，他才派特工来跟踪你；也正因如此，我才会这么谨慎地把你引到这里。他可能已经病得非常厉害，而且非常急迫。当然，这也是你变得尤为珍贵的原因。"

"我？"我有些不太明白。

她点点头："你应该已经注意到了，你没有生病，对吗？"

我迅速摸摸口袋，瞥见麦克希尔被我突然的举动吓了一跳。我从口袋里拿出吊坠和断开的项链。"因为里奥给我做了这个。它打开的时候我的基因才会被激活。他很担心穿越基因会产生副作用，怕一旦出错我无法摆脱它。"

"真聪明，"麦克希尔称赞道，"不过，事实上他根本不用担心这个。你和我们不一样，塞拉。我相信你已经深知这一点。"

我扭头看向一旁，想起那个中国老人给我把脉时脸上露出的惊恐，想起帕丁森家农场的"黑刺"一直对我怀有疑虑，想起我被带着穿过伦敦街头时人群发出的怒吼，想起我的双腿被大火烧得面目全非之后却愈合得毫无痕迹。

是的，我已经深知这一点。但在过去的六个月里，我一直祈祷这一切不是真的，祈祷自己变成一个普通人。

"你的身体，你的大脑，你的基因，你的一切都被科学改良，变得完美。穿越基因就算被移植到你身上一千次，也绝不会出现任何问题。"

她不妨直说，不妨告诉我"我是什么"。不对，应该是"我不是什么"。我不是人类。

"阿利克斯特很可能是因为这样才不得不创造出了另一个人造人，"她补充道，"因为他和他的手下都已不再能穿越。如果没有创造出这个新特工，他们永远也别想找到我，或是你。"

凯伦的脸再次出现在我的脑海里，我不禁十分愧疚。

所以凯伦没有生病。因为他和我一样。这个世界上可能只有他和我是同类，但我却离开了他，抛弃了他。

"可是，泽恩，"麦克希尔没有在意我内心的痛苦，继续说道，"泽恩的身体不可能像你们一样，他只是一个脆弱的普通人。"

脆弱。这个词用来形容我离开时泽恩的样子实在是再恰当不过。他看上去奄奄一息，好像马上就要破碎，碎成一片一片。

他不应该经历这一切。他不应该遭受这样的折磨。他不应该遇到我这样的人。

麦克希尔把玻璃杯"当"的一声放到桌上，站起身："所以我们把你引到了这里。"

我看着她穿过房间，心跳加速。我不知道接下来会发生什么，那种莫名的愤怒再次涌上心头。我的双手被汗浸湿，不安地在湿漉漉的裤子上擦了擦，然后站起身，紧紧盯着麦克希尔。只见她优雅地走上楼梯，消失在阁楼上，不一会儿再次出现，手里拿着一个小小的玻璃瓶，里面装满了钢青色的液体。麦克希尔在楼梯上面停下脚步，看上去像在观察我的神情。

"这个，"她说，"是DZ227的阻遏剂。把它注入血管，就可以把穿越基因消除。那样，免疫系统就不会继续攻击人体。接受注射的人可以完全恢复，基因移植造成的不良反应会消失得一干二净。"

我有些迫不及待，双腿隐隐作痛，拳头不自觉地握紧又放松，全身肌肉紧绷，像是准备好随时出击。

体内的怒火熊熊燃烧，几乎要从我的嘴巴、耳朵和眼眶里喷出。我浑身滚烫，炙热难耐，仿佛我血管里流动的是岩浆。

我这究竟是怎么了？

她缓缓走下楼梯，双眼一直盯着我。我突然感觉口干舌燥，舔舔嘴角，发现嘴里一点儿水分也没有，几乎能听见刮擦声。

麦克希尔动作十分缓慢。我仔细盯着她拿着玻璃瓶的那只手，发现它在颤抖。

为什么？她的手为什么颤抖？她似乎有点儿怕我？

她朝咖啡桌走来，把瓶子小心翼翼地放在玻璃桌面上。

我想咽咽口水，却发现喉咙里干得发涩。

我死死盯着眼前的小瓶子，向前迈出一步，却突然感到一阵恐慌。这种感觉来势凶猛，却毫无缘由。

我不能拿，不能。

我的体内有个声音在抗拒，脑袋里警铃大作。

不要！它大吼。不要拿！

但我必须拿走它！那是泽恩的解药！我为什么不能拿？

我没顾及脑子里的声音和身体感受到的抗拒，而是继续向前逼近。我迈出一步，距离那个小瓶子只有一臂远。我倾身向前，向它伸出手，头却开始剧烈摇晃。

我的指尖触碰到了玻璃瓶冰冷的表面，突然听到"砰"的一声！

我惊呼一声，向后跳开。麦克希尔则迅速退到五层阶梯上。她的保镖立即出动，包围了那个湿淋淋的黑暗身影——它像是从天而降，把我面前的玻璃桌子砸了个粉碎，玻璃瓶也被撞得飞到房间另一头的地毯上。

我这才看清楚，原来那是一个人。他正脸朝下蜷在地上，瑟瑟发抖，玻璃碎片穿透了他的皮肤。

保镖立刻冲到他身边，抓住他的手脚。接着，我听到了调节器熟悉的"刺刺"声，那人随即瘫软在地。站在左侧的保镖把调节器放进口袋，然后和他的同伴一起把地上那人翻转过来。此时我才看清楚他昏迷的面孔。

我不禁倒吸一口气，焦急地喊出了他的名字。

"凯伦。"

追使

麦克希尔以往的沉着冷静瞬间被打破,就像地上那张玻璃桌子一样变得粉碎。"这人是谁?就是他吗?迪奥科技派来的那个特工?"她问道。

我点点头,努力忍住蹲下去轻抚他脸颊的冲动。

"他怎么找到你的?"麦克希尔大吼。

"我不知道,我真的不知道!"

"你的追踪器。"她朝我左手腕努了努下巴,"你感觉到它开启了吗?"

我摇摇头,这已经是凯伦第二次找到我了,他没有依靠过追踪器。

麦克希尔若有所思地咬咬嘴唇,坐到楼梯上。接着,她看都没看凯伦一眼,挥挥手下达指令:"把他带去隔间,让他保持昏迷状态。"

"等等,"我无助地看着那两个保镖架着凯伦,把他拖出房间,急忙说,"我不懂为什么会这样。他怎么可能……"

我忽然看到不远处那个小玻璃瓶子,里面闪闪发亮的蓝色液体被柔软的白色地毯映衬着。此时,我的话哽在了喉咙里,思绪被打断。

泽恩。我能救泽恩。我能挽回一切。

我再次朝那个小瓶子走去,手不自觉地伸向它。走到瓶子前面时,我屈膝跪下,伸出手,然后……

"不,等等!"麦克希尔大叫着站起身。

然而,为时已晚。玻璃瓶已经被我拿在手里,紧紧握住。忽然,整个世界变成鲜红一片。

我的大脑一片空白。我的思维全部消失。

黑暗犹如狂风暴雨,向我席卷而来,阻挡了其他一切——我的人格,我的追求,我的爱人。我不再是我,而是另外一个人。

我完全被怒火左右。

大脑里只有一个概念,一个想法,一个目标。

潜意识里的那个野兽已经苏醒,它挣脱一切束缚,取代了原本的我。

它在我体内怒吼,带着我向前冲。

我不受控制地站起身，把药瓶放进口袋里。

为了他。为了阿利克斯特。

他需要这个，他需要我，我的目标已经完成了一半。

我抬眼看见麦克希尔的脸被恐惧扭曲。而我体内的愤怒在看见她的一瞬间再次膨胀，将我吞噬，蔓延到我的手指尖和脚趾尖。我的手开始抽搐，渴望碾碎她的喉咙；我的耳朵期待听到她的心脏停止跳动；我的生命只有在看见她丧生的那一刻才能变得完整。

"塞拉。"麦克希尔试探着叫了我一句，声音有些沙哑，满是恐惧。然而，这一声呼喊简直是火上浇油。

我的双腿不自觉地向下蹲，肌肉紧绷，一跃而起，猛地扑向麦克希尔，把她撞倒在地，我们一起滚到了楼梯下面。她的头撞到最后一级金属台阶，皮开肉绽，鲜血直流，把雪白的地毯染红了一片。

麦克希尔试图反击，但她身材娇小，力气寻常，根本不能和我相提并论。一眨眼的工夫我就把她推翻在地，一只手压着她的气管。

动手！一个嘶哑的声音从我脑后传来。

"不要，"麦克希尔苦苦哀求，她的声音因为我的钳制而变得断断续续，"塞拉，听我说。"

现在就动手！

我加大力度，只听麦克希尔发出短促的尖叫。空气被困在她的肺里，迫切想要挣脱。她再次张开口说："这不是你，"她挣扎着用沙哑的声音说，"是他们。"

他们。这个词像风中的一片落叶，在我不受控制的大脑里飘落。我摇摇头，想要把它赶走，却失败了。

他们。

那里。

过去。

我和泽恩曾经用这些字眼来指代迪奥科技和从前的生活——被困在实验室里的生活，囚徒的生活。

动手！那个声音命令道。它听上去像是被我的犹豫不决激怒了。杀了她！

我的手稍微松了一点儿，让麦克希尔能够说话。"你在说什么？"我大吼，怒火仍驱动着我的身体。

"迪奥科技，"她断断续续地说，"他们在控制你。"

不，那不可能。我头痛欲裂——一半被难以遏制的怒火所控制，另一半在尝试理清这一切，努力保持清醒。

"怎么做到的？"我咆哮，"他们是怎么做到的？"

"那个……男孩……"她几乎一点儿声音也发不出来，只有断断续续的嘶吼。

凯伦？他怎么可能……

我还没来得及想明白这一切，就突然被拽住扔向空中，飞到房间另一头，仰面摔在沙发上，脖子"咔嗒"响了一声。

我听见麦克希尔剧烈地咳嗽，大口地吸气。听到她还活着，我不自觉地再次站起身，想要做个了结。但麦克希尔的一个保镖已经在我身边，把我按倒在地，只见黑色的调节器出现在我眼前。

接着，我便不省人事。

患病

我一醒来就听见了音乐声，轻柔，婉转，让我感到平静。

我的眼皮很重，像是被紧紧缝住了，费了很大劲才把它们睁开。重见天日的双眼一片模糊，挣扎半天才重新找到焦距。我的眼球似乎十分懒惰，不愿听大脑指挥。我现在根本一点儿力气也没有。

当我终于盯着一样东西看清了之后，才发现那是天花板，外面则是漆黑一片的汪洋大海。我还在麦克希尔的潜水艇里。

我们仍在前行。去哪里？我不知道。我甚至怀疑麦克希尔没有明确的目标。她要是聪明的话就永远也不要停下。

我想要支起身子，手臂却不听使唤，双腿也一样，身体其他部位也是如此。庆幸的是，我的嘴巴还能说出话——虽然不太清晰。

"花森（发生）了什么？"

"我们给你注射了镇定剂，"我听见麦克希尔的声音回复道，"它能压制你的冲动。"

我看见了她的脸，就在我头上方。有一个保镖想把她从我身边拉开，只见她把那人的手推开，说："我没事，她血液里镇定剂的含量足够驯服一头虎鲸。"

我想要翻个身，却失败了。

"帮她坐起来。"麦克希尔命令保镖。我被扶成坐着的姿态，头后面垫了一个枕头，腿被摆正到身体前面。我的头一动也不能动，看不见麦克希尔，幸亏她坐到了我的面前，这样我就不用转动脑袋了。

她深吸一口气，像是自言自语地说："我早该知道他们会派你来。"

我可以眨眼，但最多也就只能眨眨眼。我觉得很困，想要睡觉，但同时又想知道答案，于是拼命保持清醒："什么？"

"在你昏迷的时候，我给你的大脑进行了一次快速扫描，发现他们给你植入了应激反应系统。那是一种控制你心理活动的程序，只有在特定情况下才会激活。和延时回忆有些相似。这一次，触发的条件是你从我手中拿过解药。从本质上来说，它是一种计算机控制的洗脑。"

我回想起在公园长凳上看见的景象。那时，我试图说服凯伦，告诉他成为一个真正的人能够拥有更丰富的生活。而他立刻翻脸，变成了一个完全不一样的人。我当时觉得自己应该是触发了某种避免让凯伦知道真相的自动反应。我从没想过自己身上也有同样的设置。

"可四（是），"我反驳，"他们森（什）么死（时）候把它兹路（植入）我体内的？"

麦克希尔抿抿嘴："我也不知道。很有可能是他们派来的那个特工弄的，也许就是在你被救出火场昏迷的时候。"

对，我立刻想。在我烧伤恢复前的那段时间里，他一直使用调节器让我处于昏迷状态，很可能就是在那个时候。

"好吧，无论怎样，"麦克希尔继续说，"我猜测他们一发现我在你大脑里留下的记忆地图就知道我只会让你接近我。所以他们设置了一个备用计划，把你变成一个失去理智的杀手。"

我觉得浑身难受，恶心想吐。

原来这么长时间以来，我一直都携带一种疾病，一种侵入我大脑的疾病，就像一枚定时炸弹。不同的是，我就是那枚炸弹。

我以为自己总算摆脱了他们，获得了自由，而事实并非如此。一切不过是幻象。从我在那间房里醒来的那一刻起，从我第一眼见到凯伦开始，他们就一直在操控我。而凯伦心知肚明。他一直都知道。

不过，虽然我很想生他的气，却怎么也做不到，只觉得羞愧。我一直说他是阿利克斯特的机器，是被阿利克斯特操控的傀儡。但事实上，我和他没什么两样。我不过也是个傀儡，等待着阿利克斯特在适当的时候拉动绳索，借刀杀人。

事实证明，我和泽恩身上都有迪奥科技留下的病症，它们由内而外摧毁我们，夺取我们的生命，泯灭我们的人性，剥夺我们选择人生的权利。

我感觉泪水在眼眶里打转，可我的脸颊完全麻木，不知道眼泪有没有滑落。我的头向前栽倒，再也抬不起来——不过说实话，我也没费太大力气去尝试。

麦克希尔把手伸到我下巴下面，抬起了我的脑袋。接着，她伸出手轻轻擦拭我的脸颊。她的手收回去的时候是湿的，看来我确实哭了。

"没关系。"她安慰我说，那声音甜美而亲切。

"我不明白，"我说，声音因为泪水和麻木的嘴唇而变得有些模糊，"他们为森（什）么要撒（杀）了你？"

麦克希尔听明白了我的话，说道："自从我离开基地，他们就一直想置我于死地。"

我让自己闭一会儿眼睛，却立刻发现这是个错误的决定——我好像再也撑不开眼皮了。

"给我五十毫升缓释剂，镇定剂的药效太重了。我需要她保持清醒。"

我觉得自己昏昏欲睡，想要躺在温暖舒适的床上。接着，我感到手臂上有一阵尖利的刺痛，不一会儿我便开始恢复感知。我的腿开始有知觉，手臂也能缓缓抬起和放下。我睁开眼，聚焦变得轻而易举。

"谢谢。"我很高兴自己的吐字再次变得如此清晰。

"不客气。"

麦克希尔仍然跪坐在我面前，地上的玻璃碎片已被打扫干净。她站起身，走到吧台旁，又给自己倒了一杯绿色的能量饮料。

"他们为什么要置你于死地？"我看见她紧握着杯子来回踱步，不禁觉得事情的进展并没如她所愿。

"主要是因为，自从我离开基地以后，一直都在尝试摧毁他们。"

"摧毁迪奥科技？"听起来似乎不太可能。

她摇摇头："不只是迪奥科技，还包括那些操控迪奥科技的人。"

我回想起和麦克希尔的第一次谈话。那次是在她的仓库里，麦克希尔提出了一种猜测，说迪奥科技有幕后黑手，只是她不知道那些人究竟是谁。

"你知道阿利克斯特背后的黑手是谁了？"我惊诧地问。

她停下脚步，露出一个狡黠的微笑："我确实已经知道了。"

"真的吗？"

她点点头："有一群非常有影响力的人，其中包括世界上最有钱、最有地位的人，他们把自己称为'天道'。没人了解这个组织，因为他们非常低调神秘。但传闻他们操控了几十年来的每一场战争，每一次政治竞选，每一次经济危机。有人认为他们操控了一切。提出这些看法的人大部分都被打上了'疯狂的阴谋论者'的标签，并且遭受打压。真是可惜，他们说的都是事实。"

"我不明白,"我说,"你上次为什么没有把这些告诉我?"

"有很多原因,"麦克希尔解释道,"其中最重要的是,我知道你当时还没做好准备,所以得引导你一步步靠近真相。要不然你肯定会不知所措,说不定会拒绝相信一切,而我不能冒这个险。"

引导我靠近真相?

我吃力地把手抬到头边,按了按太阳穴。"等等,"我试图理顺所有的信息,"你究竟为什么把我引到这里?"

她又跪坐到我的面前。"因为,塞拉,我需要你的帮助。你很特别,独一无二。你可以完成别人无法做到的事。我一直都在等你。"她的声音很平静,试探着说出这番话,语气里透露出一丝迫切。

"你能帮助我战胜他们。"

源头

我此刻只想站起身离开这个地方。不过,尽管麦克希尔给我注入了药水,让我能够正常说话,但我还是没法站起身。其次,我们现在正身处几十米深的海底,这显然是个问题。

"所以你才把我引向这里?"我问,"因为你需要我帮你打败迪奥科技?"

麦克希尔看上去有些吃惊:"我还以为,在经历了所有事情以后,这会是你的首要目标。"

"泽恩才是我唯一的目标,"我反驳道,"我来这里是为了救他的命。"

麦克希尔站起身,向后退了几步。我不禁注意到她的肢体语言——她耷拉着肩膀,满脸自责。我的手立刻伸向自己的口袋,惊恐地发现药品不见了。

"它在哪里?"我问。

"塞拉,"麦克希尔试图安抚我的情绪,"有些事我要向你解释。"

"基因阻遏剂在哪里?!"我大吼,把保镖都引了过来。麦克希尔微微摇了摇头,示意他们止住脚步。

"我有预感,迪奥科技肯定早我一步找到了你,在你不知道的时候给你植入了应激反应系统。我不能冒任何风险,不得不……"

"把解药给我!"

麦克希尔叹了口气:"塞拉,我没有解药。"

我的身体仿佛一瞬间掉入冰窟。难耐的寒冷刺痛我的全身,一遍,一遍,又一遍。我觉得自己在飞速地坠落。但我不在真空中,不在大海里,而是头朝下冲向地面,坚硬而无情的地面。

我将重重摔在地上。粉身碎骨。

不过,我会幸存下来,继续生活,终生被坠落的记忆纠缠。它会是我脑海中一条无法愈合的伤疤,无论我拥有多强的自愈能力都没有用。

"那药瓶里装的是什么？"我的嘴唇几乎没动，声音十分微弱。

麦克希尔摇摇头，不肯看向我。"有颜色的水而已，"她低声坦白，"那是个诱饵，我必须试探一下你，看你有没有被控制。"

"你骗我？"我挣扎着想要起身，但最终还是瘫倒在沙发上。

"请你冷静下来听我说。"麦克希尔试图稳住我的情绪。

"泽恩会死的，都是因为你！那基因会把他活活折磨死！"

"塞拉。"她每次说出我的名字都会重燃我的怒火，"你得相信我。"

"相信你？！"我尖叫着说，声音大到产生了回声，"你欺骗了我，对我使花招，把我引到这个地方来，还让我相信你？"

"等等，"她尖声尖气地回答，"我没在那些延时回忆里留下任何信号说我把你引到这里是为了给你解药。"

我刚想张口反驳，却忽然语塞。她是对的，那记忆里的声音只说"来找我"，是我自以为找到她是为了泽恩的病。

"你别扯那些，"我怒吼，"你知道泽恩会生病，知道我会寻找解药，而且也知道我会责怪迪奥科技。所以我们第一次相遇时你并没告诉我泽恩会生病，虽然那时你肯定已经知道了一切。你以为只要给我充分的时间和动机，我对他们的怨恨就会越来越深，那样就更容易把我收至麾下。"

"不是这样的，"她舔舔嘴唇，没有直视我的眼睛，解释道，"我在乎你，塞拉，也在乎泽恩。"

我冷笑着说："我不相信你。"

门被"吱呀"一声被推开，打断了我们的争执。那个名叫特雷斯汀的男人把头探进房间，问道："一切还好吗？"他满脸疑惑地看看我，又看向麦克希尔。我很确定自己以前见过这个男人，但还是记不起究竟什么时候见过。

我肯定遇到过他。

"我们一直在追踪关于暴乱的新闻报道，"他告诉麦克希尔，"它已经成了媒体关注的焦点。那一切离我们不远了。"

他转头看向我，冲我友好地眨了眨眼睛。

媒体关注的焦点。我记得这个说法，曾听到过有人说起。那是2013年，在我快要出院的时候。当时所有人都以为我是飞机事故的幸存者。

说那话的人名叫雷诺斯，自称是一名社工，想要帮我找到家人。就是他把我送去和卡尔逊一家生活的。

我仔细看了看刚进房门的特雷斯汀，觉得胃被紧紧揪住。

不。不可能是他。雷诺斯比他胖一些，老一些，头发更加稀疏，眼睛周围有皱纹，还有双下巴。而眼前的这个男人非常年轻，身材修长，头发浓密。

可他们的眼睛、声音，还有微笑都一模一样。

怎么会这样？为什么一个更加年长的他会出现在十九年前？

"谢谢你，特雷斯汀。"麦克希尔有些不安地笑笑，对他说，"我之后会去处理。"

他点点头，退出了房间。

不对，麦克希尔在隐瞒什么，这中间有不少秘密。

我紧紧盯着她，问："你为什么要隐瞒特雷斯汀的身份？"

她挑挑眉。"我没有。"

又是谎言。

"他是你的手下。"

她点点头："他是我为扳倒'天道'组织而集结的盟友中非常重要的一部分。"

"那他为什么会在2013年当社工呢？"

麦克希尔忽然一动不动，满脸惊慌失措。显然，她以为我已经不记得那些事情了，或者至少不会联想到那些。无论怎样，她现在被抓了个现行。"我不知道你在说什么。他长了一张大众脸而已。"她说道。

"你别说了！"我大吼，"我又不傻，我没把他忘了。他那时自称雷诺斯，就是他把我安顿在了科迪家。我想知道究竟为什么！"

麦克希尔闭上眼，看上去放弃了争辩。她从吧台下面抽出一把椅子，放到我面前，然后缓缓坐下去。

"首先，你要明白，"她犹豫不决地说，"'天道'是个可怕的组织，非常可怕。"

"回答我的问题。"我大吼道。

她把手举到空中。"我会回答你的，但你必须知道我的动机，必须明白我为什么要这么做。我对这个组织已有不少了解。为了收集他们的资料，我穿越去世界各地，跨越了几百年的时间。他们非常惨无人道，简直是魔鬼。"她指了指窗外无边无际的海洋，"现在有一场大的动荡，是从2032年7月开始的。"

"白热病。"我想起在地铁上看见的新闻标题。

"是的，这种病毒如果不受到遏制，将会把全人类灭绝。"她停顿了一下，深吸一口气，"那病毒是他们投放的。"

我努力掩盖自己的惊异之色，不想让麦克希尔知道我受了她的影响。

"不过，他们当然不会让人类消失，那不是他们的计划。两周之后，他们将会把自己攒在手中好几个月的疫苗公诸于世。"

"但我看见新闻标题说疾病防控中心正在研制疫苗。"我反驳。

"是的，疾病防控中心确实在研制疫苗，但'天道'组织早已拥有疫苗。他们在创造病毒的时候就造好了解药，为的是让人们以为事态严峻。等到恐惧开始蔓延的那天，他们才会宣称研制出了疫苗，这样，人们就会迫不及待抢着购买。事实上，他们确实就是这么做的，我到过未来，亲眼见证过这一切。"

我耸耸肩。"那又怎样？"

"问题在于，"麦克希尔阴沉地说，"他们手中的疫苗有猫腻，里面包含能够改变基因的成分。一旦注入人体，改变永远也无法撤销。"

我不由自主地向前倾，全神贯注听她说话。

"这种基因的改变会让人更容易受到常见疾病的侵扰，比如过敏、流感、风寒、头痛等。它会让人体失去抵抗常见疾病的能力，只能依赖药物生存。而那些药物只有'天道'组织成员拥有的企业才能生产。"

我把双臂环抱在胸前："这和特雷斯汀出现在2013年有什么关系？"

麦克希尔不安地点点头："我马上就要说到那里了。"她再次调整呼吸："'天道'组织的幕后操控早在21世纪初就已出现，并且持续了好几十年。直到七十五年之后，美国才会出现一场小规模的抗议。可以说，那是一场自然主义者的运动。人们或多或少察觉到了事情的真相，并责怪政府是幕后黑手。不过，政府只是'天道'组织的一颗棋子，一点儿实际权力也没有。那时，采用疫苗和医药企业来控制人类的事情将会东窗事发，他们无法继续使用同样的手段。所以，'天道'组织转而采取另一种更加可怕的方式来控制人类。那是一种他们已经筹划了几十年的方法，事实上，它的雏形正在逐渐形成。"

说着，她用手指在窗户上点了四下："就——在——外——面。"

她在椅子上动了动身子："那个计划直到2109年才会实施。那时，'天道'组织将会收购一家规模很小但前景不错的生物技术公司。"

"迪奥科技！"我低语。

"是的，"她回答，"迪奥科技将会收到一笔巨额投资，转移到偏远的沙漠地带，加大安保力度，然后开始进行'天道'组织有史以来最为重要的科研项目。"她说着，眼睛看向我。

我的体内像是刮起一阵寒冷而绝望的大风。

"把我创造出来的那个项目？"

"是的，"她说，"它被称为'造物主计划'，目的是创造出人类历史上最完美的基因序列。"

"可是，为什么？"我问，"他们创造出我究竟有什么目的？"

"啊哈，"麦克希尔说，"那正是我苦苦寻找的真相。而且，我终于找到了它——可以说是我的幸运，也可以说是我的不幸。"

我焦急地咬着下嘴唇。这是我等待已久的真相，是我一直没能发掘的真相，是我存在的原因，是我被创造出来的原因。

"你，"麦克希尔说，"我想还有凯伦，将会被用作宣传的工具。"

我眉头紧锁："宣传的工具？"

她点点头："他们将会在全世界范围内售卖基因改良产品，而你们，就是宣传品。想要变得和她一样美丽，或者和他一样帅气吗？我们可以帮你。想要行动敏捷，自愈迅速，皮肤光滑，聪明超群吗？我们也可以帮你。"

她仔细观察着我的反应。"那是一套能够吸引全人类的产品。它们可以触及人类的欲望、恐惧和脆弱的自尊。而所有人……"她停顿了一下，缓缓说，"都会想要。"

"但是，和疫苗一样，"我推断说，"那些产品里也有不可告人的秘密？"

她欣慰地对我笑笑："确实如此。"

我耸耸肩，问："那是什么？"

"本质上来说，就是他们用来操控你，让你试图杀害我的那样东西——高度复杂的应激反应系统。那是一种在你大脑里潜伏的纳米技术，在被激活之前，你感觉不到它的存在，也搜寻不到它的踪影。"

"不过，他们打算用这个做什么？"

麦克希尔面色凝重地说："做任何他们想做的事情。"

我艰难地吞咽了一下，不禁想到了可怕的后果——几十亿颗行走的炸弹，不知道什么时候会突然爆发，和我一样。

"战争，阴谋，暗杀，强制购买新的产品……有无数种可能。他们要做的，只是发射信号，借刀杀人。"她用手做出向下按的动作，"整个人类都被一个按钮控制。"接着，她身体向前倾，坚定地注视着我的双眼，"而这一切，都从你开始。"

争论

我突然觉得浑身又变得像打了镇定剂一样,不得动弹——舌头说不出话,眼睛也闭不上。我只能一眨不眨地看着眼前这个女人。

"'天道'组织这项计划的高明之处,"麦克希尔继续说,"就在于吸引人们追求他们的产品,而不是强迫人们接受。消费者看见你的时候,就会排着队购买基因改良产品。所以阿利克斯特才这么拼命要把你抓回基地,你是整个计划的关键。"

我摇摇头:"他为什么不创造出另一个改良人呢?凯伦不就是吗?他既然能创造出别的改良人,那我完全可以被取代。"

"我的猜想是,凯伦本来就是计划的一部分。他们从一开始就想好了要创造出他,作为你的男性配偶。这完全说得通。这个项目的名字'造物主计划',和《圣经》第一章有关,讲的是上帝创造亚当和夏娃的故事。阿利克斯特一直都很喜欢嘲讽宗教,所以他才会给公司取名迪奥科技,意思是上帝的科学。"

"可是,是阿利克斯特让我来这里的,"我反驳说,"凯伦本来随时都能把我带回基地。"

"那是因为他的计划出现了一点儿问题——他生病了,需要阻遏剂。而他知道只有你能接近我。所以,我很确定他在得到解药之后就会让凯伦把你带回基地,最好是能赶在'天道'组织被发现之前。"

"好吧。"我勉强认可道,我头晕目眩,努力让自己保持清醒,"但你还是没有回答我的问题。特雷斯汀为什么会出现在2013年?"

麦克希尔站起身,走到吧台旁。这一次,她没有伸手去拿那种奇怪的绿色饮料,而是从一个扁平的瓶子里倒了些棕色的液体,看上去和科迪在实验室里喝的是同一种。

"你知道他们有多恶劣,不是吗?"麦克希尔逼问我,"你知道不能让他们得逞,不是吗?他们的计划绝不能继续!"

"回答我的问题!"

"我只是需要确定你知道我在对抗什么。"

"好吧,"我逐渐失去耐心,或许我一开始就没有耐心,"我知道。"

"事实上,你会去到2013年并不是个意外。"麦克希尔喝了一大口酒,然后沉重地呼出一口气,"是我把你送去那里的。"

我已经顾不上双腿有没有知觉,立刻站起身,摇摇晃晃。"你……你……你干了什么?"

"自从我离开基地之后,经常会……"她迟疑了一下,看上去非常不安,"偷偷回去拜访。"

"拜访?"我重复道,"谁?"

她的手有些颤抖:"多数时间是去拜访里奥博士,我们俩……关系比较好。他是基地里唯一一个能分享我的研究进展的人。"

关系好?

"先不说那些。在我的一次……拜访中,"麦克希尔说,"里奥告诉我你想要植入穿越时空基因,和泽恩私奔,还说你想在离开前清除所有记忆,我当时什么都没多想。但后来,我收集到越来越多关于'天道'和其发展的信息,便在你离开基地的前一夜回去了一趟,在你的大脑里植入了一个触发器,让你回到2013年,而不是1609年。"

"是你松开了手。"泽恩是对的,当时是我放手了,被他们控制了。这就是我们分开的原因,而麦克希尔一直知道这一切。

"对不起。"她对我说,声音听起来很真诚。但这不重要,那一切根本不是道歉能解决的。

"为什么?"我嗓子都叫破了,浑身无力,瘫坐在沙发上,"你为什么要这么做?"

"因为我需要你,"麦克希尔的声音里满是绝望,"我需要你加入我的队伍,和我一起反抗他们。"

"我并不想和你一起反抗他们!"我大吼,"我并不想要这一切!"

"我知道,"麦克希尔看上去悲恸欲绝,"我只是……必须有人去找科迪·卡尔逊。"

"科迪?他跟这一切有什么关系?"

"关系大得超乎你的想象,"她回答,"证据表明'天道'组织也赞助了他的研究。他接下来完成的突破将会为之后发生的一切打下基础。但我们到现在为止仍然连一个'天道'组织的成员都找不到。他们非常隐秘,而科迪是我们唯一的突破口。可是,成年人非常难对付,他们疑心很重。我们不可能在这个时候出现,让他为我们提供信息。但是,如果有一个让他信任的人,一个他认识很久的人……"

她的声音越来越弱,而我已经知道她要说什么。我的大脑已经走在前面,胃却停留在好几千米之外,停留在黑暗的大海之中。"所以你派我回到2013年去博取他的信任?"

她点点头:"特雷斯汀把你带去卡尔逊家,让一切变得更简单。"

"但他看起来不太一样,"我想起雷诺斯年迈的面孔和稀疏的头发,"比现在更老。"

"那只是乔装打扮。我让他的基因发生了短暂的改变,使他看起来更老更胖。不过那些变化几天之后就会消失。"

"那飞机事故呢?"我问,"你是故意让我穿越到一堆飞机残骸之中的吗?让我看起来像个飞机事故幸存者?"

麦克希尔自责地说:"很不幸,那场事故是穿越时空造成的影响。"

"等等,什么?"

她叹了口气:"穿越时空的原理很复杂,有时会造成力场的波动。尤其是当时,你大脑有一半在奋力反抗植入的触发器,另一半则在顺从,造成的影响尤为强烈。我并不希望发生那样的事故,但却误打误撞发生了。"

我惊恐地瞪大眼睛,问:"你是说,我导致了那起事故的发生?"

"很抱歉,确实是你间接导致的。"麦克希尔看上去十分自责。

我忽然想起了在海上醒来时看到的场景,那些尸体漂浮在我周围,脸上惊恐的表情定格在了那一瞬间——多么可怕的死亡。

"那架飞机上所有的人都因我而死,"我麻木地说,"因你而死!"

"这是一场战争,塞拉,"麦克希尔语气中的自责荡然无存,"死伤在所难免。"

我不由得啜泣起来。我所知道的一切在这一刻全部轰然坍塌。这么长时间以来,我一直在矛盾,一直在纠结,整个人被生生扯成两半,朝着两个相反的方向前行,但最终都导致了他人的死亡。而我自己却浑然不觉,一点儿也没发现。

"我从来都没的选择。"我没意识到自己把这句话说出了口。

"你现在可以选择，"她的语气里满是同情，"你可以帮我把他们打倒，把那些伤害你的魔鬼打倒。"

我眯着眼看她，然后摇了摇头："你难道还不明白吗？"我的声音有些颤抖，却越发坚定，"你和他们有什么两样？从始至终，一切都是你在操控！你怎么好意思站在那里指责他们？你就是他们！"

"塞拉，"麦克希尔试图争辩，"这话简直荒谬！你怎么能拿我和那群禽兽相提并论？"

"我当然能！"我对她大吼，"你想知道为什么吗？因为你和他们一模一样。你们都利用别人来得到自己想要的东西，操纵无辜的人来达到自己的目的，你们都偷走了别人的人性，偷走了我的人性！"

我的双腿止不住颤抖，朝门口走去，瞥见保镖准备拦住我，却被麦克希尔制止了："让她走。"

"噢，是吗？！"我回头挑衅地问道，"我能走了？真是谢谢您的一番好意！"我的讽刺入骨三分，科迪肯定会为我感到自豪的。

我踏出房间，"砰"地把门关上。

地点

　　一出房门，我立刻瘫倒在地。为了不在麦克希尔面前倒下，我已经用尽了全身力气，精疲力竭。我靠在墙上，任由身体的重量和刚才承受的打击把我压垮，缓缓滑到地上。

　　泪水模糊了我的双眼，我的身体因啜泣而不受控制地颤抖，胸口疼到快要炸裂。我就这样任由它们把我击垮，不再挣扎，不再努力调整呼吸。还有什么意义？呼吸，空气，生命。一切不过是幻象。

　　我不过是在自欺欺人，以为自己还活着，以为自己很重要，以为自己是人类。我也许有血液在身体里流动，也许需要氧气、水和食物来维持生命。可除此之外，我不过是个机器，是个玩物，是战争中的武器。而在这场战争中，胜利终将属于不择手段压榨我的那一方。

　　我把手伸进口袋，摸索到那枚吊坠。它对我来说已经失去了意义。我根本配不上这么珍贵的礼物，配不上它曾经代表的一切。

　　我如同行尸走肉般打开房门，闭上双眼。

　　我可以去任何地方，逃离这一切，拥有无穷无尽的选择。我可以逃到遥远的岛屿，平平淡淡度过我的余生——无论它多么漫长。在那里，我不会再受到伤害，也不会有人在乎我是谁，做过什么。

　　我还可以把自己传送到火山喷发口。

　　那样就能立刻做个了断，结束我的痛苦，结束每个人的痛苦。

　　但奇怪的是，这一刻，我只想去一个地方。

　　我只想见一个人。也许只有他能理解我的感受。

　　问题是，我不知道他在哪里。可不知道为什么，直觉告诉我那不重要。我不需要知道他在哪里。我之前从未尝试过把自己传送到某个人身边，一直都是穿越到某个地点或某个时间。

　　然而此时此刻，我能感觉到他的呼唤，没有声音，没有言语，就是一种感觉。我轻轻把断开的项链在手腕上绕了三圈，紧紧握住打开的心形吊坠，然后闭上双眼，全神贯注地想着他的脸。

那画面给我冰冷的身体带来一丝温暖。而现在，这已经足够。

当再次睁开双眼时，我发现自己来到了一间昏暗狭窄的小屋，和刚刚离开的那个宽敞的指挥中心形成了鲜明对比。这里没有窗户，没有造型优美的玻璃和雪白的家具，也没有温暖的火炉和光洁的工作台。

这里只有脏兮兮的金属，生锈的管道，冰冷的墙壁和剥落的墙体。

但是，这里有一样东西比窗户更加明亮，比火炉更加温暖，他像黑暗中的钻石，静静坐在坚硬的金属长椅上。凯伦听到我靠近的脚步，立刻睁开双眼。他微微一笑，看起来还有些昏昏沉沉，但调节器造成的影响已开始减弱。

我没有给自己思考的时间，没有瞻前顾后，没有犹豫挣扎。

我向前一跃。一眨眼，我已经紧紧吻住他的双唇。

他大吃一惊，心跳加速，随即开始回应我的吻。

我们俩之间流动着一股巨大的能量，一股无与伦比的能量。

它像最强劲的电流，最汹涌的波涛，最耀眼的闪电，最猛烈的疾风，最巍峨的山峰，最深沉的呼吸。它未经雕琢，来势汹汹，野性十足。

此时此刻，它是维系我生命的唯一能量，是赋予我动力的电流，犹如一条无形的电线，一头连着我，另一头连着太阳。

接着，凯伦推开了我，深吸了一口气，问："那是什么？"

"你也感觉到了吗？"我问。

他认真地点点头。

"我不知道。"我坦白说。

但我知道，我不想停止。

我们再次相拥，完全不知道自己在干些什么。

一眨眼我和凯伦躺倒在地。

这种感觉似曾相识，上次是在……

在……

突然，我胃如刀绞，回忆起那一幕。那是在我和泽恩分开前的一夜，在树林里。我当时感觉到一种陌生的渴望。

我回过神，推开凯伦，坐起身。他在我身边一脸疑惑。

"你怎么突然停了下来？"他问。

"我做不到。"

我看得出来他一头雾水："对不起。"

凯伦坐起身，伸手抚摸我的脸颊，温柔而深情，和我两天前见到的那个他判若两人。

当时的他被阿利克斯特控制。当时的他犹如机器。

而眼前的这个人完全不同，焕然一新，仿佛过去他一直被埋没在躯体里，没找到挣脱束缚的方式。他不知道自己拥有这样的一面。

"不要说对不起。"他轻声说。

我摇摇头，努力忍住泪水，但它们却不听使唤，顺着我的脸颊滑落，凯伦用指尖接过一滴，细细打量，看上去好像从没见过眼泪。

而他很可能真的没有见过。

"我不明白我们两个人之间究竟发生了什么。"

"我也不知道。"

我相信他的话。

"我不知道你身在何处，却找到了你，"我对他说，"我直接传送来这里，仿佛你就在我大脑里的某个位置，真真切切地在那里。"

他点点头："我知道。"

我歪着脑袋，注视着眼前这个全新的凯伦。他还是那样完美，只是眼里多了一分真实，让他变得更加俊美。我不知道是什么改变了他，但那肯定和改变我的是同一种东西。

"你就是这样找到我的？"我恍然大悟，"在科迪的实验室，还有在潜水艇里的时候，你都是直接传送到我身边的？"

"我不知道是什么原因，"凯伦说，"阿利克斯特从没提过。基地里的科学家们教会我穿越到某个时间或某个地点的方法，却从没教过我如何传送到某个人身边。但直觉告诉我可以这样找到你，只要我足够努力，就可以感知到你的位置。"

"这种方法在别人身上有效吗？"

他摇摇头，说："只对你有效。"

"阿利克斯特派你来这里寻找解药？"我最后一次向他确认心中的疑惑，想要听他亲口告诉我，大声回答我。

"是的。"

"并且让你把我带回基地？"

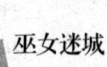

这一次，他迟疑了一会儿，鼓起勇气。"是的。"他终于回答道。

我吞咽了一下，倒在他怀里，感受着我们的接触所产生的电流。我闭上双眼，静静聆听他强有力的心跳，那声音犹如骏马的狂奔，犹如囚徒奋力的反抗。

"你说得对。"他对着我湿漉漉的头发轻声说。

"什么？"我仍然紧闭双眼。

我在想自己的那颗心——紧紧握在掌心里的那颗心，它仍然开启着。如果凯伦想完成任务，把我带回基地，我别无选择。我现在一点儿反抗的能力都没有，未来完全掌控在他的手里，听凭他的处置。

但这没关系。我知道自己愿意跟他去任何地方。

"关于我的任务，"他无奈地叹了口气，仿佛憋了很久很久，"我别无选择。"

停留

我昏昏沉沉睡了很久，醒来时第一眼看到的就是凯伦的脸。他没有离开——虽然他完全可以逃走，穿越到别的地方。

但他选择停留，寸步不离。我睡着的时候一直枕着他的胸口。

我坐直身子，抬起双臂，发现有东西从我腿上滑落到地面。我好奇地看了一眼，只见露露躺在脏兮兮的地上，那是简的娃娃，她的左手臂被烧得只剩下黑漆漆的半截。

我捡起露露，满脸疑惑地看着凯伦："这是从哪里来的？"

他有些不安地耸耸肩："我从你那里拿来的。"

我皱着眉头问道："是吗？什么时候？"

"就在我把你带离火海之后。当时你昏迷不醒，我奉命把你口袋里的东西全部没收。我当时不知道哪些有用，哪些没用。"

我把露露凑到鼻子旁边，轻轻嗅了嗅，希望能找寻到一丝简的气息，农场的气息，或是那段美好记忆的气息。但我只能闻到浓重的烟熏味——那场失败的火刑残留的味道。

"谢谢你把她给我。"

"我不太明白，"凯伦眉头紧锁地看着露露，"这有什么用？"

我不禁大笑，好像很久都没这样笑过了。"她没有什么实质的作用，只是……我不知道……或许是一种慰藉吧。她让我想起曾经认识的某个人。"我把娃娃放进口袋，问道："你知道几点了吗？"

他看了一眼手表："我估计是上午7点22分。"

那一刻，我觉得焕然新生，但那种感觉转瞬即逝。我再次想起前一夜发生的事情，想起麦克希尔的欺骗，迪奥科技的操控，泽恩的解药，还有那深深印刻在我脑海里的愤怒。

"我们现在该怎么办？"凯伦问。

可我一点儿头绪也没有。我不能把泽恩留在科迪家，任他自生自灭。可是，我还能怎样救他呢？

无论我怎么做，去哪里，总有人会追捕我，绞尽脑汁利用我。

那么，我呢？

我究竟想要什么？

曾经，这是个简单的问题，我的大脑里有设置好的答案。而现在，那个答案已经不再清晰。

"塞拉。"凯伦的声音打断了我的思绪。我看向他。

"怎么了？"

"昨晚发生了什么？"他问，"他们把我弄晕之后发生了什么？"

他会这么问，说明他没有趁我睡着的时候读取我的记忆。想到这里，我不禁感到安慰。

我摇摇头："一切都乱了套。麦克希尔把解药给我，而我却差点儿杀了她。"

"对不起，"凯伦说，"我不知自己当时干了什么，我只是……"

"执行任务，我知道。我没有怪你。"

"那么，你现在已经拿到解药了吗？"他问。

我忽然觉得鼻子一酸，说："没有，那瓶解药是假的。麦克希尔只是在检验我，她一开始就怀疑你——我是说，怀疑迪奥科技会想办法操控我。而且她猜对了。"

"所以她没法救泽恩？"

听到凯伦用他那低沉的声音说出泽恩的名字，我不禁觉得胃里一阵翻滚。就好像树上的鸟被惊得四散飞开。一切都感觉不对，仿佛他不可以提起泽恩的名字，我也不可以从他嘴里听到泽恩的名字。

他的嘴，我昨夜吻过。

"我不知道，"我的声音有些断断续续，"她说只有我们俩……"我把手指从我们身体间狭小的缝隙里抽出来，"能够承受住穿越时空基因，所以阿利克斯特才把你创造出来。所有植入了这种基因的普通人都会……"

我回想起昨晚的一切，声音开始颤抖，说不出话。我快速回忆昨晚的对话，不断反复查看麦克希尔的举止，寻找蛛丝马迹。我想从她身上找到病症，颤抖也好，冷汗也好，虚弱也好，任何一点儿都行。

可什么也没有。

麦克希尔看上去完全没事。

她身上的穿越时空基因存在的时间明明最长，因为她一开始就拿自己当试验品。

"快来。"我立刻站起身，拉拉凯伦的胳膊。

"我们要去哪里？"

"去弄清楚麦克希尔为什么还活着。"

凯伦迟疑了一会儿，有些退缩："她如果看见我在场肯定什么也不会说。她知道我为阿利克斯特卖命，死也不会开口的。"

我同意地点点头："所以我没打算跟她当面谈。"

追踪

麦克希尔打开实验室的大门,看着沙漠的夜,温暖干燥的风迎面扑来,吹在她苍白阴沉的脸上。她的心脏怦怦直跳,浑身颤抖,冷汗直流。

她的手里紧紧握着三个盖好的药瓶。

她看着漆黑的夜,静静聆听,孤身一人。但很快就不是了。

一阵剧烈的咳嗽涌到她的嗓子眼,挣扎着想要喷发。她咬住嘴唇,努力压制住那阵咳嗽,眼里满是泪水,喉咙里一股腥味。

她瑟瑟发抖,看向远方,渴望能把自己传送到那里。她知道自己必须积蓄足够的力量,否则别想逃出去。

她把手中的药瓶放进口袋,然后溜出了房门。她想要奔跑,但精疲力竭,身体快要瘫倒,被本应保护她的基因击垮。

她太虚弱了,根本无法穿越。她等了那么长时间才回到这里。

她知道,自己必须去那间屋子。如果他死了,那都是她害的。

她决定绕远路去那里,这样可以躲避不少探测器,但同时也意味着要走更长的路,失败的可能性随之增大。她说不定会成为狼群的食物。

她蹒跚着在不平的沙漠里行走,忽然被一片突起的草皮绊倒。那一刻,她感觉有千万匹马在碾压她的内脏,让她呼吸困难,胃部抽搐,想要呕吐,可胃里却空空如也。她呼吸一滞,猛地喷出一口血,洒在沙漠上。

她命令自己站起身。快站起来!

又是一阵寒意穿过她虚弱的身体。不过她总算站起身,继续摇摇晃晃地前行。

她走到那间隔绝小屋的高墙下,知道自己无法打开紧锁的大门,只能翻过去。她拖着脚想要爬上高墙,却始终爬不上去,粗糙的墙面划伤了她的手掌。

终于,她翻过高墙,跌落在另一头,咬紧牙关不让自己发出惨痛的尖叫。一束光从上方洒落,刺得她睁不开眼。她眯着眼看向天空,勉强看见盘旋机的扇叶在上方旋转。

"站住，"一个冰冷的声音响起，一点儿也不像人的声音，"不许动。"

药瓶安然躺在她的口袋里。她挣扎着站起身，拔腿就跑，可她的双腿剧痛无比。她跑到小屋门前，用力把它拉开，跌落在房里。

她靠近的时候，他还在熟睡，看上去十分恬静，柔软的红色胡须随着呼吸一起一伏。她把手伸进口袋，掏出两个药瓶，把它们塞进他的掌心，然后捏紧他的手指。

他感受到她的触碰，立刻醒了过来，缓缓睁开双眼，随即露出微笑。

"你来了。"他睡意沉沉地说。

但当他看清她那憔悴虚弱的脸时，喜悦之情立刻消失得无影无踪。

"怎么了？发生了什么事？"

"穿越时空基因。"她的声音微弱得几乎听不见。

盘旋机的灯光照进小屋，随着飞行器的降落缓缓下降。她的时间已经不多了。"你必须找到他，"她的手捏得更紧，声音里带着哭腔，"你必须得找到他。"

她使出浑身力气，集中注意力想着她的目的地。她知道，这将是最后一次和他相见。门"砰"的一声打开，他手上的触感消失了，她则流下了眼泪。

她蜷缩着跌落到潜水艇指挥中心，浑身发抖，迷迷糊糊。特雷斯汀给他盖上毛毯，从她口袋里拿出药瓶，动作迅速地插入针管，抽出药水。

他找到她的血管。她感到一阵刺痛。透明而浓重的液体流入她的血管，改变过去，治愈疼痛。把她永远困在了时间里。

斗争

麦克希尔的记忆缓缓消失。我睁开眼,周围一片狼藉。

家具被弄得底朝天;墙上的画框掉到地上,摔得粉碎;早餐和破碎的盘子散落在白色的地毯上;麦克希尔的两名保镖一个叠着一个倒在楼梯旁,身穿纯白的制服,看起来像一堆白雪,其中一个被我的掌根打得鼻血直流,另一个则被凯伦的手肘撞肿了嘴唇。

而麦克希尔正坐在沙发上,昏迷不醒,脑袋耷拉着。凯伦的指尖仍搭在她的额头上,把她的记忆传输到贴在我脑后的接收器里。

我眨眨眼,仔细打量眼前的一切,把它们和记忆里的画面重合起来。我看了看餐桌下面的那块地毯,特雷斯汀就是在那里给麦克希尔注入了透明的药水。阻遏剂。解药。

它永远地废除了她的穿越时空基因,治好了她的疾病,把她永远困在了这里,再也无法穿越。

"你看见了什么?"凯伦打断我的思绪,问道。

我眨眨眼,看向他,说:"有三瓶解药。"

凯伦点点头,看上去好像已经知道这些。"阿利克斯特博士相信麦克希尔回过基地,便派人搜查,发现她实验室里的分子加速器曾经制造过三支血清,但怎么都找不到它们的下落。他猜测麦克希尔回基地是为了制造穿越时空基因的解药。可当他试图重新制造解药时却失败了。麦克希尔博士清理了所有痕迹,确保没人能学会解药的制法。"

我点点头:"我也没在她记忆里看见解药的制法,开始的时候解药就已经做好了。"

"很可能被她删除了。"

我看着麦克希尔熟睡的脸。她隐藏了这么多秘密,肯定还有我们不知道的事情有待发掘。

她说"你必须找到他"。这话是什么意思?

"你看见三瓶解药的下落了吗?"凯伦问。

我咬咬嘴唇。"麦克希尔留了一瓶。"

"那另外两瓶呢？"

麦克希尔的记忆或许比我的更加模糊，更难识别，但我认出了画面中的那个男人。我知道他是谁。然而，这似乎是一条死胡同。我再次感到整个宇宙都在和我作对，不让我和泽恩在一起。

"她把解药给了里奥，"我垂头丧气，叹了口气，感觉希望再次破灭，心痛无比，"他已经死了。"

凯伦默不作声，空气里弥漫着紧张的气氛。我抬眼看见他的下嘴唇有些扭曲，仿佛他的身体正在和大脑作斗争，决定要不要开口说话。

曾经的那个凯伦——那个被洗脑，被程序控制，遵守指令的他，正在向全新的这个有思想的他宣战，试图重新获得控制权。我看着他苦苦挣扎，看着他紧紧闭上双眼，表情扭曲，痛苦万分。

"凯伦。"我终于开口，说着轻轻牵住他的手。他被我的触摸吓了一跳，眼睛猛然睁开，"你还好吗？"

他动动嘴，看得出来有些费劲。他的手指在我手掌中紧紧攥成拳。

"没事的。"我安慰着，指尖轻轻摩挲着他泛白的指关节，"你很安全，我在这里。"

我的安慰似乎起了作用，在几分钟的思想斗争后，新的凯伦逐渐掌控了局势，曾经的他缓缓退缩到大脑中黑暗的角落。凯伦张开口，声音有些疲倦，断断续续地说："里奥……博士……"

"他怎么了？"我眉头紧锁，问道。

"他……没……死。"

切入

我看见了他。

我看见他跌倒在地,不停颤抖,直到一动不动。我从他眼里看到生命的流逝。这一切就发生在我眼前,在那个洞穴里。

我看见他死了。

从那以后,这段记忆就阴魂不散,苦苦纠缠着我。

"可是,那个调节器。"我疑惑地问,"阿利克斯特当时明明把刻度调到了最大。"

"那确实会造成伤害,"凯伦说,"但不会致死。"

"那它会造成什么样的伤害?"我的声音有些颤抖。

"他的大脑遭到了严重的破坏,"凯伦解释说,"你逃走以后,阿利克斯特博士把里奥带回了基地。但大脑的损伤终将导致死亡,于是阿利克斯特博士采用了科学的手段来维系里奥的生命。他现在正待在医疗区的一间病房里,有人看守。"

一串串礼炮在我的大脑里纷纷炸响,我感到欣喜若狂,重燃希望。

"你怎么知道这些?"我忽然又有些怀疑。

"我开始执行任务之前接收了相关信息,而且……"凯伦迟疑了一下,眼神看向别处,"我见过他。"

"我们必须去那里。"我急忙说,语气里的迫切把自己吓了一跳。

我要去迪奥科技。那是我诞生的地方,是我被囚禁的地方,也是泽恩费尽心机带我逃离的地方。可是,里奥在那里,如果他是找到解药的唯一线索,那我必须去找他。

"你得带我去那里,"我对凯伦说,"里奥知道另外两瓶解药的下落。"

我话还没有说完,凯伦的脑袋已经摇得像个拨浪鼓。"里奥的大脑已经面目全非,他现在仍处于昏迷状态,没有办法告诉你解药的下落,甚至连你在他身边他都不知道。"他说道。

但我完全不在乎这些，这是我唯一的机会。"我们必须试一试，"我坚定地说，"我必须试一试，为了泽恩。"

凯伦避开我的目光，看向别处，说："你确定想回到那里吗？如果你被抓住……"

"我很清楚会有什么风险。"还没等他讲完，我立刻答道。我害怕自己听到自己的下场，会胆怯退缩。

我知道阿利克斯特发现我之后会怎样，也知道被抓之后会是什么样的下场。他已经非常明确地表达了自己的意向。

说实话，一想到要回迪奥科技，我整个人非常慌乱。可我很确定一件事，那就是我必须救泽恩，无论天涯海角，无论刀山火海，我必须去。

至死不渝。

"你说里奥的房间有人看守？"我说。

"房间外面有人看守。"凯伦澄清道。

"你能把我们直接传送到房里吗？"

他点点头："能。"

那就不需要再考虑什么了，我决心已定。

我打开挂在手腕上的吊坠，牵起凯伦的手。而他则闭上双眼，全神贯注想着那个地方。

我静静等着，看向我们紧紧相扣的十指。就在此时，我看见了它。

透过凯伦的袖口看见了它。

那个文身，那条黑色的疤痕，那个追踪器。

我立刻甩开他的手："等等！"

凯伦立刻睁开眼。"怎么了？"

我把手腕上的印记露出来，他眼中随即闪过一丝了然。

"我们一到基地他们就会发现。"我说。

他点点头："我们该怎么办？"

我回想起在帕丁森农场的那个早上，我一怒之下用刀把那印记剜下，它很快又长了回来。

"我们可以把它们割掉。"我的声音严肃而坚定。

"它们会长回来的。"他立即回应道。

"不会立刻长好。在它们可以被检测出来之前，我们有不到30分钟的时间可以寻找解药的下落。"

我环视狼藉的屋子,想要寻找合适的工具。任何尖利的物品都行。我的目光最终落到碎了一地的画框上,看到一片尖利的玻璃。我冲过去捡了起来。凯伦跟着我跑了过来。

我心跳加速,喉咙干涩,抬头看看凯伦,和他四目相对:"我帮你割,你帮我割。"

他伸出胳膊,手腕朝上,说:"切深一点儿,这样可以多争取一些时间。"

我点点头,哆嗦着深吸一口气,把尖利的玻璃用力抵在他的肌肤上。

回归

我咬紧牙关,看着凯伦把我手腕上那条细长的黑色印记剜下,留下一条又深又长的伤口。鲜血顺着我的手臂滑下,染红了我脚下雪白的地毯,旁边不远处是凯伦留下的猩红色血迹。

我用掌心按住伤口,想要止住鲜血。

"别。"凯伦说着拉开我的手。

"血滴得到处都是。"

"伤口上的血凝结了只会愈合得更快。"

我小心翼翼地把手拿开,感觉温热黏腻的鲜血流向掌心,不禁有些难受。

"把手抬高点儿就好。"凯伦说着把手举过头顶。我便学他的样子抬起手。

"记住,"我对他说,"我们不知道阿利克斯特是什么时候把你创造出来的,所以只能穿越到你离开基地之后的某个时刻。"

"我知道。"

"你知道自己是什么时候被派去1609年抓我的吗?"

凯伦点点头。

"那我们穿越去那一周之后,这样比较保险。"

他同意我的建议,抓住我抬起的手,两个手腕上的血液交融在一起。我们被科学改良的人生紧紧相连。

"准备好了吗?"他问。

我深呼吸,环视了一眼这个房间,目光最终落在麦克希尔身上,她仍坐在沙发上,昏迷不醒。麦克希尔对我说过,我拥有选择的权利,可以加入她的联盟,或者拒绝。我想,我现在的举动应该是在说"不"。

但我从没想过自己会做出这样的选择。自从我有记忆以来,就一直在逃离迪奥科技,逃离他们代表的一切。自从我有记忆以来,就一直在竭尽全力躲避他们,欺瞒他们,远离他们。而现在,我却要回到那里,和他们之中的一员一起回去。

但凯伦和其他人不一样,不是吗?他用举动证明自己已经改过自新。他不再是阿利克斯特的傀儡,不再是被程序控制的机器,而是一个自由人。他做出了自己的选择。就和我曾经一样。

然而,一种隐约的困扰缓缓爬上我的心头。

如果他是假装的呢?

解药,吻,还有凯伦的回心转意。

如果这一切只是他把我骗回基地,让我上钩的陷阱怎么办?

不,我告诉自己。

我绝不相信那种揣测。我懂凯伦,他和我是同类。我几乎像了解自己一样了解他。已经有无数事实证明,我们之间有某种特殊的联系。

他不会骗我,就算他真的在撒谎,我也别无选择。

我抬起头,迎上凯伦的目光,轻声回答道:"是的。"我用尽所剩无几的信念说:"我已经准备好了。"

我闭上双眼。就算这次的穿越不是由我主导,就算我不需要集中注意力,我仍然不敢睁开眼,不敢看将要发生的一切。

泽恩竭尽全力把我带离基地,我现在却要重新踏入那个囚牢。

我现在居然心甘情愿回到那个我发誓再也不会回去的地方。

我在那里诞生,在那里被创造,在那里开始我的人生。

我终于要回"家"了。

混乱

　　医疗区的房间一片雪白，干净整洁，摆满了复杂的仪器，前所未见。这里一根电线也没有，完全看不到仪器的电源。计算机和监测器的屏幕都和纸一样薄，看上去像是一下就能折断。

　　我调整好视线，看见了房间另一头的那张床，它没有任何支撑物，凭空悬浮在那里。

　　我不知道自己身在何处，直到看清楚里奥的脸枕在雪白的枕头上。

　　他红色的胡须长了不少，杂乱不堪，头发已经长得遮住了眼睛，皮肤皱巴巴的，有些溃烂，看上去像在雨里淋了很久。

　　除此之外，他看上去没什么不同。

　　看到他昏迷不醒，睁着眼睛直直盯着天花板，我的身体仿佛被掏空了一般。他曾是我最亲近的人，如同家人，可他现在却变成了这样。我们在一起的时间太短，当我意识到他对我来说有多重要时，一切都已经晚了。阿利克斯特把他变成了这样。

　　我再也无法和他聊天。

　　我再也无法从他口里得知我的过去，或是他和麦克希尔的关系。

　　我再也无法从他柔和的灰绿色眼眸里看见生机。

　　我想立刻冲到里奥身边，把他的脸捧在掌心，脑袋依偎在他的胸口。可有样东西阻止了我。是一个噪声。

　　一个刺耳的声音。我顺着它望去，发现一个女人——至少从腰部以上看来是个女人。可她下半身不是腿，而是轮子。

　　我被吓得差点儿叫出声，幸亏凯伦一步冲到我面前，捂住我的嘴，把我向后拉。我们迅速跑到一张桌子下面，不断向后躲，直到撞到了墙壁。

　　"那是什么？"我的声音小到只有凯伦能听见。

　　"医疗机器人。"

　　"什么？"

　　我的声音太大，凯伦立刻用手指抵住嘴唇，示意我安静。"智能机器

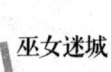

人。他们在基地里负责各类杂务。"

我目瞪口呆地看着这种奇怪的仿生机器人在房间里走动,监测里奥的设备和计算机。

"它知道我们在这里吗?"我只出气不出声地问。

"它要是发现了我们,会有反应。"

它来到我们躲避的这张桌子旁,我和凯伦不约而同地屏住呼吸,紧紧贴住墙壁。我看见它的下半身顺着桌子边缘流畅地滚动,轮子灵活转动着,前后左右,甚至连对角线的方向也能轻而易举地转动。

我的心怦怦直跳,不禁担心它迟早会听到我们的声音,发出警报。

终于,我看见它朝对面的墙壁滚去,接着用诡异的机械手在一块透明面板上划了一下,只见雪白的墙壁上出现一扇门,缓缓滑开。它退出房间,门在它身后合上,和墙面融为一体,根本看不出一点儿缝隙。

凯伦迅速从桌子下面爬出去,然后伸出手帮我。"我们得快点儿,它可能在巡视病房。"

"还有多长时间?"我问。

"20分钟,"他估计道,"或者更短。"

我摸了摸脑后的接收器,立刻跑到里奥的床边。床旁的桌上放着一块纤薄的塑料屏幕,上面快速滚动着信息——一排接一排的代码,看着让人头昏眼花。

"这是什么?"我问。

"看上去像是搜索结果,"凯伦说着,拿起桌上的屏幕细细打量,"这很可能连接着他的大脑。阿利克斯特在找些什么。"

"什么?"我觉得有些恶心作呕。

他眯着眼仔细查看飞速滚动的数字。"我不知道,"他说,"这些信息被加密了。"

"你能帮我连接他的大脑吗?"

凯伦点点头,手指在塑料屏幕上按了几下。"开始连接,"他倒计时,"五、四、三、二……"

一连串旋转、模糊的画面突然向我涌来,断断续续,一点儿也看不清楚。它们从我眼前闪过,有的甚至扭曲变形,像是被无形的大手用力拧过,看上去诡异可怕。它们迅速翻转,顺序混乱,把我弄得晕头转向。

除此之外，还有噪声。那是我听过的最剧烈的声响，像有千百万个人同时对着我的耳朵大吼，逼我听他们讲话。

我用手捂住耳朵，试图稳住身子，想要隔绝这些噪声，把注意力集中到其中一幅画面，一张面孔，一个声音上，可我做不到。这一切完全没有逻辑可言，我什么也弄不明白，不知道自己在看些什么。

"我做不到，"我嘶哑着喉咙低声说，努力不被这眩晕的画面搅吐，"我做不到。"

我突然明白阿利克斯特口中的"搅乱"究竟是什么意思了。凯伦提醒过我，说里奥的大脑已经面目全非，可我没想到会是这样。真的是一片混乱，什么线索都不可能找到，尤其是在这么短的时间内。我们的追踪器很快就会再次长好，而巡视的医疗机器人随时都可能回来。

"塞拉，"凯伦催促道，"你必须试试。"

我满脸痛苦地再次回到那一片混乱之中，任由一张张面孔，一个个场景，还有无数的方程式涌入我的眼帘。当画面从我眼前迅速飞过时，我试图抓住其中一个，尽力看清楚它是什么。

但无论我如何努力，仍没任何进展。

我低头看了一眼自己的手腕，血流已经停止，一块薄薄的痂逐渐形成。

挫败感把我逼得快要流出眼泪。我必须找到它！我必须知道里奥究竟把那两瓶解药放到哪里去了。

但这就像在狂风大作的海洋里寻找一滴水。我眼前闪过的，是里奥一生的回忆，而且它们已经被阿利克斯特用调节器搅得面目全非。

我伸出手，紧紧握住里奥的手。"里奥，"我哀求道，"你能听见我的声音吗？你知道我在这里吗？是我，塞拉。求求你，我需要你的帮助。我来这里是为了寻找麦克希尔留给你的两瓶解药。你必须得想想自己把它们放在哪里了。"

我看着他死气沉沉的脸，一眨不眨的眼睛，还有微微张开的嘴。

没有任何回应。

我回想起里奥把穿越时空基因交给我的那个夜晚。那时，我让他删除我的全部记忆，给我一个新的开始。

我想起他看着我的样子，他的眼里满是哀伤，满是自责。

"我很抱歉自己对你所做的一切。"他对我说。

接着,我叫了声"爸"。这个字我从未对任何人说过,也不会对其他人再讲。

"爸。"我对他说,眼泪顺着我的脸颊滑落,"他快要死了,我不能让那样的事情发生。我爱他,求求你帮帮我。"

接着,奇迹发生了。在那短暂的一刻,扑面而来的记忆戛然而止,像是有人突然关闭了开关,震耳欲聋的噪声也瞬间停止。

"快看!"凯伦轻声说。

我抬眼看见里奥的眼睛眨了一下。只有一下。

"我觉得他听见了你的声音!"凯伦说。

一幅画面缓缓浮现,从混乱之中渐渐显现出来,飘到我的眼前。

画面里是一个女孩,年龄很小,看上去和简差不多,五六岁的样子。

她在弹簧床上蹦蹦跳跳,咯咯直笑,在空中开心地蹬着小腿。

一个低沉的声音忽然出现,吓了她一跳。我立刻认出来那是里奥的声音。"我希望你不要再到床上跳来跳去。"那声音警告说。

小女孩赶紧跪坐在床上,利索地爬进被子里,偷偷地咯咯笑。她眨巴着眼睛看向敞开的房门,看着里奥,棕色的眼眸里闪烁着光辉。

"不会再有小猴子到床上乱蹦了。"她哼唱着熟悉的旋律,那是里奥教她的童谣,是她的最爱。

他的心一下就融化了,之前的严厉瞬间烟消云散。

"你早该睡觉了。"里奥温柔地说。

"给我讲一个故事好吗?"女孩请求道。

里奥无奈地叹了口气,无法拒绝她的请求——他从来都做不到。

"好吧,"他说,"想听什么故事?"

她用眼神示意里奥,似乎在说你心里明白。里奥的解读是"这还需要问吗"。

"噢。"他从床边的桌子上抽出一本有些破旧的绿皮书。

他把书放到女孩的眼前,只见封面上写着《爱心树》。

里奥坐到床上,小女孩蜷在他身旁,小小的身躯紧紧缠在他的手臂上。他翻开书,开始大声朗读。

"很早很早以前,有一棵树……"他又翻了一页。

"能让我翻书吗?"她期待地问。

"好吧，"他应允道，"不过你要小心一点儿，这书年纪比我还大。"

"真是够老的。"小女孩说。

里奥佯装生气，挠她痒痒。

她欢乐的笑声在整间粉色的小屋里回荡，声音很大很大。接着，画面逐渐消失，变成一片雪白，只能听见她愉悦的笑声。

过了一会儿，嘈杂的噪声再次充斥了我的双耳，震得我头痛欲裂。接着，混乱的画面又开始从我眼前迅速闪过。

我睁开眼看着里奥，不知道那小女孩究竟是谁。这个男人身上到底有多少我不知道的秘密？也许我对他一点儿也不了解。

那个女孩似曾相识。

倒不是说我知道她是谁，而是我听说过她，但不太了解。就好像记忆中的记忆，梦里的梦。

"什么？"凯伦的声音打断了我的思绪，"你看见了什么？"

他的声音穿过我耳边无数的噪声，变得有些模糊不清。我把目光从里奥身上挪开，看向凯伦，只见他的脸有些飘忽不定。我无法把注意力集中到他的脸上。我一遍又一遍地眨眼，却仍旧无法摆脱从里奥大脑里传输来的混乱景象。

"断开连接。"大脑里炸开的画面和声音让我苦不堪言。

"可是……"他试图辩驳。

"按我说的做。"我对凯伦说。

他不情愿地在塑料屏幕上按了几下，我耳朵里的噪声逐渐消失。我轻轻舒了口气，如释重负，开始享受这份安宁。我花了好一会儿让自己站稳。刚刚经历的一切弄得我头晕目眩。

我双手扶住额头，不断深呼吸，直到周围的一切不再旋转才放下手。我再次抬起头，凯伦明亮的蓝绿色眼睛逐渐变得清晰。

"我知道了。"我轻轻对凯伦说。

"你知道了什么？"

我站起身："我知道他把解药藏在哪里了。"

故居

我的故居看上去有些不同。在泽恩给我偷来的记忆里,这屋子看起来很宽敞。可事实上,它又小又挤。不过,这屋子给我一种温馨的感觉。

我之前一直以为它冰冷无情,像我在1609年待的那个囚牢一样。可作为一间牢房,这里倒不算太糟。

我很感激里奥,是他把这里布置得温馨如家。

也许他觉得这是他能为我做的唯一一件事吧。

我知道时间所剩无几,我手腕上的伤痕正在愈合,结痂的边缘已经出现了一点儿黑色的印记。我的基因在完成它的职责,重新制造出追踪器。

几分钟之后,卫星就能检测到我的位置。一条警告将会出现在某人的监控上,某人的大脑里。一切都将功亏一篑。阿利克斯特会知道我的行踪。

但我必须看一看这间屋子。

我缓缓从一间房走到另一间,指尖轻轻拂过墙壁、木板、家具,回忆在这里的点点滴滴。我想亲身感受它们,想把回忆的画面和现实联系起来。我在这里度过了那么多个日日夜夜,还在这里坠入爱河。

我需要让那些记忆变得真实,而不仅仅是感受驱动器上传到我大脑里的画面。

"塞拉,"凯伦在我身后提醒道,"没时间了,我手腕上的追踪器已经长好四分之一。"

我没理会他,而是继续沿着走廊漫步,转动第一扇门的把手。

卧室,我的卧室。我不清楚自己怎么知道这是我的卧室,但我就是有这种感觉。它感觉起来就是我的卧室。

房里只有几件家具,和帕丁森家的小房间有些相似。这里只有一张床,一个床头柜,一张桌子,一把椅子和两盏台灯。墙上挂了一个画框,里面循环播放着几幅画面——日出,草地,海滩。

房里的一面墙上有一扇窗户,对着花园打开。窗外长着青青绿草,被高墙团团围住。泽恩曾经常常翻过高墙来看我。

床上的被子是淡淡的薰衣草色，不知道是不是我自己选的。这是我最喜欢的颜色吗？是因为它和我的眼睛很像吗？

还是说，这是他们选好的，我甚至没有选择的权利。

"塞拉！"凯伦站在门口大喊，"我们该走了，快！解药在哪里？"

我叹了口气，站起身，走出卧室，依依不舍地回头看。我有点儿不想离开，只想蜷缩在床上，静静等待，等泽恩回来，等他再次翻过高墙，等待生活恢复往日的平静。但我知道，我们再也回不去了。

我关上门，退出走廊，来到客厅。凯伦正站在中央，看上去和这里格格不入。他不属于这间屋子，他不属于那些记忆。

这间屋子是我的，我和泽恩的，我和里奥的。

不过，他就在这里，提醒我回来的目的，冒险的目的。

我立刻清醒过来，走到房间尽头的书架旁，手指划过一条条书脊。

"怎么会有这么多书？"凯伦问。

"里奥喜欢收藏书籍。"

"你在找书吗？"

"是的，在找《爱心树》。"我仍聚精会神地扫视着，"我曾在某段记忆里看到过那本书。我当时坐在沙发上，它就在我身后的书架上。"

"你为什么觉得那本书和解药的下落有关系？"

我决定还是不把里奥记忆里的那个小女孩告诉凯伦。不知为什么，我觉得那样就背叛了里奥的信任。他把那段记忆和我分享，应该只想和我分享。既然那记忆能从千千万万的混乱画面中浮现出来，肯定非常重要。

里奥想把那段记忆封存起来，那我就该为他保守秘密。

所以我含糊其辞，回答道："那本书对里奥来说很重要。"

凯伦出现在我身边，和我一起寻找。我的指尖划过《时间的皱纹》，不禁心跳加速，这是我和泽恩初次相遇时正在看的书。

我低头看了一眼手腕，那细长的黑线已经长好了一半。

我逼自己加快速度，迅速扫视一个个标题，直到发现那有些褪色的绿色书脊，上面印着白色的字——爱心树，作者：希尔福斯坦。

我小心翼翼地把书抽出来，迅速翻看每一页，一目十行，很快就读完了整个故事，明白了它的寓意。

故事里的那棵树把自己拥有的一切都奉献给了她深爱的那个男孩。

她的果实，她的枝丫，她的树叶，她的树干，她的荫凉。

直到最后，她几乎没有什么可以再给他。

我翻到最后一页，在浅浅的隔层里，两个透明闪亮的药瓶嵌在书本背面厚厚的木板里。我没说话，小心翼翼地把药瓶从木板里抠出来，然后合上书，放回书架上。

凯伦跑到我身边，吃惊地看着我手中的解药。

"我简直不敢相信我们费了多少功夫才找到它们。"他感慨道。

我点点头，轻声笑了。

这两个药瓶里蕴含的能量简直难以置信。泽恩病了，奄奄一息，而它们——我手里的这两个小药瓶，看上去只有几滴，却足以拯救他。

"剩下的那瓶你打算怎么办？"凯伦俯身盯着我的手。

"我不知道，"我之前从没想过，"也许该把它留到以后备用。"

"真是太让我失望了，没想到你居然没想过要把它交给我。"

这声音从我身后传来，吓了我一跳，药瓶从我指间滑落，差点儿掉到地上，还好凯伦迅速接住了它们。我从没见过他动作这么敏捷。

我转过身，早已预料到是谁站在那里。

他的声音深深印刻在我的脑海里，烙在我的皮肤里。那场大火也许没在我身上留下任何疤痕，可他的声音，他的声音永远都不会消失。

他露出冷漠而邪恶的笑容，对我说："欢迎回家，塞拉。"

伴侣

詹斯·阿利克斯特坐在一把椅子上，那把椅子和里奥的病床一样悬浮在空中，仿佛充满魔力。我一眼就发现他看上去十分虚弱，皮肤黯淡发黄，眼窝深陷，和泽恩一样。

此时我才意识到那把椅子的作用，他病得太重，根本站不起来。

"阿利克斯特。"我轻声说出他的名字，语气里满是憎恨。

他的身旁站了两个彪形大汉，看着有些眼生。他们没有穿越去2013年抓我。不过，如果他们身上有穿越时空基因，现在应该也是病怏怏的，甚至可能已经死了。

"我想你已经找到了我们苦苦搜寻的东西。"阿利克斯特露出狡猾的笑容，指了指凯伦手上的两个药瓶。

我看了看凯伦，他已经站起身，却不敢直视我的双眼。

"凯伦，"阿利克斯特对着他说，"谢谢你把我们丢失的商品带回基地。"

凯伦仍一声不吭，却微微点了点头。

"不是他把我带回来的，"我更正道，"我是自愿回来的。"

"你真的确定吗？"阿利克斯特咳嗽着反驳道。他身旁的一名保镖给他递了块手帕，他擦擦嘴，只见白色的手帕上染上了斑驳的血迹。

"毕竟，"阿利克斯特清清嗓子，继续说，"你已经在这里，解药也已经找到了。我派给他的任务都已达成。"

事实上，我一点儿也不确定，什么都不确定。

阿利克斯特怎么会知道我们在这里？我们的追踪器还没完全长好。是凯伦向他告密了吗？

我转向凯伦，伸出手。"凯伦，"我温和地说，"请把解药给我。"

但他一动不动，看上去像是被定在了原地，不得动弹。

"我当然确定，"我狠狠瞪着阿利克斯特，"他再也不会听你差遣了，他有自己的思想。"我看向离我咫尺之远的凯伦，"对不对？"

他仍没给我任何回应。

阿利克斯特假惺惺地说:"啧啧啧……真是可爱。你真的以为自己魅力无穷,可以轻易影响凯伦吗?他可不像那个可怜的泽恩。你真的以为我会让那样的事情发生?以为我在创造他的时候不会考虑那些?你真的以为我傻吗?塞拉!好吧,你太低估我的智商了。"

"凯伦。"我用温柔而真挚的声音喊出他的名字,谨慎地迈出一步。他立刻后退,看上去居然有些怕我,仿佛我是一个危险的犯罪分子。

不可能。我不愿相信这一切都是阴谋,我不愿相信他真的骗了我。

我了解他,仿佛能感受他的一举一动,他对我也是一样。

他不再是曾经的那个行尸走肉。我从他的眼里看到了不同,看到了转变。我真的不敢相信那一切都是谎言。他真的是在演戏吗?

阿利克斯特发出恶毒的笑声,弄得我浑身战栗。他按下椅子扶手上那个扁平的按钮,朝我们平缓地滑来。我向后退,身子撞在了书架上。

"凯伦,"阿利克斯特用命令的语气说,"祝贺你完成了任务。我知道你值得信赖。现在,把解药给我。"凯伦伸出手,掌心朝上,静静等待。

我也一动不动地等着,呼吸有些困难。

我看着凯伦,他的脸上露出些许不自在,和上次进行心理斗争时的表情非常相似。

"凯伦,"我再次呼唤他的名字,"想想潜水艇,想想我们的吻,想想那种感觉,把握住它,那是真实的。无论你现在有怎样的感受,无论是什么力量控制了你,它们都不是真的。求求你,凯伦,把解药给我。"

他的脸上闪过一丝犹豫,却仍不肯看我,而是紧紧盯着阿利克斯特得意的笑脸。

"快点儿,"阿利克斯特劝道,"把它们交给我,这是你任务里至关重要的一部分。"

"别听他的,凯伦。把解药给我。"

凯伦抬起脚,但我不知道他要往哪边去。

然而,当他的脚落下时,我知道自己已经输了。

他径直朝阿利克斯特走去,离我越来越远。

"不!"我尖叫着,用最快的速度冲向凯伦,扑到他的肩膀上,却被他一手推开,狠狠摔在了房间另一头的书架上。我的背猛地撞到书架,然后跌倒在地，被里奥珍藏的书籍砸了一身。

我抬起头，看见凯伦正缓缓把药瓶放到阿利克斯特伸出的手掌里。

可我绝不允许这样的事情发生，不能让阿利克斯特拿到解药。我再次站起身，冲了过去。他身旁的两名保镖立即走上前，形成了一个保护圈。

与此同时，凯伦负责对付我。他手臂一挥，掌根打到我的脸上。只听"啪"的一声，我的鼻子鲜血直流。

"拿下她。"阿利克斯特用手帕捂住嘴咳嗽了几声。

凯伦一刻也没犹豫，把我的双手紧紧抓住，反扣到背后。我扭头看着他，直视他的双眼，寻找另一个凯伦的踪迹——那个焕然一新的凯伦。

可他已经消失不见。我看到的，只是一双冰冷空洞的蓝绿色眼眸，死死盯着我。曾经的那个他——那个我吻过、信任过我的凯伦——仿佛只是黄粱一梦，再也不见了踪影。

阿利克斯特也许是对的，我太天真，居然以为凯伦会站在我这边，居然以为自己能打动他。之前他做的一切也许真的不过是把我骗回基地，获得解药的诡计。

我瘫倒在地，鲜血不断从我鼻子里流出来，流到我的嘴里。凯伦的手仍死死钳制着我，那股热量、那股能量又开始在我们之间流动。我不知道凯伦有没有感受到它们，或许他从未有过和我一样的感受。

"真可惜，"阿利克斯特晃着一瓶解药说，"麦克希尔肯定是想把两瓶解药留给她的情人和儿子，里奥显然是用不上了。泽恩的话……只能说他不走运。"

泽恩？

儿子？

阿利克斯特的话让我有些不明白。

泽恩是麦克希尔的儿子？

麦克希尔是泽恩的母亲？

所以她对里奥说要"找到他"？她说的是泽恩吗？

不，不可能。泽恩为什么从没跟我提过？

每当我提起麦克希尔或者迪奥科技，泽恩都会一声不吭，对我不理不睬。他从来不想提起过去，只想我忘记一切，假装什么都从未发生。

我想起他生病前一天早上对我说的话，他那时发现我在小山丘上，而我

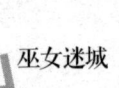

问他怀不怀念过去的生活。

"我在那里什么都没有，"泽恩回答，"唯有一个对自己的研究项目比对家人更重视的母亲。"

他那时是在说麦克希尔吗？所以他才会渴望逃避过去？所以他才会对穿越时空基因有所了解？因为他的母亲就是那基因的发明者？

如果这一切都是真的，那么麦克希尔确实想要让里奥把解药交给泽恩，保护泽恩。她昨晚试图向我解释清楚的就是这些，而那时的我歇斯底里。她说了让我相信她。

麦克希尔以为里奥会找到泽恩，拯救泽恩。

她不知道的是，里奥已经快死了。

可是，里奥当初为什么没有早点儿去找泽恩呢？他为什么没有按麦克希尔说的做？

我忽然反应过来，他确实找过了。

他去过一次2013年，在破旧的谷仓里找到了我，想要提醒我。可是泽恩当时带着枪出现在我们面前，把我带走了。从那以后，里奥再也没有机会完成他的使命。

"泽恩没跟你说过，对吗？"阿利克斯特显然看出了我脸上的困惑。

我没有回答。不过我很确定，我的表情已经把我出卖了。

阿利克斯特叹了口气："唉，好吧，我也不能怪他。如果我的母亲也突然人间蒸发，那我肯定也会感到沮丧。难怪他当时会从其他地方寻求安慰。"他上下打量了我一番，再次露出恶心可怕的笑容。

我想起了那个翻过高墙的男孩，他当时就是为了一个人静静，寻找安慰，然后发现了我。显然，就像我很需要他一样，泽恩也很需要我。

而现在，他比任何时候都更需要我。

可我好像一点儿也帮不上忙。

"所以，"阿利克斯特坐在悬浮椅上，移动到保镖前面，看看我和凯伦，问："你们俩接吻了？"

我扭过头不看他，静静坐在那里，呼吸因愤怒变得急促。

"你的真爱还在床上奄奄一息，结果你亲了另一个男人？"

我紧紧咬住嘴唇，甚至把它咬破了。鲜血从我的嘴上流出来，和我的鼻血融为一体。不久以后，这些伤口会重新愈合，我的脸上一点儿疤痕也不会留下。然而，我心口上的伤痕永远也不会消失。

阿利克斯特拍拍手，再次发出丧心病狂的笑声，那声音很快变成了咳嗽。"你不知道我有多开心！"他说道。

我紧紧闭上双眼，不想听见他刺耳的声音。

"这简直需要庆祝！"他兴高采烈地说。

我没有回应。他按下另一个按钮，只见悬浮椅缓缓朝我靠近。接着，他身体向前，用指尖抬起我的下巴，冰冷的触感让我不禁打了个寒战。

"亲爱的塞拉，你难道不知道这意味着什么吗？"

我仍然没有作声。虽然我的视线恰好能遇上他的目光，却还是盯着房间远处的角落。

"它意味着，"阿利克斯特无视我的冷漠，继续说，"我的最新研究取得了巨大的成功！"

"什么研究？"自从阿利克斯特出现在房间里以后，凯伦还是第一次张口。

阿利克斯特抬起头看看他。"真高兴你会这么问！"他松开我的下巴，向后退了一点儿。"是这样的，"他得意扬扬地说道，"凯伦，你很特别，这你已经有所了解。但更重要的是，你对塞拉来说非比寻常。"

我不情愿地把目光投向阿利克斯特。

"你对泽恩的感情让我感动，"他继续说，"好吧，'感动'这个词不太合适，换成'印象深刻'好了。于是我问自己，有多少人会渴望一份那样的感情呢？或者说，有多少人会不惜重金购买一份那样的感情呢？我忽然灵机一动，对自己说，假如我有办法创造出那样的感情会怎样？"

我感到一阵恶心。

"我们从一开始就打算创造凯伦，"他低头对我笑笑，"他是亚当，你是夏娃。不过，经历洞穴里的那次事件以后，我知道你会为爱牺牲一切……"他用厌恶的语气强调"爱"这个字，和那天晚上的语气一模一样，"我知道自己必须更进一步，把凯伦设计成你独一无二的伴侣。因为我明白，如果想打败你对泽恩的爱，撼动他在你心中的地位，只有一个办法——创造出比他更有优势的情敌。"

我忽然想起自己和凯伦之间的火花，想起我们触碰对方时产生的电流，不禁心生恐惧。

阿利克斯特非常满意我的表现，露出微笑，说："是的，我把凯伦创

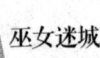

造成你最完美的伴侣，采用了和你几乎相同的基因图谱，做了一些重要的改动。"他对我眨眨眼。

"我和你一样……比你更强。"

"但从本质上来说，你们是一样的。你们是真正意义上的灵魂伴侣，同根同源。"他十指交叉，放在腿上，沾沾自喜，"从你的表现看来，我已经成功了。"

我瞪着阿利克斯特，可他面无惧色，他接着说道："所以，不管你怎么做，怎么努力，都无法抗拒凯伦，他对你也是一样。这是基因决定的。"

他舒了口气，像是卸下了一整天的担子。"我们应该能在一年内完成所有测试，然后进入市场，肯定会备受追捧。每个人轻而易举就能获得灵魂伴侣！"他低头思考了一会儿，说，"这个宣传口号有待改进。"

保镖不禁失笑。

我感到愤怒涌遍全身，却不知自己为什么会感到震惊。我从一开始就被他玩弄于股掌之间，这次又有什么不同呢？

凯伦的手忽然一松。这一刻，我的愤怒得到了缓解。我不敢确定，只是觉得他紧紧抓着我的双手好像松开了。

他是因为太过吃惊才走神了吗？还是因为他也觉得愤怒？他会不会正在回忆我对他说过的那些话，关于阿利克斯特的那些真相？或者，他是故意的？他在给我逃跑的机会？我决定把握时机，不再猜测他松手的原因，利用这个机会才是最重要的。

我看了看阿利克斯特手中的两个药瓶，离我大约只有两米远。我毫不犹豫，立刻俯冲，挣脱凯伦的束缚，在保镖反应过来之前一跃而起，落到沙发上，夺过阿利克斯特手中的药瓶。一晃眼，我又冲到房间的另一头，一手一个药瓶，高高举过头顶，紧紧捏着它们。

凯伦刚刚迟疑了一会儿，现在才回过神，向我迈出一步。两名保镖也作势要扑过来。

我握紧双手。"不许动，"我对他们大吼，"不然我就把药瓶捏碎，"我看了看阿利克斯特，"到时谁都别想得到解药。"

阿利克斯特对凯伦点头示意，他便向后退去。

"现在，"我的鼻子正在快速愈合，说话有些鼻音，"一切都按我说的做。"

阿利克斯特咬牙切齿地问:"塞拉,你想怎么样?"

我叹了口气,这问题问得不错,我根本还没想好自己该怎么做。我想要什么?曾经,我只想和泽恩逃离基地,逃离一切,忘记过去。

可现在我才明白,那根本不可能。

无论我们逃到多远的地方,多远的过去,阿利克斯特都绝不会善罢甘休。他会派更优秀、更敏捷、更强壮、更先进的特工来找我。而我永远也无法摆脱噩梦和恐惧。任何差池,都会使我们功亏一篑。

还有多少人会因我而死亡、瘫痪或者一病不起?还有多少人会因为我的自由而备受磨难?

我曾以为逃离基地、打败迪奥科技就能证明自己不是他们的傀儡,不是他们的实验品,而是独立的人。我将成为我自己。可我错了。

我感觉露露在我的口袋里膨胀,提醒我简几百年前对我说过的话。

"如果她真的浑浑噩噩,怎么能成功逃离坏人的魔爪呢?那是个正确的选择。"

如果这是真的,如果人性确实是我们自己可以选择的东西,那么,这将是我最后的选择,证明我的人性。这是我能做的最后一件事。

"我不想再继续逃避。"我对阿利克斯特说出自己的真实想法,如释重负,"而且,我希望泽恩能开开心心活下去。"

阿利克斯特挑了挑眉:"鱼和熊掌不可兼得。无论你到哪里,我一定会找到你的,塞拉菲娜。"

"我可以兼得。"

说完,我把两瓶解药放到一只手里,然后从手腕上缓缓解下吊坠,握在另一只手中,高举过头顶,任由它垂落到我的手腕上——那里的伤痕已经完全愈合。我把两瓶解药也举过头顶,轻轻捏着它们,看上去摇摇欲坠。

只要我留在他的身边,只要我还爱着他,泽恩就永远无法获得安宁。

所以,我不必继续纠结,是时候做个了断了。

我呼了口气,松开一只手,任由手里的东西掉在地上。然后我抬起脚,用尽全身力气向下踏。只听那东西猛地撞击地面,被我踩了个粉碎,发出可怕的声音。

我把脚挪开,露出地上破碎不堪的吊坠——我逃离基地的钥匙。

这颗心永远也无法愈合了,永生永世。

欺骗

"救泽恩一命，"我对阿利克斯特说，"拿一瓶解药，让凯伦回去把泽恩治好。这样你就能得到另一瓶解药，而且我会老老实实待在基地，再也不逃跑。"

阿利克斯特眯着他冰蓝色的眼睛，显然一点儿也不相信我。他肯定以为我又想耍什么花招，就像上次在山洞里那样。

可这一次，我确实没有撒谎，没打算骗他。

基地是我唯一的归宿，只有在这里，我才不会伤害任何人。

"我会去，"凯伦再次向前迈出一步，说，"我会把解药带给泽恩。"他朝我伸出手。

我注视着他的目光，脸有些发烫。他的双眼又变回了之前那样冰冷阴沉的蓝绿色，十分空洞。但我却看到了一丝生机，看到了另一个凯伦的身影。这和我在潜水艇里看到的那个他有些相似——焕然一新，自主独立，而且真实。

不过，那个质疑的声音再次在我耳边响起，不断质问我，这一切会不会又是阴谋？凯伦已经表明了他的立场，他是迪奥科技的人，是阿利克斯特的人。我怎么能确定他不是在欺骗我呢？我怎么能确定他是我认为的那个样子呢？我怎么知道凯伦接下解药之后会按他说的做呢？我怎么知道他会不会转身就把解药还给阿利克斯特呢？

事实上，我不知道。我永远也无法知道。

凯伦坚定地看着我的双眼，微微点点头，用只有我能听见的声音说："相信我。"

此时我才意识到，必须相信他。我点点头，缓缓把两瓶解药放到凯伦手上，他随即向后退。我现在只能听天由命。

我瞥见阿利克斯特得意地笑了，像是在炫耀他的胜利。

"很好，"他说，"凯伦，你现在可以把它们递给我了。"

但凯伦一动不动，再次陷入两难，他的脸因内心挣扎而变得扭曲。

"凯伦,"阿利克斯特再次开口,声音里满是警告,怒火一触即发,"快点儿把它们交给我。"

我知道自己说什么也没用,根本无须开口。凯伦自有决断,我的声音不会造成任何改变。凯伦看向我,似乎在寻求帮助,寻求答案。

而我现在能做的,只有微笑。接着,我闭上眼,静静等待。

阿利克斯特越来越愤怒,几乎要大声怒吼:"凯伦,这是命令,把解药拿过来。"

我仍紧闭着眼,一点儿也不想看到凯伦的再次背叛,恨不得他们立刻把我弄晕,抹去我所有的记忆。那样我至少不用一辈子活在背叛之中。

我的心怦怦直跳,背上冷汗直流。

只听见一阵骚乱,一声巨响,我睁开双眼,看见地上堆满书籍,一个架子空空如也。估计一开始是我撞的,它们一直摇摇欲坠,现在才掉下来。可是,我不记得自己撞到了那个书架。

忽然,我注意到凯伦缓缓走向阿利克斯特的悬浮椅,手中握着两瓶解药。我脑子里的疑惑霎时被忘得一干二净。

与此同时,我对泽恩未来的憧憬也瞬间崩塌,就像里奥珍藏的那些书籍一样,散落了一地。

友善

  我整个人瘫倒在地,身旁是被踩得粉碎的吊坠。凯伦的背叛像泰山一样压得我喘不过气来,我觉得自己再也无法站直身子。
  我把一切都押在信任之上,却输得彻彻底底。
  我现在能做的只有等待,等待这一切结束。
  等到他们把我的记忆全部抹去,那样我才不会想起泽恩奄奄一息的面孔。
  那样,我才能从头来过,重新做人。
  阿利克斯特咳嗽着,正在说些什么。可我听不见,或者说,是不想听见。
  我抬起头,最后一次看向凯伦。他一次又一次背叛了我,不知道他的眼里会不会有悔恨自责。只见他迎上了我的目光,嘴唇又开始微微翕动,对我低声说了一个字,那声音只有我能听见。
  "看。"
  他把手指放在自己的额头上,向我传递他的记忆。一股能量随即传向我的接收器。我缓缓闭上眼,阿利克斯特幸灾乐祸的笑声逐渐消失,随之而来的是凯伦眼里的世界。我看到了他的视角,感受到了他的回忆。
  凯伦出现在一个昏暗寂静的房间里,那里只有机器"嘀嘀"的声音。
  科迪正坐在床边,看上去绝望而无助。他听见了凯伦轻柔的脚步声,立刻抬起头。
  "塞拉去哪里了?"科迪的语气里满是责备。
  凯伦没有回答,而是摊开手掌,向前走去。小小的药瓶静静躺在他的手心里。
  "那就是解药吗?"科迪瞪大了眼睛,看着清澈的药水。
  凯伦点点头:"麻烦你赶紧给他注射。"他的声音冰冷而疏远,不禁让我想起原来的那个他。
  科迪有些怀疑地看着凯伦,不确定要不要按他说的做,不确定我不在的时候能不能相信他。
  凯伦也看出了科迪的怀疑:"你别无选择,要么给他注射,要么看着他死。"

科迪思考了一会儿，终于站起身，接过药瓶，然后回到泽恩的床边。他打开药瓶的盖子，插入一根长长的针管，抽取药水，然后注入泽恩的吊瓶里。

"现在，"凯伦说，"给我一些透明的液体。"

科迪皱皱眉，问："什么？"

"透明的液体，"凯伦不耐烦地说，"随便什么都行。"

科迪在身旁的盒子里翻找了一会儿，拿出一个没有标签的瓶子，递给凯伦。接过瓶子以后，凯伦立刻把小药瓶灌满，然后盖好盖子。

接着……一阵轻微的"嘀嘀"声吸引了他们的注意。他们转过身，静静看着屏幕，希望什么也不要发生，同时又希望发生点儿什么。只见屏幕上的各项身体指标开始缓缓上升，泽恩的心跳也逐渐恢复平稳。

科迪的脸上露出喜色，看看凯伦，又看看泽恩，欣喜若狂，问："这药水是什么？"

"基因阻遏剂。"

科迪脸上的欣喜立即化为乌有。他明白了，说："你的意思是……"

"他永远也无法逃离这个时空了。"凯伦证实了科迪的想法。

科迪耷拉着肩膀看向泽恩，眼里满是悲哀，说："他被困在了这里。"

"是的。"

"那塞拉呢？"科迪充满期待地问。

凯伦瞥了泽恩一眼，思绪变得有些模糊，看不出来他在想些什么。他的情绪一片混乱，记忆也变得模糊不清——虽然这些事情才过去没多久。

"塞拉永远也不会回来了。"他的声音里有一丝几乎察觉不到的起伏。

布料摩擦的声音吸引了凯伦的注意，他和科迪几乎同时转向床头。

泽恩的脸有些扭曲抽动。这么多天以来，他的脸上第一次有了动静。他的双腿在毯子下挪动。接着，他奇迹般地睁开了双眼。

画面渐渐消失。我看向坍塌的书籍，心一下了然。声东击西——凯伦故意把它们撞倒，分散阿利克斯特和保镖们的注意，这样才能逃避众人的眼目，穿越回过去。

他必须让阿利克斯特坚信他的忠诚，坚信他绝不会动摇。

此时此刻，我感受到了前所未有的喜悦。泽恩活过来了，他会变得健健康康，长命百岁，说不定还能找到幸福。

我轻轻地对凯伦说了声"谢谢"。

接着，我朝着阿利克斯特的一名保镖坚定地迈了三步，下巴高高抬向天空，露出脖颈，献上我的自由。

我一声不吭，没什么好说的。我已经做出了自己的选择。

我的生命属于他。

阿利克斯特颇为吃惊，好一会儿才反应过来，打了个响指，然后指向我。离我最近的那名保镖立刻举着调节器，向我走来。

我没有逃避，一动不动，静静地吸气，呼气，气息平缓，没有挣扎。

不用挣扎的感觉真好。

冰凉的金属尖触碰到我耳后的肌肤，接着，黑暗汹涌涌袭来。

灰色 ◇

屋子里寒气逼人，我身下的桌子坚硬而冰冷，弄得我不禁打了个寒战。我睁开双眼，看向脑袋上方刺眼的白色灯光。

我无法动弹，手腕和脚踝被坚实的金属锁扣死死钉在了桌子上。一条金属带紧紧束缚住我的额头，弄得我的脑袋也动不了，完全无法挣扎。

一个身穿白大褂的男人出现在我眼前，他的双眼灰暗而冷漠，简直像个机器人。我甚至开始怀疑他就是个机器人。我的喉咙干涩发痒，根本说不出话。不过这倒没什么，我不需要开口问究竟发生了什么。

我知道当我答应留在基地之后将要面对什么。

他们会重构我的大脑。

他们会让我变得俯首帖耳，顺从听话，不会反抗。

而且，他们会把一切夺走。

但我知道，只有那样，我才能继续活下去，不被自己的决定苦苦折磨。

他们会把泽恩从我的记忆里完全抹去，一点儿蛛丝马迹也不留下。

他是安全的。在失去记忆之前，知道这些足够了。

"别担心，"那个男人试图安抚我，可他的声音却让我感到不安，"一点儿也不疼，而且你什么都不会记得。"

这正是我想要的。

我看着他准备了一根又尖又长的针管，然后抽取了一种不知道是什么的液体。针管插入我的手臂，我感到一阵刺痛。那种神秘液体很快见效了。我的眼前一片模糊，整个世界都变成了昏暗单调的灰色。

我把注意力集中在泽恩的脸上——明亮的深棕色眼眸，完美的微笑，柔软的嘴唇，还有挂在额前那一缕卷发。他曾经那样温柔地抚摸着我的前额，对我耳语道："是的，永远都不会变。"

我努力回忆着这一切。

大脑被侵入，思想被控制，可我却依然紧紧抓住那些画面不肯放开，竭尽全力让泽恩存活在我的记忆里。